好人多福

萧子屈　著

浙江文艺出版社
Zhejiang Literature & Art Publishing House

图书在版编目(CIP)数据

好人多福 / 萧子屈著. -- 杭州 : 浙江文艺出版社,
2025. 5. -- ISBN 978-7-5339-7932-4

Ⅰ. I247.5

中国国家版本馆CIP数据核字第20255G6E24号

策划统筹	虞文军　许龙桃	装帧设计	徐然然
责任编辑	姜梦冉　诸婧琦	责任校对	陈　玲　朱　立　唐　娇
责任印制	吴春娟	数字编辑	姜梦冉　诸婧琦

好人多福

萧子屈 著

出版发行　浙江文艺出版社
地　　址　杭州市环城北路177号
邮　　编　310003
电　　话　0571-85176953(总编办)
　　　　　0571-85152727(市场部)
制　　版　浙江新华图文制作有限公司
印　　刷　浙江新华印刷技术有限公司
开　　本　880毫米×1230毫米　1/32
字　　数　223千字
印　　张　10
插　　页　2
版　　次　2025年5月第1版
印　　次　2025年5月第1次印刷
书　　号　ISBN 978-7-5339-7932-4
定　　价　59.00元

好人都是通过对美德的爱来表达憎恶扬善之心。

——贺拉斯

目 录

第一章　南方菜市场的一哥

成都，某城乡接合部。

这一大片以前都是良田。田地的主人摇身变成了城里人，将手伸出高楼的窗户就能摘到星星。楼下便是大广场。从早到晚，广场舞就没消停过。

日子好过，就得蹦跶。

广场旁有个菜市场。门卫孙二爷，七十有余，身板硬朗，走路风风火火，骂人妙语连珠。没人见他出过手拆过招，可菜市场这个鱼龙混杂之地须看他的佛面。

传言孙二爷是中原某武术门派传人，大隐隐于市。江湖的恩恩怨怨一旦落到柴米油盐上，都遁于虚无。

终于有一天，菜市场的这帮天选打工人见到老爷子出手了。这是第一次，也是最后一次。

那是个注定要出事的阴雨天，似乎每个走进来的顾客都阴着脸。

一个酒疯子歪歪斜斜地走到档口的猪肉摊买猪肝。

　　说是走，更像是飘。他提前叮嘱杀猪匠预留好。哪知这天生意爆好，杀猪匠只记得点开微信红包收钱，不记得看留言。

　　酒疯子的酒劲噌地蹿了上来，咧嘴大骂杀猪匠是猪脑子。杀猪匠好歹也是条硬汉，刀刃下不知欠了多少命债。他摁灭烟头，用一句出格的方言骂了回去。

　　酒疯子哪受过此等委屈，顺手操起摊子上血淋淋的菜刀。

　　杀猪匠退避三尺，拿起另一把短刀。恐因太紧张，滑溜溜的短刀咣当掉入铁丝网脱落的下水道。他可不是《水浒传》里的镇关西，对方也不像是路见不平的鲁智深。

　　后来听隔壁卖鳝鱼的余姐说，杀猪匠曾吹嘘杀猪无数，实则从未将猪送上过绞刑架。现在圈内，负责养猪、杀猪、卖猪的泾渭分明。大多是凌晨三点屠宰场的点头之交，浓郁的血腥味散去前都看不清彼此真容。

　　但他卖的确为生态粮食猪，父母在郊区的某犄角旮旯办了个养猪场。这个养猪场在导航地图上搜不到，是否通过环保部门的批准，更不得而知。

　　酒疯子并未见好就收，竟然咆哮着挥刀上前。这是喝了多少免费的酒啊？

　　也许酒疯子本想事了拂衣去，可他忘了菜市场供着一尊佛。只见一个身影簌簌掠过，弹指间便用一把利器打掉了行凶者的凶器。

　　震耳欲聋的一声脆响，让嘈杂的菜市场瞬间静默了。

　　众人这才反应过来，看清孙二爷手里拿的是炒板栗的大铁铲。那真是威风凛凛、义薄云天，胜似关二爷附体。

　　酒疯子疼得嗷嗷直叫，仍没有酒醒的迹象，更没有立地成佛的念头。他猫腰抓起案板上的两根碎骨头，向老爷子嗖嗖砸过去。

孙二爷一个神龙摆尾，辅以五行梅花步轻松躲闪。不料，脚尖着地时踩到一摊血水，整个身子重心不受控制……从此，这个老江湖就再也没下过床。

临死前，老爷子将徒弟唐福叫到跟前，警告其不要找那个酒疯子的麻烦。卑微腼腆的小唐本来就不敢找酒疯子的麻烦，绝非胆小怕事。

酒疯子不是别人，正是小唐不争气不靠谱的父亲唐德。老唐的颜值和才华都在线，可偏偏其他方面都在线下。这是典型的人格分裂，适合当演员，完全吻合斯坦尼斯拉夫斯基对一流演员的要求，无奈他阴差阳错地走进了现实舞台。

喝酒前，老唐是菜市场大水缸里敦厚沉稳的鲢鱼，闲得冒泡；喝酒后更像是被抓上菜板的鱼，垂死挣扎几下才翻白眼。

可这次死的不是他，是儿子的恩师。

孙二爷贵为菜市场的定海神针。他一倒下，此地真成了鱼龙混杂之所在。

那天很多人报警，要求严惩酒疯子。但老爷子既没有到鉴定部门做伤情鉴定，也没有带上责任认定书去法院起诉。不是因为瘫痪在床，而是不想让这对父子冤家彻底崩裂。

老人只有一个要求，希望徒弟将他的遗体带到附近的山里土葬。他就想留个全尸，不想变成灰烬乱飘。飘了一辈子，是时候落地了。

按道理，这个要求不过分。

不论是作为徒弟，还是替父赎罪，唐福都应该满足。问题是，绝大多数城市聚居区都禁止土葬，附近的山脉是风景名胜区，也不会允许。无奈老头认死理，更看中了这片风水宝地。

这可憋坏了脑瓜子不太好使的唐福！

从师父断气的那刻起，他就一直憋着气。小唐算不上五短身材，但也远远够不上玉树临风。身型和脸型都普普通通，站在人群中既不会引起追捧也不会触发恐慌。看似满心满眼的忧郁，可一看见阳光就露出佛祖般宽厚的微笑。

别人都说小唐是个好人，但他总认为这不是好话。

酒醒后的老唐比他儿子的脑瓜好使。此时的他知书达理、风度翩翩，关键是智商不掉链子，与醉酒时全然是两个人。

他想方设法帮儿子出主意。没错，是帮！

又是上网搜索，又是发朋友圈求助，还特意跑到殡仪馆门口找王大师支招。就是忘了这祸是他闯的。毫无底线地让儿子背锅，这父亲不是一般的缺德。

看来在看守所的那几天真是白待了。看守所的伙食还算不错，就是不让喝酒，要不然他就一头扎进去浪子不回头了。

老唐是在镇上的老酒厂隔壁的小天井泡大的，闻过的酒糟比喝过的好酒更多。童年无忧无虑，少年不思进取，青年奋斗无果。好在模样还行，遇到小唐他妈江兰前早已缠上一身风流债。

也不知小唐他妈那时图个啥，好歹是个握着铁饭碗的人民教师，怎么就瞎狗眼看上了这个挨千刀的。

但话分两头，老唐正儿八经做事的时候，一家人的小日子还是过得顺风顺水的。不知道他哪里搞的门路，将老婆从小镇调到城里的学校，还评了个副高职称。所以，小唐妈很服小唐爸，倘若他能管好自己的裤裆，那就更好了。

两年前的一场车祸，让临近退休的江兰直接退出教学讲台和人生舞台。吊诡的是，江兰断气前不是叮嘱老唐照顾好小唐，而是嘱托小唐照顾好老唐。

"为什么死的那个，仍然不是你？你创造了我，又不断地伤害我，干脆把我收回去得了！"小唐不想再憋下去，指着老唐的鼻子开骂。

可惜，老唐此刻听不到。他躺在床上睡得跟死猪似的，脸上还贴着面膜。他要养精蓄锐，保证颜值在线，明天去和小女友约会……

第二章 丧葬那些事

眼看孙二爷在殡葬服务公司的大柜子冻了些日子,每天花销不少。人死后但凡进了这厢,真叫一个烧钱,还不好意思讨价还价。

死亡的代价太大了。

吃这碗饭的人早就摸透了家属的心思。逝者为大,活人就得被拔毛。一本万利,税收还少,规矩他定,万物由我。

小唐有些撑不住了,但土葬证明依然没有下文。

殡葬公司的办事员小崔长着一张白里透红的小脸,此生注定红白喜事通吃。这号人消息灵通,精通阴阳八卦和人情世故。在医院里有通天法力,哪个重症病号可能先挂,他比主治医生都清楚。这才是真正的专家号。

先是向家属来一通直达灵魂深处的安慰,然后不管认不认识猛夸逝者。没有半点文学素养和佛学理论,还真干不了这行。别老盯着人家收入高,人家在停尸房门口还在恶补最新的殡葬管理条例,凌晨三点在冷寂的殡仪馆走廊打电话向大师讨教。

要端牢饭碗，就得端正心态。

等家属被感化、被催眠，他跑上跑下办手续，比死了自家亲戚还上心。随后，督促司机赶快将孙二爷的遗体运到殡葬公司，生怕被抢走似的。暂告一段落后，小崔终于可以安心睡上一觉。

唐福走完初始流程，万分悲痛之余想起老人生前的遗愿。他将睡眼惺忪的小崔从殡葬公司的宿舍拽出来，万分歉意地说出难言之隐。

小崔穿着前女友买的花布拖鞋，眨巴着鱼泡眼站在两排花圈旁。半晌没回过神来，这可不是活人能遇见的事。此时，一个逝者正按预约时间点被送去火化，噼里啪啦的鞭炮声猛然惊醒了小崔。

"我去！"小崔远离塞满鞭炮的大铁桶，担心那玩意被炸裂。"我的亲哥，你怎么不早说？"

"对不住，忘了。"小唐用沾着蜡油的手指，从干瘪的烟盒里扒拉出一根好烟奉上。

这之前都是小崔在不停地递烟。

小崔虽是个小角色，却见过生死大场面。他既不恼怒也不表态，除了生死都无大事。他接过香烟就着灵堂门口的大蜡烛点燃，朝微微发白的夜空吐圈。

一圈又一圈，在深思更在盘算。

一墙之隔就是殡仪馆。每天烧人无数，不管走前门还是后门，不管进普通炉还是豪华炉，最终都是变成灰。撒了或埋了，一切都了了，何必还要劳民伤财、劳心伤神土葬？这是公然藐视国家政策。

　　当然，逝者为大，罪过得让活人去受。这可是一本万利的财路。

　　小崔扔掉烟头走进宿舍换鞋，留给父子俩商量的空间。他也要琢磨一下如何稳住这笔单子。想土葬没那么容易，除非先把他活埋了。

　　"如果不留全尸，咱父子俩今后肯定不会有好日子过。"唐德盯着消失在门口的殡仪车，又朝满地的碎纸屑望去。

　　哀乐低悬，夜风骤起，吹拂着冥币和鞭炮碎片，将悲伤的气氛拉得满满的。

　　小唐吸了口呛鼻的夜气，打开手机看了下时间。

　　"得把人弄走。过了早上八点，哪怕多半个小时都要按两天结算。加上之前的四天，简直是烧钱啊！"老唐一眼就看穿了儿子的焦虑。

　　"这还不是你造的孽？"小唐难得顶撞父亲，猩红的烛光映出他苍白的大方脸。

　　反观穿着精致的老唐，油头粉面，精神焕发，刚才还在电话里向小女友吹嘘一宿没合眼。他就不怕当着死人面撒谎是要遭报应的？

　　"你那天为什么非要吃猪肝？非要喝那么多酒？"小唐一想到父亲醉酒发狂的丑态就堵得慌，一边麻木地将冥币扔进火盆。

　　"我心里更堵得慌。还不是因为你找个女朋友被骗了，哪像我一找一个准。"

　　"老白脸，吃软饭。"

　　"吃软饭也是本事，我有资格骄傲。看看你哪点像我，这个子，这长相，这脾气，跟你妈一模一样。"

"你没资格提我妈!"

小唐发现小崔穿着工作服不知何时出现在旁,又奉上一支烟。这是最后一支,他顺手将空烟盒扔进还在闷响的大铁桶。

小崔这次没有接,而是掏出口香糖清新口气。"土葬,可以,但我劝你们哥俩,不,父子俩还是办完手续再来接老爷子比较妥当。没有十天半月,悬。"

这是套话,更是策略。

小崔心里清楚在城里土葬不现实,到头来还得多花钱。这笔大单子,他吃定了。再说哪有往回运走遗体的,多不吉利啊?! 这家殡葬服务公司自开山以来,还从未遇到过此等怪事,一旦传出去,那恐怕在天堂和地狱都不受待见。

老唐心里凉透了,小唐则在心里盘算可以找什么路子或熟人。要把死棋盘活,这可不是走错一步或两步的问题,得有通盘考虑的大智慧。

老唐不是个有主见的人,妻子在世时靠妻子拿主意,妻子不在了就靠儿子拿主意。他就负责闯祸,负责风流倜傥,负责岁月静好。

他的逻辑思路就是与常人不同,非但不自责,反倒认为被孙二爷赖上了。敢情老家伙那天在肉摊前是故意摔倒的,求个速死,还能顺理成章让徒弟帮忙土葬。

小唐真想将父亲一顿臭骂,可话到嘴边说不出来。下辈子投胎,得多长个心眼。当务之急,是如何说服民政局办理土葬证明。

这一办,就是一周。证明没下来,催费的单子下来了。

办理土葬证明之前,得去乡镇规划局申请规划土地用途。

没人敢开这个口子，送礼碰头都不好使。绕道土地管理部门进行土地审批，有熟人就是好办事。工作人员勉为其难到现场调查，直接被村委会的人堵在半山腰。风景区正在鼓励迁旧坟，哪还敢建新坟？当地村民死了都一律火化，更甭说外人，想都别想。

这么一圈走下来，小唐瘦了一圈，老唐胖了一圈。明知办不成，却反其道行之，说白了，就想给老爷子一个交代。

唐德看儿子被折腾得人不像人鬼不像鬼，不由得心疼起来。似乎才想起这祸事是他闯的，解铃还得系铃人，是时候担次责了。万一儿子真的累趴下了，以后谁为他养老送终。

老唐瞒着儿子赶回老家，用两瓶陈酿老酒换到了一块巴掌大的坡地。

这坡地远离集市，荒着也是荒着。土葬证明三日内搞定，一切在政策许可范围之内。于情于理这事都办得漂亮。孙二爷要是在天有灵，绝对喜欢这个风水宝地。

唐福第一次对父亲刮目相看，暂时不提他害死老爷子的事。

小崔看着到手的大单子溜走，依旧不恼怒不表态。他不愧是见过大场面的狠角色。人要死得其所，就不能少花钱。让活人受罪，就是对逝者的尊重！

老唐父子运走遗体结账时尽管有心理准备，还是惊脱了下巴。什么技术处理费、安全保障费、服务费、材料费、运输费，还有那些看不见花在何处的玄幻费。总之，这人啊，还是活着好。死不起，也不敢死！

孙二爷终究是入土为安，成为小唐心中真正的佛！

第三章　车祸赔偿款

在孙二爷五七烧完纸后，老唐和小唐都有了新女友。

之前的女友要不嫌父子俩晦气，要不骗几个钱就玩消失。这年头找靠谱的对象很难，当然父子俩自身也不靠谱。

老唐催小唐早点结婚，小唐催老唐早点分手。父子俩彼此看不顺眼，但在爱情这档子事上稍微有点共同语言。小唐是奔着结婚去的，可惜这几年接连赶上白事。不是外公去世，就是母亲车祸，然后是师父归西。

按风俗，办喜事能冲淡晦气，可小唐就是怕家里添人后再出什么幺蛾子。父子俩动不动就大吵大闹，多次惊扰居委会大妈。

"这家里缺女人，更缺心眼。"居委会大妈走出唐门，总爱咕哝这句话。

小唐不是个有大能耐的人，只想活成好人的样。尽管"好人"这个词不算是真正的好词，但这毕竟是母亲的遗愿。母亲在世时对他期望很多，却逐一落空。后来就干脆嘱咐他做个好人，本本分分地在人间走一遭。

看似简单，真要落实很难。

红白事都是花钱如流水的大事，就小唐现在这穷酸相，没准哪天就被女友一脚踹了。指望父亲拿钱置办彩礼，做梦都别想，唯一指望的是母亲的车祸赔偿款。

这笔钱存在老唐的名下。

别看老唐不着调又让人不省心，却从未有过挪用这笔钱的邪念。那是妻子用命换来的钱！父子俩再怎么窝囊，但凡有口吃的，都不会破坏原则。

父子俩的原则在外人眼里，啥也不是。

唐德的女友秦羽自从得知有这笔钱，就时刻惦记着，几乎朝思暮想、魂不守舍。唐德一度自诩魅力非凡，引得女人们牵肠挂肚。直到秦羽含蓄打探钱的下落，他才顿悟自己一文不值。他必须多个心眼，但还是忍不住往性感妩媚的秦羽身上靠。

父子俩所住的老小区颇有烟火和人文气息，有格调更有情调。小街小巷要不市井喧腾，要不时尚清新，要不怀旧复古。穿梭其间，犹如在时空中旅行，鸡毛蒜皮和声色犬马一应俱全。

秦羽便是小巷尽头汉方针灸养生馆的理疗师，在圈里或多或少有点名气。

比起足疗师或搓澡工，她有一定的话语权，不是每个客户都能享受她的专业服务。再怎么说人家也是持证上岗，经过考试和评级，有职称有操守有骨气。

不过在老唐眼里，秦羽就是个按摩师。

指法娴熟，声音悦耳，呼吸香甜，在她的魔指下任何疑难杂症都能烟消云散。唐德比儿子唐福更懂女人的心，三下五除二就把秦羽搞到被窝里。这个老东西就喜欢吃嫩草，吃得水光潋滟，吃得暗香浮动月黄昏。人生几何，且不要辜负这副好皮囊。

老唐肚子里有货，比起那些全身心浸泡在麻将馆或酒馆的中年油腻大叔，他更像邻家教书先生。大概是受亡妻影响，他爱看书，所以，连儿子都不敢骂他不思进取。

有人看书是为了装点人生，有人看书是为了沐猴而冠，有人看书是为了修道成仙，而老唐看书是为了春花秋月。妻子江兰长相寒碜，不解风情，醉心教学，满身的粉笔味，就是没有胭脂味。但如果不是江兰的付出，父子俩的日子哪能如此洒脱？恰因江兰的大包大揽，父子俩缺少基本生活能力，几乎沦为废材。

江兰老师可谓高风亮节，生前照顾父子俩，死后还留下一大笔钱。话得说回来，江兰之死也将父子俩彻底打回原形。

他们花了很长时间才学会自理，方知家里没有女人就什么都不是。之前，家里温馨整洁，如今比狗窝还不如。好在两个大老爷们儿都不在意，成大事者就当不拘小节。

唐福从小接受母亲的正统教育熏陶，被寄予很高期望。老师之间对子女的培育向来攀比成风、内卷严重，堪称武装到牙齿。"诗书礼乐易春秋"他都看过，但不知所云。所谓尽信书不如无书，读书对于他而言是极其痛苦的事。

既然天生不是读书的料，只能靠后发制人，却没想到后发制于人。

高考落第，参军被淘汰，外出打工被发小骗入传销窝点，最惊悚的是鬼使神差地到了缅北。亏得他鼻子灵腿脚快，被锁入诈骗园区前侥幸脱身，在热带雨林转悠几天后终于回到国内。

为了活下来，他生吃过一些叫不出名的斑斓丑陋的虫类，现在想想都恶心。肠胃落下后遗症，动不动就拉肚子，而且不敢轻易找工作，不敢出远门，不敢结交新朋友。

谁说生命如歌？在别人眼里这叫传奇，而在他看来简直就是噩梦。年纪轻轻，他就一脸老成、故步自封，也算明白了越平淡越幸福。

越挫越勇，那是对大人物的苛求，他不过是蝼蚁般的小人物。天塌下来，也轮不到他来顶。

小唐接受母亲劝说，勉为其难进入一家武术学校学习武术。曾经的短暂磨难，让他明白掌握防身术的必要。入学之前，他从网上详查这家学校的"前世今生"，还到学校周边摸底，这才正式报名。

可叹小唐体质偏弱，又没有继承吃苦耐劳的革命传统，还被举报偷看女教练洗澡。母亲不相信儿子会干出如此龌龊之事，连夜将小唐领回家。她在城乡接合部的教育界人缘极好，到一家少儿培训机构为儿子谋了个助教的差事。

仗剑走天涯的小唐算是稳定下来，人生似乎也该从此开挂。

小唐果然没让母亲失望，与孩子们打成一片，怎么看都不像是助教，倒像是陪玩陪练。他在武术学校学业不精，但多多少少掌握了传统拳法、步法，还会自卫术、关节锁定技术，所以也没人敢近身挑衅。

从小到大，他常被同学轻视或欺负，出入社会又屡屡受骗，如今勉强找到一点自信。

"妈，我在武术学校时没偷看女教练洗澡。宿舍里有监控，一查便知，可他们为什么都针对我？"唐福有了自信后，嘴皮子就利索多了。他也算是从小看了不少书，出口便有章法。

"这口气，你憋很久了吧？"江兰正在备课，摘下老花镜盯着满脸通红的儿子。

小唐不是个招异性喜欢的阳光大男孩，就像他母亲一样走出门几乎没有回头率。但一提到异性，这小子仍会感到羞涩。

"那人真不是我！"小唐的嗓音有些哽咽，不由自主地凑近母亲。如同小时候被错怪了，迫切希望得到母亲的拥抱和安慰。

"那人到底是谁？"江兰陡然提高音量，吓得儿子浑身一颤。

她没有给予儿子想要的拥抱和安慰，毕竟儿子二十好几了。每个儿子都是母亲心目中的妈宝男，就看依恋程度高低。再不痛下狠手，儿子养活自己都难。

"是，是，是……"小唐支吾着没敢说出口，似乎那个名字滚烫，一说出来，就会烫伤嘴皮。

老唐儒雅的身影斜倚在门口，捧着一本《道德经》温和地看着母子俩。

小唐更不敢说了，母亲心里已然明了。她因为工作太忙，多次吩咐丈夫去武术学校看望儿子。不知从什么时候开始，就传出老唐和女教练有染。

有一腿就有一腿吧，干吗非要偷看人家洗澡？可见老唐的人生哲学都集中在一个"偷"字上。

要不是江兰出车祸，老唐会将"偷功"练成绝世神功，小唐也会继续在少儿培训这片江湖混下去。成不了佛，那就成为最好的自己。此时的小唐在脑海里有了"梦想"这个词。

酒驾撞死江兰的司机不是别人，正是培训机构的大主教马强。

小唐深知马主教功夫了得，仍不顾一切地冲上去暴揍他。若换作平时，老马两三下就将小唐击倒在地。可此番他哪敢还手，只希望小唐高抬贵手。

老唐父子铁了心要让肇事者把牢底坐穿，没想到江兰断气之前要求父子俩务实点。这就是平凡而固执的妻子和母亲，至死都在为丈夫和儿子的后半生考虑。

她省吃俭用、勤勤恳恳，除了课堂教学，就是相夫教子。她是学校里的名师，更是家里的顶梁柱。为了保障整个家不坍塌，她不知被风度翩翩的丈夫戴了多少顶绿帽子。丈夫没有挨千刀，她却先倒下了。

你说她是个悲剧性的人物，可在她的日记中又捕捉不到丝毫惆怅，反倒知足常乐不与命争。看到父子俩出入平安，便是她最大的幸福，如经常能与亲人把酒言欢便妇欲何求。

她喝酒时才华横溢，信手拈来直逼酒仙。老唐喝酒时却完全像变了个人，准确说不是人。要不然，孙二爷也不会因他驾鹤西去，此地空余黄鹤楼。每个人心中都有座黄鹤楼，任凭白云千载，各有定夺。

依据《中华人民共和国民法典》第一千一百七十九条，马主教赔付了一笔可观的丧葬费和死亡赔偿金，几乎免去了自己的牢狱之灾。但对这笔钱，父子俩不敢动，想都不敢想。

在爷俩眼里，江兰就是神就是佛，就是他俩一生平安的护身符。老唐再不是东西，也懂廉耻，何况小唐在这个问题上拒绝退让。他可以忍受父亲朝三暮四、朝秦暮楚，就是不能忍受父亲动母亲的送命钱。

直到现在，唐福的老书柜里还摆满了书，更多的是母亲生前的教材和日记。这书柜是父亲年轻时亲手做的，在儿子的印象里这是父亲最伟大的杰作。那是父爱的体现，可现下父爱仿似成了一种负荷。

小唐以前不爱说话，母亲死后更不爱说话。不了解情况的人还以为这小子智商有问题，但木讷懒言的唐福看起来还真像智商有问题！

直到女友李多的出现，小唐才重新露出久违的笑容！因为他确信这个美丽善良的女孩不是冲着那笔赔偿款来的！

第四章 女友，出来走几步

李多也是推拿技师，不过人家是区中医院理疗科的正规军。她从骨子里瞧不上老唐的女友秦羽，貌似同行，却不同道。

小李有学历有编制，还有颗聪慧明理的心。她崇拜王阳明的"致良知"学说，更崇拜父母的处世哲学。所谓处世哲学，不过是普通人摸爬滚打的经验和心得。

李家父母并非名望贤达，乃是菜市场摆摊卖菜的资深小贩。他们与人为善，知足常乐，嘴贫手快，有时爱占点小便宜，但在大是大非面前绝不含糊。每天起早贪黑只为五斗米，仰望星辰久矣，却从未见过大海；生活呆板枯燥，又能自找乐子。

没有他们，偌大的城市瞬间瘫痪，可他们往往又是最易被忽视的普通人。

这些年，夫妻俩不知卖了多少辣椒、萝卜、白菜、蒜苗，终于让女儿跃出龙门。他们还七拼八凑在郊区买了套60平方米的六手小房，也算是有户口的城里人了，不用再办暂住证。那些年，小区大妈领着民警逐一敲开租户的门，边唠嗑边收钱边拍照。

所以，为了变成围城里的人，外来人都很拼命。李家父母主要是不想收工回家时被小区大妈拦下，更不想女儿瞪着惶恐的眼睛缩在家长身后。

照理说，小李应该比父母有更高的追求。可她不知着了什么魔，居然选择了中医针灸推拿专业。

在很多父母眼里，这个专业就是伺候人的工种，比起足疗店的理疗师差不了多少。其实，差了好几条街。李多之所以选择这个专业，首先是出于对针灸推拿的热爱，更多的是从小到大目睹父母异常操劳，每次回家都似全身散架。

懂事的多多写完作业，就用稚嫩的小手为父母揉捏。稍微大一点，她就学着网上的推拿教学视频为父母来两三个疗程。真别说，她父母这些年跟生冷蔬菜打交道，还没染上风湿病、腱鞘炎、腰椎间盘突出等常见病。

只要能治病，帮助患者减轻痛苦，管他推拿按摩还是搓背揉脚，都是为人民服务。

"你嫌弃我的职业吗？"小李刚认识小唐那会儿，特别认真地问过。

小唐正坐在智能公厕旁的长椅上吃泡面，一边盯着视频电话里的小李。公厕不仅智能，更有热水，还能扫码洗澡。

"咋不说话？"小李嘟嘴的小样更迷人，"沉默，就表示嫌弃。"

"不……是沉默，是……沉思。"小唐稍一紧张，嘴巴就欠抽，"我有点……搞不懂你的意思。你都……不嫌弃我这个开网约车的，我哪敢嫌弃你？"

"真话？"

"如撒谎，出车就被撞死。"

"你这张嘴，比你爸差远了，有空多读书！"

"哎，听你的！"

"快吃面，待会儿凉了。"

小唐领命，稀里哗啦地扒拉着面条。

"你说你功夫这么好，不去当教练，干吗非得开网约车？屈才！"

"小时候有点自闭，不爱说话。妈妈在时让我多接触人，尤其是陌生人。不管三七二十一，先侃一通。别让人觉得我不正常。"

一提到离世的母亲，小唐就情不自禁抽噎起来，抽噎很快变成号啕，加上北风呼呼地吹，让屏幕那头的李多也感慨万分。

"是我错了，以后不提这个话题。快吃，真的凉了！"大多时候，李多的声音温柔动听。

"哎，听你的！"唐福舒舒服服地喝完面汤，"我手笨嘴笨，你别嫌弃。"

皮球踢回李多身边，她啥也不敢再说了，转身走进医院的花园区，阳光已经洒满人间洒进人心。

心态摆好了，阳光才能照到你身上。有了阳光，才有自信。王阳明说得好："圣人之道，吾性自足，向之求理于事物者误也！"向内寻求，内心具足一切，倘若总想着向外求、向外突破，那就南辕北辙了。

理，是这个理，可李多依然瞧不上半个同行的秦羽。她犯了父母当年同样的毛病。看看彼此的服务对象就一目了然，来医院理疗科的患者都是正儿八经来看病，可去汉方针灸养生馆的多是来看人。只要钱到位了，按摩身体的哪个部位都好谈，技术不是问题，颜值才是最大的证书。

但秦羽是养生馆里只卖技术不卖肉体的唯一的漂亮女人。

老板娘妒忌她的魅力，更佩服她的定力。出淤泥而不染，久而久之，她俨然成为店里的女神。多少男客人对她魂牵梦萦，荤段子可以畅聊，若要动手动脚，那就别怪老娘动粗。

也不知老唐下了什么迷魂药，韵味十足的秦大小姐就上了他的贼船。只有老唐心里最清楚这就是多读书的好处。讨女人欢心有很多方式，唯有才华输出永不过时。

秦羽号称大学本科毕业，其实毕业证书是买来的；受过针灸推拿专业培训，其实就跟着隔壁诊所的薛神医当过半年学徒。薛神医是诊所的坐堂老中医，从十三线小县城中医院退休后受聘于此，经过诊所在公众号和抖音号狂轰滥炸的宣传后，俨然成了方圆十公里内的神医，尤其在老城区颇有些名气。

别看薛神医年过七旬，依然精神矍铄、红光满面。这就是中医学的奥妙。

世间万物都离不开发生、发展、衰退和消亡的过程，人生同样要经历由弱到强，再由强到弱的过程。只要合理地做到固本培元，君子便能自强不息。这个道理人人都懂，但没几人能做到，所以还是随遇而安吧。

老唐是先认识薛神医，再认识他的关门女弟子秦羽的。薛神医曾告诫花心的老唐要善待小秦，风花雪月固然美好，稍有不慎就会猝死在温柔乡。薛神医和老唐是牌友，清馨茶园二楼的包间是他们固定的聚会点。

围绕着一张四方麻将桌，四个老男人边摸牌边摆荤段子。管你什么职业，一旦坐到麻将桌前就恢复本尊的本来面目。在女人面前，老唐矜持有度；可在同类跟前，他会亲自将风度掐碎。

老唐这次手气很背，总感觉被三个老哥合伙算计。窗外天色多变，适才还云卷云舒，此刻落在窗台的小雨点裹挟着风尘呛得人难受。

"那笔钱，动过没有？"

薛神医不经意一问，喧腾的麻将桌瞬间安静下来。

雨声渐大，更加衬托出室内的静寂。

老唐刚摸到一个没用的"圆饼"，轻柔地滑入麻将堆里。他有严重的鼻炎，每到换季就恼火得很。

他用纸巾使劲拧了下鼻子，习惯性地往地上甩去。鼻涕长而浓稠，沾在桌边，可其他三个牌友见惯不惊。他们更关心这个立志毕生吃软饭的老帅哥如何作答。

"我去，没想到薛神医也做起了刺客和说客。"老唐故作一笑而过，反而刺激薛神医说出后面的话。

"小秦也算是我介绍你认识的，作孽啊！她比你小那么多，未来的日子还很长。惦记那笔钱说得过去！"

坐在老唐上下家的两个牌友点头认可，他们就想看笑话。凡人的工作太过无聊，有时候还缺少起码的尊严，只能缩着脖颈在生活琐碎中寻找乐子。

"一猜便知是她叫你问的。"

"问一下，何妨？"老中医读过不少古医书，"君子爱财，取之有道。你是她男人，她找你要钱，不可谓不是正道。"

"人间正道是沧桑……"老唐也不是好欺负的，"那笔钱，谁也不能动，连想都别想。"

老唐意识到语气过重，不符合自己温文尔雅的人设。他这一次轻轻擤了擤鼻涕，主动将火候降下来。换季，也得换心情，人到了一定年纪，过尽千帆后要尽量做到旁行而不流。

这也是老唐在女人堆里吃得开的原因，难怪妻子临死还护着他。男人们看他不顺眼，是出于妒忌而非正义。老唐的逻辑思维远胜阿Q精神，因为他自认活得透彻，来人间潇洒走一回，瞻前顾后永远成不了佛。

"那钱是留给我儿子唐福的。"老唐补充道，"我唐某再不是东西，也知道做父亲起码的责任。"

没想到，三个老牌友哄笑开来。责任，这个高大上的词语从老唐嘴里说出来，挑战了大伙的认知。

"你但凡有点做父亲的责任，还找什么女人，而且一个比一个小。"老小区的老保安刚哥打出一张牌，几乎将老唐恶心到家。

"老唐身体比咱们好，上面下面都有料，找女人也是正常的。"坐老唐下家的光头强表面上帮腔，实则也是恶心他。

窗外的雨更大了，不顾情面噼里啪啦乱下一通。没人起身关窗户，这才应景。

老唐不动声色地自摸一把，片刻之间就赶走背运。看来老天爷搞这么大动静，是为他助威。他不想再费口舌解释，那样只会越描越黑，目前最担心的是牌友们不给钱。朋友再好，一旦耍赖，那可是要翻脸的。

"小秦还有个不大不小的女儿，你得多替她们母女想想！"

薛神医果真没有给钱的打算。他开的药方很对症，关键是见效快。

老唐正要点开微信收钱，手一哆嗦，手机掉入垃圾桶。

自从四个老男人围坐在一起打麻将，嘴巴就没停过。烟屁股、花生壳、卫生纸、鼻涕痰液塞满了垃圾桶，刚才只是眼不见心不烦。

他狠狠吸了口气，弯腰捡起手机，反复不断地用纸巾擦拭。

等他忙完抬头，三个牌友早已没了踪影。室内浓烈的烟雾似乎也一下子被抽走了，敢情那三个高人腾云驾雾去也。

"这帮龟儿子！"老唐逐一检查三个牌友的抽屉，空空如也。

他从烟灰缸捡起小半根香烟，郁闷地抽起来。须臾间，紧绷的脸颊舒展开来。老唐擅长自我理疗，人生就没有过不去的坎。当然，前提是自己没心没肺。可再没心没肺，也不容许被女人欺骗。

他扔掉烟头，冲下楼去。这回，他必须爷们儿一把！

第五章　一切为了女儿

秦羽确实有个女儿，已上初一。她二十岁就生孩子，三十出头已是女儿心目中的老母亲了。

秦羽不介意这个称呼，甚至发朋友圈时也如此这般自嘲。那句话叫什么来着：无傲气但有傲骨，善自嘲而不嘲人。她一直在努力修炼，更一直在努力赚钱。

在这个物欲横流的社会，养个孩子太难，尤其是养女儿。

倘若做不到富养，那大概率结果和她一样。很容易被男人的花言巧语骗上床，上位不成反受其害，连孩子也跟着遭罪。所以，女人还得自食其力，至少先养活自己再去风花雪月。

爱情既是浪漫的，也是狗血的。

"妈，你说你这么漂亮这么性感，在街上回头率这么高，为什么还是没钱？"

女儿秦小月有时忍不住会如此发问。通常此时，母女俩正坐在步行街的长椅上，娇柔的路灯打在她们娇柔的脸上。她们吃着冰激凌，却艳羡地看着别人一家三口在玻璃餐厅优雅用餐。

既是同一个世界，又不是同一个世界。

秦羽疾风骤雨般吃掉冰激凌，下定决心要纠正女儿的价值观，否则，这妮子长大后还得了。她每次都这么想也这么做，可受伤害的往往是自己的玻璃心。

"钱不是万能的，爱才是万能的。况且一个女人如果只靠美貌换钱，那是很可悲的。"

"换不了钱，那更可悲。"

"你们学校都教些什么乱七八糟的？"

秦羽提高了嗓门，疲倦的目光仍像嚼完的口香糖粘着对面的餐厅。曾几何时，她也常被三两个光鲜的男人带着光顾此地。那算不上一生中最美好的时光，可至少不用担心如何打发时光。

"私立学校大抵如此，"秦小月蹙下蛾眉很老练地长叹一声，"教育的悲哀莫过于将金钱置于枯燥无味的教材之上！"

"这话说得颇有鲁迅先生的格调，但下次开家长会，我还是必须和班主任沟通。小月同学，提前有个心理准备。"

"老年痴呆了吗？你都一学期没参加家长会了。"

女儿一下子戳中母亲的痛点，鲁迅先生的格调比子弹好使。

没准她在刻意引导母亲的思路，以便抖出这句最富杀伤力的话。显然，女儿在学校里受了委屈，却忽视了母亲受过的委屈。

秦羽省吃俭用、东拼西凑将女儿送到私立学校，本以为这样能弥补对女儿的亏欠。可女儿在学校里并不开心，学得也较吃力。秦羽曾打算利用家长群的优质资源广开财路，为此削尖脑门挤入家委会。

她热情地为师生服务，每次组织活动都忙得晕头转向。再苦再累，她仍保持最好的状态和最美的笑容。她并不清楚自己一开始就打错了算盘。

这些活动都费钱，对于有钱人来说不过是九牛一毛，而对于她来说那真是割肉。她忍痛坚持下来，期待得到家长们的丰厚回报。这些非富即贵的家长就算每人扔个鸡腿，也能将她养肥。

结果，秦羽反倒成了女家长们的眼中钉！

她太漂亮太热辣太活跃，孩子们的父亲都争抢着报名参加活动。一旦家庭妇女们同时感到危机并联合起来，那个过于突出的同类就只能出局。

从此，她不敢再参加家长会。

她不是怕自己受伤害，是怕女儿遭受更大的伤害。普通家庭的孩子上学有诸多烦忧，这不是少年维特能比的，动不动就厌学或抑郁。不仅要卷学习成绩，还要卷家庭实力。父母喜欢晒孩子，孩子也喜欢晒父母。这又是何必呢？存在就是合理，不合理的都跑到虚拟世界去了。

眼看努力工作和剑走偏锋都无望，又不想放下女人的尊严，秦羽只好把希望寄托在老唐身上。

老唐正在气头上，小秦的来电引爆了火药桶。

"你骗我！"老唐抢先开口。占据道义制高点，即使分手也不会割肉。

"大爷，我骗你什么？你他妈的有什么值得我骗的？老牛吃嫩草，泡妞还舍不得花钱！卑鄙虚伪，伤风败俗，不懂规则，拉低档次。"

小秦更窝火，毫不留情地回骂。

　　可惜这堆话既没条理，也没水准。怪就怪她文化程度偏低，又不愿参加成人自考。买来的文凭更像廉价护肤品，只能暂时让面子光鲜一会儿。平时还绷着，拍照都尽量拍出文艺范，一到关键时刻就露馅甚至破相。

　　这下好了，两人的档次都拉低了。

　　老唐不愧是花丛中的老猎手，顿时意识到问题的严重性。他温和地提议见面聊，就在街边公园的几度夕阳红茶馆。

　　半个小时左右，小秦居然抢先到了茶馆。出门前她换了一套性感的裙子，还特意戴了副墨镜。征服男人，她有的是办法，越是闹矛盾，越能解决大问题。

　　微雨过后，葱郁的公园里透着清新明快。

　　她点了杯柠檬茶，放了一大把冰糖，勉强压住心中的苦涩，端着架子，并无付钱的打算。老板很清楚待会儿有个老熟人会来买单。

　　橘红色的细勺子在水杯中轻轻搅动，便能主导柠檬片的沉浮。红黄白三种色彩随性融合，孕育出酸甜可口的香气。沁人心脾、引人遐思，文艺范又恢复了。

　　老唐一路小跑而至，气喘吁吁地在小秦桌前落座。老板也不发问，心领神会地泡了一杯竹叶青。保持平常心不易，谁叫人有那么多贪念？

　　老唐用手机扫码给钱，顺带抓拍了一张小秦的侧颜照。无须美颜，面前的这个女人盖过了多少走红毯的女明星。

　　小秦装作出神地阅读网络小说，没打算搭理对方。

　　她头也不抬，还故意用秀发遮住半边俏脸蛋。水汪汪的杏眼伤感动情，令人怜惜，不知是小说故事情节吸引了她，还是她在锤炼自己的演技。

就这么知性文静地坐着，等待对面的男人赔礼道歉。这回最好来点实惠的，要不然，以后连碰面喝茶的机会都没有。

来这个公园喝茶的大多是老年人，聊的都是儿孙辈的事。小秦坐在这里很是突兀，准确地说是惊艳脱尘。老头们忍不住瞅上一眼，而老太太则把目光落在老唐身上。随着传统观念被颠覆，老夫少妻或老妻少夫都不稀罕，可她们还是很纳闷。

唐德自从妻子出车祸后便不断地找对象，而且大多是不到四十岁的女人。他到底有多饥渴？这是放飞，还是放纵？除了长得人模狗样、保养得当，他有啥真本事？女人肯定是看中了那笔赔偿款，一旦得手，注定分手。满大街的小鲜肉，为什么她偏偏看中这个糟老头？你懂的！

仿佛公园里的所有人，就老唐是个傻子。

这个老傻子不操心儿子的婚事、不寻求改善父子关系，成天寻花问柳。小心哪天亡妻从坟墓里爬出来找他算账！

"用沉鱼落雁形容你，都不为过。"老唐娴熟地托着盖碗茶，微闭眼轻呷一口，"你说唐某何德何能，居然能虏获你的芳心！"

"别以为我读书少，就能占我便宜。我的芳心是有价值的。"秦羽不想再绷了，将花呗上的还款数额和日期给他看。

老唐二话没说，点开微信转账，发现自己的钱包也是枯瘦如柴。

小秦等了片刻，见老唐没有下文，起身要走。那些看热闹的老太太相视一笑，都猜中了。直面真实世界，多少有些阵痛。

老唐连忙拽住小秦的手臂："少安毋躁，别让大家看笑话。"

"找我到这个地方喝茶，不就是让大家看笑话的吗？"小秦甩开老唐的手，"十八块钱一杯茶，就能聆听大自然的声音，可老娘的夕阳红还没到！"

"对不住，委屈你了。能不能先坐下？我着实有难言的苦衷！"

小秦果然很听话地坐回竹椅，这个男人的声音太有磁性了。这就是文化人的魅力，每个字眼都透着温度和高度。

"先回答我一个问题，你是不是有个女儿？"

小秦双手捧起盖碗茶，几乎将茶水喝个底朝天。完全不顾吃相，她其实很渴。

老唐很殷勤地为她倒满，清冽的茶水映着枝头乱颤的红花。此时此地，满园的春花也比不上老唐身前的女人。

"那是我自己的女儿，我自己抚养。只希望她长大后别像她妈一样，除了有几分姿色，啥也没有。"

说到这里，秦羽抹了抹泛红的眼眶。

老唐又殷勤地递上一张雪白的纸巾。

纸巾是前天与亲戚聚餐时，他顺走的。离开餐厅前，他还一同顺走了两瓶酸奶。当时就被眼尖的儿子小唐发现，好在没外人瞅见。小唐不屑跟在父亲身旁，刻意与他保持一定距离。他从小就知道父亲贪嘴贪腥贪醉，若不是母亲包容，哪能修炼出如此德行？现在看来，包容变成了纵容。

矮胖丑的母亲自卑了一辈子，时不时被风流倜傥的丈夫戴绿帽子，还落个惨死的下场。反倒是老唐活得滋润洒脱，现在更是无所忌惮地飞舞在花丛中。书本上总说好人一生平安，可在现实中有些小人更长寿。小唐没有遗传父亲帅气的外表和挺拔的身材，却继承了母亲的大部分缺点。不自卑才怪！

　　管他长不长寿，胸无大志的小唐仍想做个好人。这是母亲的遗愿，也算是他的志愿。当有志者都在勇攀事业巅峰时，小人物只想活得真实一点。

　　你说老唐是渣男也罢，是负心汉也罢，对于正常男人而言，都不是讨喜的标签，却不影响他继续在这条不归路上狂奔。出来混，总是要还的！小唐有时候竟然诅咒父亲不会有好下场，算是在心里为母亲报仇了。

　　"老唐，你开始像你儿子一样嫌弃我啦？"

　　秦羽接过纸巾并未擦拭眼泪，而是粗暴地摁死了桌上的小虫。她早就看虫子不顺眼了，该下手时绝不能心慈手软！

第六章　父子俩，各管各

桌上的虫子刚才肆无忌惮地爬来爬去，错过了最佳逃生时机。

这小东西给点阳光就灿烂甚至忘乎所以，完全忘了这个平台是谁搭建的。翻手为云，覆手便为雨，无论是宏观世界还是微观世界，都得有忧患意识。

"小唐哪懂大人的事，我更没资格嫌弃你。"老唐笑里藏针，不过是绣花针，"就是觉得咱们既然交往，便应该坦诚。君子坦荡荡，小人长戚戚。"

"既然知道了，有什么打算？"秦羽放下二郎腿，再次做好随时撤离的准备。

"我还不算老，放心，抚养女儿的事，我也有一份。"

"那是我的女儿……"

"现在也是我的了。"

秦羽的灵魂就这么轻易被触动了，继续跷起二郎腿。赏心悦目的大长腿白晃晃的，晃得老唐眼睛发直、喉管发痒。

小秦幽幽地将纸巾折了三次，正要擦拭眼泪。她也不嫌弃。

老唐夺走那片被污损的纸巾，掏出一张更柔软更高档的纸巾。

秦羽瞅了一眼纸巾上的英文字母，轻抚着梨花带雨的脸颊。虽然有些造作，仍让老唐平添怜香惜玉之情。

这份心情从来不曾在亡妻身上产生过，对江兰的愧疚竟然在无声地消减。老唐忽而觉得自己被妻子亏欠，更被妻子耽误了最美好的年华。像他如此儒雅大度的男人就该拥有浪漫至纯的爱情，至于家庭责任只是肩头的少许负荷，不该成为桎梏男人灵魂的枷锁。

这么一想，心里便打开了另一扇窗户，他不由得放肆起来。两人的灵魂彻底捆绑，只因你情我愿。

"今晚给你压压惊！"老唐用手遮住坏笑的嘴唇，"以实际行动向你赔不是。"

"又想白嫖？"秦羽将纸巾扔还给老唐，"老打白条，不是你的风格吧？"

"看你这话，多脏！咱俩是在恋爱。"老唐看秦羽脸没有舒展的迹象，必须放个大招，"今晚给你来点实惠的。"

"那你怎么跟儿子交代？"

"他听我的！我再不成气候，也是他老子！"

这倒是改变不了的事实！

小秦朝老唐嫣然一笑。她清楚小唐是个厵货，貌似会点皮毛功夫，却从不敢在老唐面前撒野。这都归功于江兰老师的启蒙教育，将儿子活生生地培养成一个窝囊废！

就在两人约会时，邻座的方阿姨也偷偷拍照发给了小唐。

方阿姨是江兰生前学校的食堂后勤，前半生做过最重要的决定就是将儿子硬塞进江兰的班。江老师对小方格外照顾，加上这小子好学上进，不优秀都不行。从小学到高中，小方一路开挂，最终考上了理想的大学。小方后来回母校得知噩耗，比老唐父子哭得更撕心裂肺。出殡那天，小方捧着骨灰盒，小唐捧着遗照，老唐则留在农家乐招待前来吊孝的亲朋好友。

丧葬费没花父子俩一分钱，亲朋随礼的钱用剩下的也几乎全装进了老唐个人腰包。至今，老唐都没去过妻子安葬在老家的墓地。他声称没空，主要是没这个心。

小唐正在几公里外的菜市场，帮助准岳父岳母打理蔬菜摊。说是打理，也没什么事可做，就为混个脸熟。他对菜市场有天然的亲切感，同时又有几分伤感。

师父孙二爷曾在城乡接合部的菜市场隐姓埋名，就收了小唐这么一个弟子，几乎没教过他拳脚。老爷子常说功夫的最高境界是不会功夫，一旦沾上血就会嗜血如命。这里所谓的功夫已不限于功夫，包括金钱、权势、地位等。倘若实在没有什么拿得出手的本事，那就做个乐在其中的凡夫俗子。这是另一种境界的扫地僧！

看到照片后，小唐冷笑两声便打住了。

连第三声都是多余的。那个风度翩翩的父亲怎么看都不像是他的亲爹，也不像那个喜欢吃猪肝醉酒闯祸的二货。

小唐将大堆蒜苗清洗好交给大客户，向围坐着斗地主的准岳父回头一笑。然后，他撅着屁股将方脑袋藏在摊位下，用很轻的语音发微信劝告方阿姨别理这些破事。

可方阿姨实在看不下去。她替死去的江老师感到憋屈，你说女人一辈子不就图嫁个好男人。也不知江老师生前图啥,一世英名尽毁于丈夫之手。

方阿姨越想越窝火,越看越来气,牙齿咬得咯咯作响,手臂上的青筋噌噌直露,好歹她在食堂里也掌过勺。比起花枝招展的小秦,这个粗胳膊粗腿的老妇人有泰山压顶之势。

老唐是明白人。见一团巨大的阴影从旁蹿过来,他拽起小秦就开溜。两人边跑边乐,俊男靓女谈情说爱就需要那么点刺激。以后到公园喝茶,还得先观察附近有多少熟人,尤其是江兰生前的熟人。你老唐不看重的人,不代表不被别人看重。

方阿姨将狗男女落荒而逃的照片又发给了小唐,但小唐照旧冷笑两声。

小唐不擅长用语言表达情感,就连面部表情也未有太大变化。不熟悉的人以为他老气横秋,熟悉的人知道他麻木了。

父子俩虽然同住一个屋檐下,基本上各过各的。

不在一口锅里吃饭,更不在一个价值维度。只要不动母亲的钱,父子俩更像合租的房客。

水电燃气费归老唐管,物业清洁费归小唐管,请客送礼各一半,倒也公平民主。若非遇到父子俩必须同时出面的场合,他们都不会给对方好脸色看。母亲的葬礼和师父的葬礼,是他们交流最多的时候。

在外人眼里,父子俩感情深厚共渡难关,也只有闯进他们生活的人方知两人仅靠血缘纽带维系平衡,而且平衡随时会被打破,每次修复都得花上不少时间。

李多的父亲老李打心眼里瞧不上小唐,这小子不是他想找的乘龙快婿。虽然都是底层人士,但人生高度还是有落差。

自从女儿大学毕业有了稳定工作，站在菜摊后的老李将腰杆挺直了。以前顾客前来买菜，他笑脸相迎、低声下气，就怕说错一句话，尤其怕得罪负责采购的大客户。但凡多买几斤菜，女儿的大学生活费就会高些。好在女儿争气，他再苦再累也值得。

岁月不居，时光如流，五十之年忽焉已至，还来不及享受生活，容颜便在精打细算中老去。他打算在女儿结婚前带老婆出趟远门，翘望海上日出、云帆归去。老婆嫁他二十多年，从未出过远门，走过最远的路就是从娘家到婆家。

老李深感亏欠这个女人太多。别的同龄女人忙着涂脂抹粉和美颜磨皮，而菜摊旁的黄脸婆还在用刀片熟练地削土豆皮。赶上某个大餐厅急需上百斤土豆，夫妻俩都会免费加工，再免费用机动三轮车运过去。

现如今，送货上门的任务光荣地落在小唐身上。他也是免费的。

当小唐骑三轮车载着蔬菜离去时，李家两口子惯常的笑脸就基本消失了。尤其是这实在人老李，恨不得女儿马上与小唐分手。

女儿李多是妥妥的潜力股，而小唐一眼就能看到人生尽头。

李多要长相有长相，要学历有学历，偏偏看上其貌不扬实力不济的唐福。小唐的气质一看就是混迹菜市场的料，饿不了肚子，也撑不破肚子。几乎和老李夫妇没啥两样。夫妻俩在菜市场熬了大半辈子，不想将女儿交给这样的粗老爷们儿。

再说，优秀男人都很少进菜市场，出入高档写字楼参加各种会议才是成功人士的标志。沦落菜市场的，都是被人生大舞台抛弃的配角或龙套，混口饭吃而已！

　　人往高处走，水往低处流。哪有走回头路的？

　　"对不住啦，小兄弟，"老李拿起半根红萝卜狠咬了一口，在心里拿定主意，"必须拆散你们，多多是我唯一的女儿，更是我的未来！你人好，肯定懂我！"

第七章　青春烧烤摊

落日将整座城市镀上了一层金边，辉映着下班回家的人们。

这金色具有普世价值，涂抹在每个人身上并未有亲疏浓淡之分。但凡热爱生活的人，都会在追逐阳光中体悟美好。日常，不因太过平常就丢失浪漫，人生的终极浪漫便是享受日常。

老唐驾着亡妻留下的车，带着现女友秦羽朝天赐街驶去。这里是城东最繁华、最高大上的区域，名流云集、美食众多，消费都不菲。

秦羽补完妆，不经意朝窗外瞥了一眼，情不自禁笑起来，这是发自内心的笑。不过很快，笑容消散，回归现实。

"唐哥，心意领了。"小秦摇起窗户，将繁华硬生生挡在外面，"这里太贵了，换个地方吧！"

"不是说好了，今晚为你压惊。你就别管了，待会儿敞开肚子吃。"老唐心里清楚自己兜里的钱不够外面餐厅的任何一顿大餐，但吃准小秦不会让他破费。形式工作得做，火候更要拿捏精准，掉头发都不能掉份儿。

"掉头吧，去桃花巷，我想吃烧烤。"小秦很认真的样子。

"那多委屈你啊！咱俩认识也有段时日了，一直没有像模像样地请你吃过饭。今晚无论如何，都必须让我破费。"老唐也是很认真的样子。

小秦是感到有那么点委屈。

追她的男人多了去，可她偏偏选了个半老头。老唐既不脱发也无啤酒肚，有风度更有维度。他爱看书，喜欢慢跑更喜欢慢生活。人生苦短，何必那么着急忙慌？

相较而言，他的亡妻江兰就是太着急。在学校里为学生操劳，回到家为父子操心，好不容易熬到快退休，却遭遇车祸一命呜呼。亏得江老师是个高尚和纯粹的人，还为父子俩留下一笔不小的钱。老唐也不知几世修来的福，就是讨女人喜欢。要不是偶尔醉酒发狂或作孽作妖，真是理想中的好男人。

小秦决定这次听老唐的话，放开肚子大吃一顿。不惦记那笔钱是不可能的，但这也绝非她爱慕老唐的唯一理由。

这下轮到老唐着急了，把方向盘的手微微出汗，好在脸上波澜不惊。

真要吃大餐，他只能把老命撂在此浮华之地。只等灯火阑珊时，警察领着小唐来认尸。

必须就此打住，还得保住薄面不留痕迹。

"待会儿你就负责享受美食，我就负责欣赏你。所谓华容婀娜，令我忘餐！"

"意思是你看我，看着看着就饱了？"

"非也，你是芙蓉如面柳如眉，我欣赏都来不及。"

"算了，不吃大餐。贵，还不一定好吃。"

"跟我客气，就是瞧不起我。"老唐自认演技炉火纯青，忘了骑驴下坡。

"你几斤几两，我心里有数，"小秦厌烦了这场无聊的对手戏，"除非动你亡妻的钱，否则……呵呵呵！"

老唐也尴尬地呵呵一笑，改道朝大学城方向驶去。

小秦不舍地回头望去，灯火下的美食街愈加光彩照人，隔着窗玻璃都能感到满满诱惑，熟悉又陌生。

她不由得想起前些年自己坐在某个男人的跑车里，肆无忌惮地在富人区穿梭，从来不会为吃喝玩乐担忧，也从来不曾想过人生比坐过山车更刺激。那段沉醉更沉沦的岁月缥缈不真实，宛如井中月一捧即碎。

碎得决绝无情，又能快速合拢引诱你再度思恋！容颜再美却非永恒，风霜刀剑严相逼，只恨当年没顾得上捞钱。

琢磨至此，她又拿出精巧的化妆包，掏了个遍，也不知该如何增色。这不是补一补妆，就能修补好的。

十多分钟后，老唐将车停在建筑工地的围栏旁。这里不收停车费，但有监控。穿过隧道，就是桃花巷。

大学城自从立项后不停地扩建，准确地说是扩张。几所知名大学的二本学院扎堆在此，吸引天南海北的学子蜂拥过来。很多民办院校的收费偏高，没能考上公办大学的，只能到这里缴高价学费。毕业后，还不一定能找到好工作，可不上大学，连找好工作的机会都没有。

老唐牵着小秦的手，站在桃花巷口便有了初恋的感觉。

月光下的桃花巷别有一番情调，世俗与浪漫齐飞。大学生们占据了巷子里最好吃、最实惠的小吃店。撸串烧烤煎炸，三五杯酒下肚，理想已远去，不知今夕是何夕。直到回归校园，才重拾理想，忆起考研大事。本科生满街走，研究生还能硬气几年，估计以后研究生也不吃香了。

老唐带着小秦拨开人流，直扑靠近小舞台的青春烧烤摊。

正好有一桌大学生吃完离去。他热情地向老板眼哥打招呼，一边主动收拾狼藉不堪的桌面。每逢周末，这里都有促销活动和歌舞表演。

边吃烧烤边看表演，也算是人生的一大美事。没钱请女友去大剧院看高雅的演出，便在这烟花深处觅一方快意。这不是躺平，更不是摆烂，这是采花东篱下的悠然。

眼哥，真名马崔，是唐福的初中同学。无论多大岁数的人都乐于叫他眼哥。名字多难记啊，还是绰号来得顺溜。眼哥戴一副厚厚的眼镜片，身子却像瘦瘦的生鱼片；斯文秀气，学历不低，思想深邃，却安于在市井中当起了扫地僧。这点与唐福倒有些相似，所以两人才能成为狐朋狗友。

马崔本是多金之人，可崇尚靠自己的双手打拼天下。

他与父母关系不和，源于既没按长辈的要求进某国企，更没迎娶某局座的独生女，最终找了个比他大十六岁的离异女人，这是多缺少母爱啊！

马崔一眼就认出了老唐，放下手中的活上前招呼。

别看他身子单薄得一阵风都能吹倒，但嗓子脆脚步快。他是能把烧烤当歌唱的人，高兴时直接蹦跳到舞台上纵酒放歌。也不说他人生多得意，反正随性活在自己的世界里。

"唐叔叔，越来越帅了，好久没来照顾我生意啦！"

"看看，人家这张嘴，比我家小唐好使多了。"

　　小马用纸巾擦了擦眼镜,越擦越模糊,还是忍不住把混沌的目光投向唐叔叔对面的美女,仿佛有一束霞光从云端照进他胸膛。

　　"这位神仙姐姐是……"

　　"我女朋友小秦,与你和小唐都是同岁。"老唐得意忘形地笑了,"我大老远赶来就是照顾你生意,接下来看你的表现了!"

　　"烤串7.5折,啤酒买3送1。"小马用手遮住滑溜溜的嘴巴,担心邻座听见,"外带赠送小姐姐两瓶百事可乐。这叫好事成双!"

　　"你就是可乐!"小秦被逗乐了。放眼身边全是年轻人,算是来对地方了。

　　小马向老唐竖了竖大拇指,低声嘱咐伙计务必关照这桌客人。他抽身来到后厨,立马收敛笑容掏出同样滑溜溜的手机。

　　"哥们,你那个糟心的老爸在我这儿,还带了个小美女。这女人我好像在哪里见过,她应该是和我一个亲戚的舅舅好过。那舅舅后来进去了!"

　　电话那头没有吭声,只有电子导航的语音。

　　小马抓起菜刀猛剁菜板,心里不快但刀法快。"你妈真是不值得,作为外人我都看不下去。本想挣钱了事,可正义驱使我……"

　　电话那头瞬间挂断,要出大事的征兆。这马老板不好端端地挣钱,图个啥啊?扫地僧的道义通病又犯了……

第八章　好哥们

老唐最有绅士风度，边吃花生米边买单，而且有点急不可耐，出手快才有发言权。

他主要是怕老板反悔折扣打得太狠，更怕小秦再额外点菜。烧烤吃的就是一种氛围、一种格调。再惆怅的事都能在这火热的氛围中被融掉，再不顺的往事都会在这种格调中被过滤。

什么居安思危、踔厉奋发、只争朝夕，这些词语早与他不沾边，老唐现在就图个"乐"字。

其实，他年轻时候也没真正奋斗过，家庭里里外外都靠亡妻打理，他只消安安静静做个美男子。吃软饭吃得如此铿锵有力的男人，老唐屈身算作第二，没人敢占第一。

眼哥亲自将烤熟的羊肉串端上桌，闪烁着光芒的镜片后的眼睛不敢直面老唐。

他后悔刚才打小报告，这是在砸自己的招牌。不管怎么说，顾客是上帝，吃完买单拍屁股走人，别人家里那点破事轮不到一个外人插手。

待会儿如果父子俩真大打出手，首先倒霉的是青春烧烤摊！还好，买了高额保险。

他真算不上一个合格的生意人，闷声发大财的职业操守终究没守住。他在火炭上烤的是良知，而不单纯是肉串。

眼哥心神不宁地回到收银台，打开抽屉看看有无消毒酒精和创可贴什么的。真有人受伤流血，指定用得着。他弓身溜进厨房，千叮咛万叮嘱，让厨师看好刀具，万一外面有风吹草动，抢先锁住厨房门打报警电话。做完这些，他才坐在烧烤架旁重新忙碌，稍一分神烫伤了手指。

今晚不出事，都对不起这氛围。

老唐点的菜逐一烤熟，酒水也上齐了。就差那么点仪式感。

他为小秦斟满啤酒，含情脉脉地注视着她，有要表白的苗头，可他早过了向女人表白的年纪。那就来点实惠的，小秦急需的正是他的金口大开。

邻桌一个弹吉他的大男孩正唱着一首祝福的歌曲。绝不是老唐点的歌，但好在音乐是仁慈的，没有边界没有贫贱没有尊卑。歌曲是免费的，烧烤是打折的，流光溢彩的桃花巷是共享的。待会儿也不用去酒店开房，直接回家滚床单。总之，一切都有安排都有定数。美哉！

"首先，表达我深深的歉意；其次，请放心，我会善待你们母女。"

"善待，是需要花钱的。"

"今晚暂不谈钱，只交流感情。"老唐说这话的同时，很深情地望了一眼夜空中的明月。如此良辰美景，月亮代表他的心。

两人碰完杯，还未喝到嘴里就同时傻眼了。

小唐捧着母亲的遗照直挺挺地站在旁边，也不知啥时候冒出来的。这小子既不动手，也不动嘴，就这么阴惨惨地站着。原本美妙绝伦的月光落在他身上，竟现出几分凄凉和幽怨。

"你这是诚心让我们当众出丑啊！"老唐放下酒杯，瞪着面无表情的儿子。

小唐懒得理会，小心翼翼地将遗照放在桌上。

秦羽吓得扔下酒杯，撒腿就跑。老唐没敢继续埋怨儿子，而是朝眼哥瞪了两眼，起身追去。

这个结局出乎意料，兵不血刃却收效明显。别看小唐闷葫芦一个，还是略懂兵法的。

眼哥向小唐竖起大拇指，这个手势刚向他老爸用过，随后低声提醒他将遗照收回包里。小唐照做，转身便走。

眼哥用细胳膊挽住小唐粗壮的手，又连忙松开。适才被烫伤的手指疼得厉害，所幸心里不疼了。

"就这么走啦？"眼哥嘻嘻笑道，"别人是顾客，难不成你是侠客？事了拂衣去，深藏身与名。"

"那要为兄怎么谢你？"小唐也合着他的意笑起来，"陪吃陪玩，还是陪睡？只要不赔钱，一切随你便。"

"这可是满桌的菜，你瞎了狗眼吗？"眼哥抓起一根烤肠塞进小唐的嘴，"我亲自烤的，你爸点的，别浪费了他的好意。"

小唐瞬间明白了，不吃白不吃。

他在菜市场蹲了老半天，又跑了三个小时的网约车，正好肚中响如鼓。他吃着美味的烤肠落座，端起父亲还没顾得上喝的酒杯。

"别一个人吃啊，叫你女朋友李多过来，"眼哥夺下小唐的酒杯，"我再给你们送两个大菜。"

"这方面，我就是不如你。"小唐很听话地掏出手机。他不仅瞎狗眼，还是猪脑袋。

"可你找的女朋友比我的更漂亮更年轻，当然我那位也不赖。"眼哥一想到自家女友丰满圆润的身板，忍不住吞了吞口水。

"主要是我没你口味重。大少爷不做，跑出来受这烟熏火燎。你以前也算是眉清目秀的小鲜肉，现在都快把自己烤成老腊肉了。"

"这话痛快，老子爱听。"小马乐了。

"你龟儿子受虐惯了，小心回家被女朋友家暴。"小唐更乐。

小唐打完电话，美滋滋地盯着满桌色香味俱全的菜，又惆怅地望着自己黢黑老土的打扮。眼哥不愧是小唐的好兄弟，一眼就看穿了他的窘态。

"今天刚买了件衣服，还没穿，借你用一下。但要记住和她那个之前，得给老子脱下来。"

"你心眼可真多。"

小唐先把遗照放回车里，转身回到店里找衣服。他也不问衣服放在哪儿，伸手便从桌下的箱子里取出。穿在身上还真合适，可头发有点脏乱差，飘着汗臭。

他冲进厨房，将脑袋放在水龙头下，顺手拿起洗洁精涂抹。厨师既不吃惊，也不阻拦，心里清楚老板的朋友不是奇葩就是杠精。

洗完头发，他又拿起剪刀剪掉长鼻毛，喷些花露水，这才意气风发地重回桌旁。

眼哥看着自己老贵老贵的新衣服穿在小唐身上，心一下子凉了。他再次后悔了。俗话说：人靠衣装马靠鞍，但没见过这么糟践衣服的。就算把世上最高级奢华的衣服披在小唐身上，他也是跑龙套的主。

不过，想想也没错，生活中哪有那么多主角？

眼哥还没从思辨中转过弯来，就被一个飘逸干练的倩影用力推开。李多端坐到小唐对面，打量着穿得人模人样的男朋友。那锋利狠绝的眼神能在几秒内把小唐咔嚓掉。

小唐紧张地等着女友夸赞，没想到李多脸色一沉。

"把衣服脱了！"

第九章　女侠李多

李多的脆嗓门不输眼哥，看着端庄秀气，可一张嘴就火气冲天。唐福再次表现出很听话的美德，赶忙脱掉新衣服扔还给眼哥。

客人们无不好奇地看过来，原本以为来了个母夜叉，没想到是自带书卷气息的林黛玉。

外表冰清玉洁，不与人争锋，可冷飕飕的目光让人无不胆寒。反观坐在她对面的男子，要身材没身材，要颜值没颜值，要魄力没魄力。纵使龙袍加身，也是扶不起的阿斗。

一个有多么抢眼，另一个便有多么不起眼。

小唐不想为自己辩解，等着李多继续训话。徒劳无益的事做得太多了，也不差这一件。

李多端起秦羽没喝的酒杯，一口气喝个透彻。由于喝得太快，接连打了三个嗝，酒花又从嘴里喷溅到自己手上。

小唐赶紧用纸巾为女友擦拭，全程赔笑不敢吱声。

"这衣服不符合你的气质！"李多降低声调、缓和语气，"改天发了工资，我给你买。"

"应该是我给你买才对，"唐福将声音压得更低，"今天虽然只在路上跑了三个多小时，但都是大单。"

"瞧你这点出息，"李多为自己斟满酒，"刚才我爸来电话了，知道他是怎么评价你的吗?"

"我有自知之明，会继续努力的!"

"努力，也不一定能成功。"

唐福受了打击，便深深地垂下脑瓜子。打小就这样。他自卑惯了，不在乎别人的冷眼，苦于不知如何改正和如何奋发。生活中有太多平庸者，终其一生也碌碌无为，保护着成功者头上的皇冠。主角也好，配角也罢，自己觉得好才是真的好。

眼哥看不下去，心里那个难受啊。他和小唐都不是成大事的料，但男人的尊严必须得到尊重，尤其在公众场合，忍耐和迁就并不是好习惯。

唐福看出好哥们要为他出头，用手示意他忙去吧。眼哥弯下腰为唐福倒满酒，拍了拍他的肩膀走开了，三步一叹气，五步一回首。

"你们两个好基友，还挺有默契。"李多抓起一粒花生米塞进唐福的嘴里，"刚才的话还没说完，不努力，肯定成功不了。"

小唐脆生生地咬着花生米，心里又美滋滋起来。他就这个德行，李多吃得很准。

酒过三巡，开始吃烧烤聊段子。这也是不可或缺的下酒菜。

小李聊她在医院理疗科遇到的各类患者，人间百态都在针灸与推拿间浮现，只为博得长吁短叹，蓦然回首都是千疮百孔的人生，但理疗完毕后还得继续奔波。医院这地方，谁都不想来，又不得不来。有钱的病人挂专家号，没钱的病人挂普通号，可重大疾病不是砸钱就能治愈的。依然是那个理，砸钱不一定治好，不砸钱肯定治不好。

轮到小唐聊他今天遇到的乘客，个个都是火急火燎赶去办事，还有个大学者在学校作完报告，赶着去参加某大老板的追悼会。这种特殊的大单子，一般司机忌讳，可小唐不怕。生老病死的场面，他也见了不少，再说谁跟钱过不去？

小唐将学者送到殡仪馆后，按客人要求在外面等了半个小时再将他送回住处。小唐算是殡仪馆的大客户，外公、母亲和师父都是在这里被送走的。

去年底，他陪着两个难兄难弟也在此守灵。生命的终点站比大多数人住的地方都阔绰，不用担心死后没有动静。再落魄，也会吹吹打打风光一下。

后来学者说他眼神不好，一着急走错了地方。挂在墙头的遗像不是陌生人，竟是多年不见的老友。那就随礼吧，还大哭一场。他是真的伤感，不是心疼钱，是心疼被遗忘的友情！参加完老友的追悼会，抽身到隔壁参加大老板的追悼会。几个女人正带着各自的律师唇枪舌剑争夺遗产，没人瞅一眼墙头的遗像。他懒得随礼，烧香鞠躬后走人。大老板的全名，他一直没记住，这次总算看清楚了。

小唐讲完，小李敬了他一杯。别看唐福嘴皮子不利索，他有生活阅历。一旦投入叙事，听者大多会被感染，除非没心没肺。

"唐哥，你干脆改行讲评书，"小李半开玩笑道，"慈云寺门口有个茶园，茶园里面有个天井，天井正中有个台子。隔三岔五就有人上去讲段子，可逗了，有时候我听着听着就落泪了。这些段子来自生活，不是胡编乱造，像我等小人物太有感触啦！"

"我哪行啊？首先长相就过不了审，嘴皮子也不好使，还有就是……"小唐看女友是认真的，不敢再往下说。

"我倒觉得长相和嘴巴反而是你的优势。"小李打开手机，翻出茶园的照片，"你要是站在这里，比什么大明星都强。真实，接地气！客人来茶园不只是品茶，品的还是生活。"

"你说行，那指定行，不过我还是觉得开滴滴自由洒脱。"

李多浅酌了一口酒，猛地凝视着对面的男人。小唐慌忙放下碗筷坐得笔直，准备接受暴风雨般的训诫。不料，李多莞尔一笑，然后放下了手机。

"这事不急，从长计议，目前最主要的是怎么才能让我爸妈喜欢你。"

一提到这个话题，小唐又萎靡不振。可越是逃避，越来事。

唐福的手机突然狂响起来，而且是那种特别俗的歌曲。

这声音大得惊人，旁边的客人们齐刷刷地望过来。不是惊奇，是猎奇。一看唐福和李多极不般配的相貌，就知道不出事才怪。烧烤撸串，没有点重口味的话题岂不扫兴？这还叫烟火气息吗？

电话是准岳父老李打来的。

小唐大汗淋漓，慌乱无措。练武的手还算有些定力，却无力触碰手机。

"这就是我亲爹，隔空都知道女儿心里的想法。先不接，冷一下他。你今天在菜市场表现如何？"李多故作镇静。

"我就没休息过，忙得张牙舞爪……是不是我什么地方做错了?"小唐则根本镇静不下来。

"那，我父母在后面和水果摊的王阿姨、干杂店的张叔斗地主?"

"对。我想多表现，让你爸妈多休息。"

唐福的嗓音带着委屈，脑子嗡嗡作响。他快速复盘整个过程，表现良好，也没有算错账、找错钱。这老李到底是几个意思啊?

小李抓起一大把花生米扔进嘴，乌黑明亮的眼珠子骨碌碌转动着。"他们哪是斗地主啊，是在为我相亲。王阿姨有个侄子是名牌大学的高才生，现在在外企任职，年薪……算了，不说这个!"

唐福在大小肠里搜刮个遍，没发现自己有什么优势盖过对方。

电话又来了，急得他都快哭了。真不该捡便宜来吃烧烤，如今看来自己倒像被烤熟的肉串。

这个男人的熊样没有引起李多的反感，反让她心疼起来。李多决定豁出去挡枪眼，因为唐福之前也用命保护过她。共患难过的爱情，多少能抵御世俗的侵袭。

李多抓起唐福的手机，起身找了个僻静处。

"爸，小唐洗澡去了。你们明天一大早要去批发市场订货，早点睡吧!"她的声音轻柔细腻，却足以引爆半个街区……

第十章　都是当爹的

老李哪还睡得着，从床头噌地弹起来。

由于动作生猛，闪了一下老腰，指间的烟头也掉落在床单上。老婆于萍端着一杯漱口水冲进来，正好看到一团黑烟蹿起。

她毫不犹豫地将满杯水泼上去。

十分钟前刚换的新床单瞬间报废，浪费了女儿的心意。这四件套是女儿在网上买的，下午刚到货。都说女儿最贴心，一点不假。

夫妻俩本想就着新床单温存一下，于萍还特意多刷了几遍牙。欲火被浇灭，怒火被点燃。

于萍扭头开骂，可发现丈夫已经没影了。

她抓起床头柜上的半盒香烟，扔进垃圾桶。片刻后，她又捡回来塞进抽屉。这是小唐买的，也是人家的心意。小伙子没啥大不了的缺点，也没啥大不了的优点。芸芸众生中的一枚普通人，何必那么苛求？

想是这么想，可比起才貌双全的女儿多多，小唐还是差了几条街。你可别小瞧这几条街，从安置房聚集的易安街到高档楼盘所在的金融街，那是差个十万八千里。人只要有落差和对比，便有了评判的双重标准。夫妻俩含辛茹苦培养出如此优秀的女儿，总不能找个毫无潜力的女婿。

也难怪老李那么生气，该!

别看老李平时当惯了老好人，可为了女儿的幸福，定能豁出命。至于丢脸与否，根本不是咱们这些小人物会考虑的事。

于萍越想越着急，越着急越上火。她匆忙换衣服追出去。主要还是怕自己男人吃亏，小唐怎么着也是学过套路的，而女儿在关键时刻，滑溜溜的胳膊有可能往外拐。

且说老唐追赶小秦，从灯火明朗之处追到灯火阑珊之处。小秦饥渴难耐，气急败坏，脚跟一歪摔倒在墙角。老唐心疼地上前揉捏，被一脚踹开。老唐也不生气，再次凑上前。

小秦嗷嗷直叫，就是不让碰。虽说文化程度不高，骨子里却没有坏水，嘴里更喷不出脏话。骂街不擅长，只能乱嚷一通。

老唐突然转身就走，头也不回，走得那么决绝，那么任性，那么洒脱。

暧昧的月光追着他急流勇退的身影，而身后的世界无论如何沉落已与他无关。他的世界只有他自己，其他的都是可舍弃的。

小秦盯着那个无情无义的影子嵌入夜幕深处，终于止不住号啕大哭。

这再次论证了那个怪论：男人，没几个是好东西。怪论长期挂在她母亲的嘴边，直到她遗憾地闭上双眼。母亲年轻时被一个已婚男人迷得神魂颠倒，还为他生下孩子。那时的母亲青春懵懂，有大把大把的时光可挥霍，就是从未设想过未来。小秦三岁时，那个已婚男人未按承诺离婚，而是带着家人悄然移民海外。

遭遇打击的母亲没脸待在当地，也带着女儿搬到异地。没有文化，没有背景，没有特长，又不能吃苦耐劳，只能隔三岔五打零工。她也想过堕落，最终还是守住了道德底线。女人最好的年华在郁郁寡欢与穷困潦倒中度过，最大的奢望是陪伴女儿长大。

由于长期抽劣质烟，母亲染上了肺癌，不到三十岁就病逝了。母亲去世前，将女儿送给了一户所谓的好人家，指望女儿有个好的人生。小秦总觉得养父宽厚的微笑里藏着邪念，没几天就逃离了。她晕倒在垃圾场门口，被捡垃圾的老爷爷带回了家。

苦是苦了点，可小秦从此活得很踏实很自在，而且出淤泥不染，十来岁就亭亭玉立，很是讨人喜欢。她读书不多，但在爷爷最朴实无华的引导下生出了骨气和傲气。爷爷去世那年，十八岁的小秦哭得死去活来。她买了个昂贵的骨灰盒，选了个昂贵的墓地，将老人高贵的灵魂安葬了！

往事不堪回首，件件看来不是带着血丝，就是夹着雨丝。她的人生为何如此曲折？难道仅仅是因为要守住那一份高贵？仔细想来可笑至极，她都快养不活自己和女儿，高贵能有啥用？

如今再遇极品渣男，除了哭泣，还能做什么？

她在挎包里找了半天，没有找到烟盒，这才想起戒烟一周了。必须坚持下去，绝不能步母亲的后尘。目前能做的，看来也只有哭泣。

越哭越伤心，被丢弃在繁华之外的苦楚已不是初尝。每次都遇到奇葩男人，而这一次最是刻骨铭心，短促却让人剧痛难忍。

想到正在读私立学校的女儿，想到所欠的网贷，想到房租……想到所有急需花钱的地方，伤心变成了揪心。既然无法获得一份真正的爱情，那就死了这条心。既然走投无路，那就换条活路。她不想再守护母亲和爷爷当年的那份高贵，在这个物欲泛滥的现实社会，高贵都是和金钱捆绑的。

她扫了一眼自己婀娜丰腴的躯体，即便斜躺在地上也充满油画质感。假如19世纪末期的法国大画家爱德华·比森在世，定会将此时此刻的她描绘出来。绝世，更绝色，哪个男人看了不动心？

都穷成这样了，还顾忌什么丢脸与否。只要不让女儿知道就行，只要能准时为女儿缴费就行。躺平挣钱，何乐而不为，更何况当下不缺小三小四小五。格局打开了，那还等什么？

小秦打开手机微信通讯录，有好几个神秘的男顾客垂涎她的美貌。他们是汉方针灸养生馆的常客，都是冲着她来的。养生馆女老板鼓动小秦设法把这些常客变成钻石VIP，两三年下来就能买房买车。可小秦不想屈膝服务，怕自己永远站不起来。

眼看别的女技师收入翻几番，只有她还拿着死工资。女老板有时亲自为顾客提供采耳服务，无论是跪采还是怀抱采，都轻松自如。技师与客人鼻息相通，丝丝入怀，难免会让人心猿意马。

这不叫养生，这就是变相的色情服务。

那些男顾客越是得不到小秦的特色服务，越是不甘心放弃。

在他们眼里，就没有金钱摆不平的事，只能说明金额没给够。他们隔三岔五发红包雨慰问，可小秦依旧不接招，又不愿拉黑。

如此缠斗，如此斗智，又如此无聊。

可叹，残酷的现实一次又一次击碎了她那么点卑微的信念。她实在扛不住，是时候妥协了。女人最美好的时光正在褪去，再不利用便是无用。出身如此低贱，还守护什么高贵？看看这个乌烟瘴气的世界，高贵和信仰都是被嘲笑的常用词，高大上才能封神！哪个女人不想当女神？

她点开某个成功男士的电话，那人曾说过，电话一响，黄金万两。

她咬了咬干涸的嘴皮，正要拨打……

一阵急促的脚步声，直接踩碎夜的孤傲，勇毅地奔来。

她惊慌地抬头望去。

那个消失的熟悉身影，竟然迎着月光气喘吁吁地回到她跟前。

"大爷，你回来干什么？滚！"

小秦咆哮道，又不无好奇地盯着老唐手里的口袋。她嗅到了一股香气，还有药水的气息。

这到底是渣男，还是暖男……

第十一章　破门而入

老男人唐德没有搭理，而是放下口袋，更放下身段。

他掏出正骨水强行涂抹在小秦的腿上，然后非常轻快地揉捏着。老唐除了偶尔醉酒变成六亲不认的浑蛋，大多时候是别人眼里的暖男，唯独亏欠家人。

活血化瘀，更化解心里的郁结。这半老头不愧是采花高手，每次都踩到点子上了。此刻最需要化解的不单是情绪，还有肚中的饥渴。

秦羽盯着香气扑鼻的塑料袋，碍于面子不愿主动拿取。女人的底线思维又回来了。

老唐打开饭盒，递给小秦。小秦早已把持不住，狼吞虎咽地开吃。老唐打开另一个饭盒，也靠在墙边吃起来。他吃得慢条斯理，吃得云淡风轻，即便坐在街边也不失雅士风度。

从不知哪个犄角旮旯飘来悠扬的琴声，让两人触摸到爱情的美好。谁说半老头不懂得浪漫？那是因为没有遇到对的人！

"委屈你啦！"老唐夹起一个鸡腿放到小秦的饭盒里，"吃完后，我开车送你回家。"

"这么好的月色，真舍得送我走？"小秦撕扯着鸡腿，将那些所谓的成功男士名单抛到九霄云外。

老唐的眼珠子在黑暗中泛着光，加快了吃饭的进度。饱暖思淫欲，他并非圣贤更非柳下惠，做个快乐的半老头岂不快哉？

回到唐门已是过十点，明月早已迫不及待地乖巧在窗边等着窥视。

老唐心想他把烧烤给了儿子，那小子定会借花献佛请女友去。这对年轻人会乘兴到旁边的酒店开房，大事可定。得了，也算是提前为儿媳妇接风。再糟糕的事，稍作反向思维，也可能变成好事。

今晚注定是父子俩最春风得意之时。得意，就得尽欢！

老唐见小秦主动走进卫生间洗澡，从衣柜里拿出亡妻的遗照忏悔。稍微心安理得后，他便走进儿子的卧室寻找避孕套。

翻箱倒柜，就是没找到那玩意。

这小子不会还是处男吧？老唐觉得自己这个当爹的太不称职了，对儿子居然毫不了解。再这么下去，何时才能抱上孙子？希望儿子今晚抓牢机会，但一想到以后要为孙子冲奶粉、换尿裤，他伤感地摸了摸脸。到那时将变成真正的糟老头，春花秋月已然了了。

"别找了，我带了。"一个极富磁性的女音从后面传来。

这声音瞬间击穿了老唐的胸腔，引得他心脏狂跳。当他转头时，那个湿漉漉的玉体已贴上来。抓住眼前的春花秋月，及时行乐吧。

两人顺势倒在了小唐的床上，而窗外的夜色勾勒出另一个当爹之人的背影。

老李驾驶机动三轮车冲进唐家父子所住的小区，反复给女儿打电话。始终没人接。完了，女儿已经变成别人的女人了！

老李当初就多了个心眼，警告女儿不要与小唐有肌肤之亲。虽说这个时代很开明很开放，却不能不给自己考虑退路。尤其像老李这样的传统家长，既盼望女儿找个好对象，又怕她找对象时被蒙骗。

经过一段时间的观察，他确信小唐不是骗人的料，但也算不上优质男士。老李夫妇起早贪黑、省吃俭用，好不容易将女儿培养成优质女士，怎么着也得找个匹配的。这小唐要人才没人才，要钱财没钱财，还有个不省心的爹。

越想越不划算，越想越来气！

老李快步如飞地奔向单元门，半道上踢到一个矿泉水瓶。脚力过猛，那空空的塑料瓶被踢入井盖松动的下水道。看看这破小区，我女儿如果真嫁到这里，直接拉低生活档次，想要脸都没人给。

精明能干的老李还耍了个心眼，从小唐嘴里套出了他家的房门密码。一旦有什么变故，可以第一时间火速赶到。此番看来，他这个心眼堪比天眼。

本想给这对年轻人留点情面，让他们穿好衣服自行下楼解释，可来不及了。除了强行阻止，没有更好的招。再说我一个卖菜的无所谓脸面，为了女儿的幸福，不在乎流言蜚语甚至千刀万剐。

老李火急火燎地冲上灯光暗淡的楼梯，又火急火燎地输入房门密码。

他太过慌乱，输了三遍才打开门。他之前为了摸清小唐的家底，陪同女儿来过一次，知道小唐的卧室是哪间。

卧室门微闭，柔和的灯光乍泄而出，缠绵的声音却汩汩涌出。

别怪父亲不给脸，以后就知道我的良苦用心啦。老李搓了搓双手，其实他用的不是手。

他飞起一脚踹开门。这脚力够猛，嗓音更猛。

"马上穿好衣服，都给老子起来！"

屋内传来女人的尖叫声，随后便没有任何响动。

这声音不像是女儿的声音。

老李心里咯噔一下，用手半遮住眼帘朝床上瞥去。

两个身子蜷缩在被窝里一动不动，但感觉得出来正瑟瑟发抖。

老李扫了一眼满地的衣裤，就是没看到女儿的东西。难道走错房间了？他看到小唐的照片摆在书柜上，小唐的臭袜子耷拉在椅子上。

确信没有走错。老李用力揪了揪粗糙的脸颊，真的是见鬼了！上门吃瓜，还是头一回，可当务之急是溜之大吉。

老李不敢再发出一丝声响，屏住呼吸踮起脚朝门口滑去。

床上再次传来尖叫声。

这次是个老男人的声音："我废了！"

同样是男人的老李知道话里的意思。他不敢再犹豫，双手捂住脑袋冲出门。

他刚冲下楼道，就撞在一个女人结实的怀里。这女人不是别人，正是他老婆于萍。于萍是干粗活的人，身板厚实，脚步平稳，要不然早被撞飞了。

于萍认出了丈夫，气急败坏地问他咋回事。

老李用手捂住老婆的嘴巴，提醒她别出声。这次算是用上他那个大手掌了。这双手搬运货物、切菜掌秤，长满了老茧，可从来没打过女儿。就这么一个宝贝疙瘩，心疼还来不及。女儿有未来，他才有未来。

老李见四周没人，拽着老婆像贼似的窜入夜幕。很快就传来机动三轮车的嘟嘟嘟嘟声，这声音也很快远去了……

第十二章　开房

离破小区不远的一家破酒店的大厅，半醉的唐福正扶着大醉的李多办理入住手续。

无邪无为的李多喝酒前是糊涂人，喝酒后更糊涂。不过她心里明白将自己交到唐福手里，那是绝对安全。

前台小姐可不这么认为。她借着昏暗的灯光打量这对情侣，怎么看都不像是恋人。男的长得很一般，女的长得不一般。

前台小姐满脸堆笑，声音酥柔，好看的柳叶眉下嵌着一双警惕的大眼睛。她一会儿说网速太慢，一会儿说程序故障……刻意拖延时间，其实是想让值班经理来坐镇。近来，公安机关严厉开展扫黄打非专项行动，酒店越破越是重点监查对象。酒店都有义务做好协查工作，又切忌打草惊蛇。

这个男的是越看越不对劲，与正在通缉的强奸犯有几分相似。现在报警，没有胜算。她不过是个弱女子，若非没有文凭没有特长没有背景，谁愿意到这里做前台？

"动作快点。"唐福不耐烦的一声吼，吓得她更加惶恐。

好在值班经理赶到，身后还跟着一个保安。保安睁着惺忪睡眼，手里拿着微微弯曲的防暴棍。看来，这玩意没少用。

"先生您好，首先欢迎入住我们酒店……"温文尔雅的值班经理也是满脸堆笑，但不敢靠得太近。

"你们这里也叫酒店，就一个破旅馆。"唐福用充血的眼睛瞪着那弯曲的防暴棍，嘴角浮出冷笑。

保安心里发怵，不敢发声。他已做好搏斗或逃跑的双重准备。

"破旅馆，那你还瞧得上？"值班经理收敛笑意，示意前台小姐随时拨打报警电话。

"不是他瞧得上，是我……"李多一张口，就吐了经理满身。

经理掏出纸巾擦了擦脸上的呕吐物，可看到衣服上还有那么多，整个人趋于崩溃。这是女老板刚给他买的新衣服。废话套话就免了，直接发飙。

"还愣着干吗？报警！"经理亮开嗓门一吼，夺过保安的防暴棍准备自卫。

"等一会儿，章经理不认识我啦？"李多掠了掠有些蓬乱的头发，轮到她满脸堆笑，"我是你们女老板的同学李医生，今晚是来照顾她生意的。难怪你们酒店生意不好，原来企业文化建设出了问题。这是根上的症状，得好好治。"

经理刚才还欲哭无泪，此刻又一次无缝衔接地喜笑颜开。他扔掉棍子，以最快的速度拔掉前台的座机电话线。前台小姐刚说出"我要报"三个字，就没下文了。

"对不起，李医生，我有眼不识泰山。"经理脱掉西服扔给保安，向李多伸出手。

小唐也不客气，抢先握住经理的手。稍一用力，经理就嗯嗯呀呀起来。

"行啦，你这大老爷们儿别把小鲜肉的手捏碎了。"李多的话特别好使，唐福立马松手。

"我亲自为你们办理入住手续，"经理走到电脑旁登记，"还有一个情侣套间，床是圆的，光线柔和，非常浪漫，而且保证没有针孔摄像头。"

小唐兴趣大增，跃跃欲试。小李颇为尴尬，进退两难。

本意是来照顾老友生意，没想到闹出这么大动静。酒店的工作人员几乎都知道了，女老板同学很快也会知道。明天一早，同学群就会炸开锅。

小李以前可是医科大学的班花，曾经追求她的男生从食堂排到厕所。记得住姓名的有百号人，记不住姓名的就太多了。如今居然找了这么个货色，还在这种破旅馆开房。这不仅打她的脸，更打了那些追求者的脸。大家只能认为小李同学的口味很特殊。

这么一想，她面红耳赤，更加纠结郁闷。

小唐误以为小李害羞，从经理手里夺过房卡。就在此时，小唐的手机铃声响起来。本不想搭理，可小李催促他快接。这或许是脱身的机会。

既然女友发话，当然得接。一看是父亲打来的，唐福心里就不爽。父子俩彼此很少打电话，一通话指定没好事。不是老子找儿子麻烦，就是儿子找老子麻烦。

果不其然，老唐有气无力的声音刺得小唐耳朵收紧了。

"儿子，你到医院来一下。"

"你怎么啦？"

唐福尽管不满自己的好事被打扰，还是担心父亲的安危。老唐再怎么不是东西，也是他的亲爹。从小到大，唐福很少被父亲训斥，反而经常遭到母亲痛骂。江兰年年被教育局评为优秀教师，是孩子们心目中最和蔼可亲的"江妈妈"，可在培育自家儿子上相当失败。

江妈妈尚未来得及反思，儿子就长大了；本想退休后弥补对儿子的亏欠，却不幸遭遇车祸。唐福恨过母亲，也恨过父亲，最终恨自己不争气。他不是个读书的料，也不是个学武的料，口才不好，脑子迟钝。这辈子注定成不了大事，只能保持人性上的原生态。

"来了就知道了，我马上要做检查，"那个熟悉的声音此刻听来更像是在交代遗言，"记住，别让李多跟来。"

唐福走到一旁，将声音压得很低。

"你怎么知道她和我在一起？"

"你是我儿子，那点小心思都是跟我学的……烧烤不错吧，差点就烧到床上了。哎哟，疼疼疼，医生，你轻点……"

电话那头突然断了，像是被关进坟墓一样的封闭空间。

唐福僵在原地，感到窒息难受，仿佛自己也随父亲一同被埋葬。

李多从后面拍了拍唐福的肩，吓了他一跳。

"出什么事啦？"

"我爸进医院了。"

"那还犹豫什么，咱们快去医院。"

李多夺过唐福手里的房卡扔到前台，急不可耐地出门。唐福向经理歉意地笑了笑，奔到大街上抓住李多的手。

"我爸不让你去。"唐福是实诚人，瞒不住事。

"你爸什么意思?"李多的酒劲又上来了。

"那地方花钱如流水，他不想让你看到咱们家这个情况。"唐福的猪脑袋也有好使的时候。

"懂了，你爸患的是见不得人的病。"李多掏出手机向唐福转了两千块钱，"本想给我爸买一部新手机，暂缓吧，先孝敬我未来的公公。下次，轮到你孝敬未来的岳父岳母。他们对你是有意见，可我对你没意见。你下面和上面都要自信!"

医生说话都这么硬核吗? 对人体了如指掌，对人性也了如指掌，所以一张嘴就能击中要害。

唐福心里非常受用，虽然"自信"这个词语与他不沾边。他是个很容易动情的人，一不留神就会哭鼻子掉眼泪。这很不符合他的纯爷们儿外形，因为真实而难得，又因为难得而罕见。

李多没想到自己的这番话有如此感染力，那就姑且再感染一下。她用带着酒气的嘴唇，吻了吻唐福的脸。两人身高相近，所以不费吹灰之力。

唐福犹如被电流猛击，又一次僵在原地。等回过神来，那个真善美的女孩已打车离去。

"回家后发个信息!"他冲远处的车子喊道，心里别提多美。

今晚没有如愿滚床单，但他仍然感受到了生命的愉悦。确实，他应该自信，这是一种生活态度。素月凌空，夜色静谧，给了他更多的遐想空间。

唐福用手摁住被女友吻过的地方，生怕那香气和酒气被嫉炉的夜风吹走。

风，乐于带走最美好的梦幻，将人拉回现实的囚笼。当你苦等下一场风送你出狱的时候，那风已变成了颠倒黑白的风暴。一半清醒一半迷醉，或许是人生的最好状态，可惜束缚心房的囚笼很难轻易打破。再等等吧，他至少有了盼头。

他猛拍了拍另一侧脸颊，自己就是开滴滴车的。但喝酒不能开车，规则不能破。多撩人的月色啊，走着去吧。医院花钱的地方不少，省一点是一点，反正过两个十字路口就到了！

小唐边走边哼起来，转念想到哼哼唧唧的父亲，他又犯愁了。

第十三章　难言之隐

老唐喜欢养生，注重健康，稍有不适立马去医院。

各种检查走一遍，中医和西医专家都咨询。别看他平时抠门，看病就医从不手软。平时小病小痛，都要第一时间到医院，何况摊上难言之隐。如不及时治疗，便真成废人了。

男人，哪儿都可以出问题，唯独那方面不能垮台。

小唐赶到医院时，已凌晨五点。

混沌的残夜即将逝去，清澈的黎明正在到来。

他根据父亲提供的精准导航定位，走进住院部的三楼泌尿科。两个当班护士正哈欠连天地坐在椅子上，狂刷抖音视频。最忙碌的时刻早结束了，护士长也不想对下属太苛刻。

一阵轻微而绵长的哀叫声从某间病房涌出。

临近天亮，这声音听来倒现出几分可怕和可怜。声音持续回荡在静寂的长廊里，撞击着小唐脆弱的心坎。

小唐踮着脚、循着声音走去。

"那不是你爸，他在做彩超。"一个沙哑的女音从护士站传来。

"你怎么知道我是……"小唐好奇地望着护士长，不知道如何往下说。

"你爸刚才打过招呼，让你在这里等，"护士长忙着整理交班资料，头也不抬，"他是我们这里的老熟人，隔三岔五就来检查，而且是晚上来。"

"晚上来?"小唐有点紧张，"他是不是有什么毛病瞒着我?"

"以前没有，这次估计真有毛病。"护士长终于抬起头，轮到她好奇地打量着小唐，"那老帅哥真是你亲生父亲?"

"这个问题，很多人都问过。"小唐语气平和，就像这事跟自己无关，"但我相信，肯定是。从相貌上，我妈配不上我爸;从精神上，我爸配不上我妈。"

这话有趣更有哲理。

护士长微微一笑，当即对小唐产生了好感。

电梯门打开，秦羽搀扶着虚弱无力的老唐走了出来。

才几个小时没见，风度翩翩的老唐变成了风中摇曳的枯木。要想再度回春，得需要多少甘露啊。

护士长看着这别扭的一家三口，料定糟心的事不少。她不敢多问，查房去了。

"到底得啥病了? 晚上吃饭前不是好好的吗?"小唐低声道。

老唐尴尬地叫儿子别问了，先给小秦转两千块钱。

小唐装作没听见，他历来漠视父亲的话。

"检查费是小秦垫付的。"老唐愧疚地看着形容憔悴的小秦。

小秦见老唐的儿子没动静，一笑而过。谁说这父子俩不像，在女人跟前都小气得很。

不过，这次她算是看走眼了。

唐福之前就替父亲转过钱给秦羽，有她的微信号。只是尚未将李多的钱捂热，就转给别人，心里有点凉凉的。但唐家父子不能每次都没尿性吧。他手一狠，将钱转给了秦羽。

"哗啦啦，微信到账两百万！"

秦羽听到调皮的提示音，懒得看一眼。佯作对这点小钱不在乎。这一整天，她真是够背的。本想找老唐要钱，却赔了夫人又折兵，还硬生生将老唐弄进了医院。

"走啦，你们父子俩好好聊，别动手就行。"

秦羽松开唐德的手，唐福连忙扶住。

"羽羽，回去好好休息，"唐德破天荒地下了决心，"钱的事，我再想办法。"

"钱不是给了吗？"唐福雾里看花，有点蒙了。

老唐和小秦保持默契，谁也没有作答。小秦靓丽的背影不比李多逊色，只是多了点风尘味，少了些风骨。

电梯门关闭后，老唐指了指走廊深处。

小唐会意地将父亲搀扶到那里坐下。

老唐关掉头顶的灯，以免儿子看清楚自己痛苦和尴尬的表情。当他讲完事发经过后，儿子的痛苦和尴尬远甚于他。

"你还有点当父亲的样吗？再说那是我的床，要我以后怎么睡？"小唐的声音比蚊子还细，就好像阳痿的那个是他。

"不许这样和你老子说话。"老唐尽量把自己的脸罩在黑暗中。

无奈窗外渐已发白，无私的曙光正在洞穿他的隐私。

"那床我不需要了，那家我也不想回了。"这是小唐成人后说的最狠的话。

"你妈的优良品德，怎么就没有遗传给你？净遗传我的烂德行。这个家应该死的是我，而不是你妈。"

这话亏老唐说得出口，却有神奇的疗效。老唐自黑起来，连老赖都自惭形秽。

本来占理的儿子一想到凄惨死去的母亲，一想到母亲临死前叮嘱他不要太苛求父亲，就心软了。唐福旋即对父亲产生依赖感，这可是他在世上唯一的亲人。可惜父亲宽阔的肩膀不适合他靠，适合小女人靠。

"床，我给你买新的，"老唐反守为攻来了一招围魏救赵，真是知子莫如父，"现在的关键不是床的事，是如何让你准岳父负责！"

"你玩女人，还让我准岳父负责？这什么鬼逻辑？"小唐心中鬼火直窜，嘴上则极力压住火气。

"要不是他突然闯进来，我能那个……阳痿？"最后两个字说得异常艰难又好笑。

活该！小唐心里骂道，只是这两个字没敢吐出来。

"我才是你爸，你就不能摆正立场站在我这边？"老唐居然娘娘腔起来，真是一套一套的，"我都快不是完整的男人了，你丫怎么就……"

一个男病人躲在楼梯间抽烟，探出脑瓜子好奇地瞅着他俩。

"你怎么就知道那个闯进来的人是他？"

"我是没看见，但我在被窝里还是闻出了他身上的气味。"

"什么气味？"

老唐不急着回答，掂量着下面这番话的威力。他夹紧两腿，生怕被儿子踹上一脚。那可就真没治了。

"有屁快放。"儿子越着急，老子越不敢说。

"不说，就是瞎扯淡。"小唐起身欲走。

这下把老唐激怒了："菜市场特有的气味！"

小唐更怒了，扭头朝楼梯间望去，吓得那个男病人缩回暗处。他走过去砰地关上楼梯间的门，转回身，居高临下地盯着父亲。

"想干什么？我是你亲爹！"老唐求助地朝护士站望去。

那里正忙着交班，没有闲工夫关注这对父子俩。

"菜市场的气味怎么啦？"小唐的唾沫飞溅到老唐脸上，"那才是劳动人民的本色，不像你吃软饭。吃死了我妈，现在又想吃死别人。"

"你这说的是人话吗？"老唐用纸擦了擦他最引以为傲的脸，也倚着墙壁起身。

这是要彻底决裂的架势。

一缕清晨的阳光正好落在他脸上，刚才极力掩饰的痛苦和尴尬都显露无遗。

"那你刚才说的是人话吗？"小唐毫不示弱。

"我就闻出了那股气味，主要是我熟悉。你师父曾经是菜市场看大门的，你妈下课后老去抄底购买打折的蔬菜。现在你找个女朋友，她爹也是卖菜的。卖菜没什么不好，劳动人民嘛，靠本事吃饭，无可厚非。肯定是他，不然你还能把密码给谁？可是人家根本就瞧不上你这个准女婿，咱们连卖菜的都高攀不起。你以为我不知道，我心里比你更难受，因为你是我儿子！你丢的是我的脸！"

打蛇打七寸，可老唐忽略了他儿子不是蛇而是虫。本来就外强中干，这下更加不自信了。

这番话极富杀伤力，直接捅进小唐的心窝。这血顺着羸弱的血管倒流，冲走了做人最起码的尊严。他并不太在乎能否被准岳父看上，现在才知道其实连父亲也看不上他。

做男人和做儿子都太失败了！小唐连反驳的力气也没有，从亲人嘴里说出的话更不容反驳。

认命，认怂吧！他刚抬起的头颅，又垂落在胸前。

"儿子，咱们才是一家人，胳膊肘别老往外拐。"老唐知道时机成熟了，将手放在小唐肩头。

瓜熟蒂落，这父亲吃瓜居然吃到自己儿子头上了！

小唐曾经自黑投错了胎，现在则自愧连累了父亲。母亲的死或许也是他间接造成的，反正他一出生家里就没顺过。改天必须去寺庙烧炷香，最好请大师算一卦。他自卑起来，会主动削去所有棱角，只求活着，能冒泡就行。

小唐顺势带着父亲去做进一步检查，医院所有科室都上班了。老唐打开急诊科医生出具的一大串检查单，字字看来都是钱啊。神经系统检查，生殖系统检查，外周血管检查，还有不知所以然的特殊检查。

"你去楼下给我买点吃的，我先吃饱喝足，万一……"老唐用手抹了抹湿润的眼眶，正好从指间缝隙看到一个女人丰满的臀部。

他感觉自己下面有了点反应，看来还成不了废人！

第十四章　医疗费

唐福一旦听话起来，那绝对是数一数二的乖儿子。父亲之前的那些糟心的事随风飘散，就算落个满地鸡毛也不入其法眼。

刚走出医院大门，就看见李多拎着早餐盒走来。

豆浆还没喝上，唐福心里已感到那个热乎劲。可一想到李多父亲不待见的小眼神，唐福的身心瞬间凉透了。

小唐本想低头避开，李多已快步顶上来。

"哥们，隔夜就不认账啦，再说我昨晚也没把你怎么样呀！"李多眉清目秀，个性豪爽，在医院里也是出了名的。

几个医生同事笑着向李多打招呼，她也热情招手。招手之际，还刻意贴着小唐。意思再明显不过，她已名花有主。虽然这个男人其貌不扬，可踏实向善。这才是一个男人最大的资本。

"以后当着这么多人的面说话，能不能收着点？"小唐倒像个刚过门的小媳妇，羞涩得满脸通红。

"给脸不要脸。"李多将早餐盒塞给唐福，走进门诊大厅。

唐福急忙跟上去赔不是。李多也不是真的生气，稍有台阶，就借坡下驴。

"老实告诉我，你爸是不是得性病了？"李多这回将嗓音放得很低，姿态却摆得很高。

"怎……么可……能？"小唐过于着急时便说话不利索，"他是有……点那个什么花心，但有……分寸。"

"如果有分寸，他就不会玩过火。"李多像是话里有话，很怕伤了男朋友的玻璃心，"有些话我不想说得太透，自己领悟吧，我要上班了。"

走了几步，李多猛回头。"如果需要什么，到理疗科找我。"

唐福这才想起李多是医院的医生，真铁了心打探老唐的病情易如反掌。他想起父亲刚才在走廊说过的话。那番话扎心但管用，至少暂时将父子俩拽到一个战壕。父亲虽未明说要找老李赔偿，可当儿子的难道连这点觉悟都没有吗？

眼前又浮现出准岳父斜眼看他的样子，小唐越想越来气。

"李多！"他大喊。

李多刚上步行电梯，转身笑容可掬地看着唐福。病人们也惊奇地看了过来，就怕事情不够大。

"下班后，我来接你。"唐福的声音甜得发腻。

小唐不敢直面那清纯的笑容，但这笑容已治愈他的心灵。他内心的天平狠狠向女友倾斜，至少在重新见到父亲前，他是幸福的、知足的。

他提着早餐盒蹦跳着走开，走着走着感到有些失重感。没有人能做到真正的平衡，何况他只是个无足轻重的小人物。

老唐里里外外检查了一遍，跑上跑下论证了一通。不管是主任医师还是主治医师，都得出大致相同的结论：他那方面已有明显的勃起障碍，但对于像他这种年纪的人实属正常。至于闯入者是否有赔偿责任，交由当事人双方自行解决。说白了，医生也不好下结论，毕竟已超出医学范畴。

什么叫像我这种年纪的人？这是老唐最不愿意听到的话，他的心理年龄不过四十岁。这是一个男人最好的时候，不是功成名就，就是声色犬马。

妻子在世时，他对这个世界还有所忌惮。妻子离世后，这个世界对他有所忌惮。

老唐吃了两个鸡蛋、两根油条和一杯豆浆，依然眼巴巴地瞅着儿子手里的煎饼。小唐坐在父亲对面的椅子上吃得慢条斯理，一边翻看李多的朋友圈。李多发了昨晚吃烧烤的九宫格照片，也算是正式官宣恋爱了。尽管男友无论才貌抑或财貌都不全，可她毫不在乎。这种择偶标准与当下主流观点背道而驰，难怪有朋友留言告诫她悬崖勒马。

小唐油然升起一点小得意，这个通宵没有白熬。他常在自卑与自信中间徘徊，外表不易亲近，内心渴望亲近。一抹冷笑就能将他打入地狱，一缕阳光也能将他送上天堂。

小唐撕下一半煎饼扔给父亲，简直就像打发一条狗。向来高傲的老唐居然不在意，危难时刻还是儿子靠得住。他想到一个关于孝敬的古训，尚未开口就被儿子的手势阻止了。

不打扰别人的好心情，也是一种难能可贵的美德。偏偏老唐吃饱喝足后按捺不住那份潮热，还有那份耻辱。那就不玩虚的，直接来实的。

从走进医院的那刻起，他已花了好几千块。其中两千块钱是儿子给的，他选择性遗忘了。以后还得慢慢调理，不脱层皮才怪。花钱的口子一旦打开，就渐渐沥沥没完没了，堪比慢性前列腺炎。

本来日子就过得紧巴巴的，以后可如何是好？人生几何，对酒当歌。他绝不想自斟自饮，那还有何等乐趣？最好的态度是：人生得意须尽欢。现在是他最洒脱的时候，再不折腾，难道等着被病痛折磨吗？

"你折磨的是我。这事就这么算了，不要再给我添麻烦。"儿子猜中父亲的心思，抢先打预防针。

"变脸，变得比你老子还快！"老唐气急败坏，这一针扎得很准。

"这不跟你学的呗，"小唐学着母亲生前的样，摆事实讲道理，"李多是个非常优秀的女孩，人家能够看上你儿子，是你八辈子积德才换来今天的狗屎运。求你高抬贵手，别闹了。你睡我床的事，我也不计较了，回去换个床单得了。"

"这是换床单就能过去的事吗？"老唐几乎要跳起来咬人，"你准岳父让我阳痿了，我一个大男人能忍下这口气吗？"

这话说得让人浮想翩翩，难怪旁边几个病友伸长脖子望过来。

"为了我好，忍不了也得忍。"小唐还是学着他妈的语气，不到最后一刻绝不发火。

"我白养你这么大！"老唐无可奈何。

"亏你说得出口，"小唐先忍不下去了，"是江兰，我妈，养大了我。也是她把你养得白白嫩嫩，好去外面寻花问柳。你说她当年怎么就看上你了？"

"你应该问我当年怎么看上了她！"老唐的脸皮真不是一般

的厚，他的逻辑更不是一般人能理解的，"我就是人品好、懂感恩，不想辜负她对我的一片痴心。但明理人都知道，我这辈子被你妈耽误了，要不然，住建局老局长的宝贝女儿可能就是你妈！"

小唐硬生生被噎住了。他无言以对，甚至无地自容，因为面前这个老男人是他亲爹。亏得是亲爹，否则早被他一脚踹飞了。

"我回去补个觉，下午要出车。你自便。"小唐不屑再搭理父亲，转身奔下楼道。比起能言善辩的父亲，小唐最擅长的应对策略就是躲避。

老唐看着儿子绝情地离去，这是从未有过的情况。

他这个做父亲的太失败了，有种寻死的念头。他毅然决然地掏出医生刚开的补肾壮阳药，找不到水，那就直接吞服。自找苦吃，但生吞活剥的感觉超乎寻常地带劲。

扭头时，不经意看到理疗科的指示牌。

天意使然！对付不了老李，难道还对付不了小李？

老唐一手扶墙一手撑腰，装作病入膏肓的样子。他大声呻吟着、咳喘着，颤颤巍巍地朝理疗科走去……

第十五章　风格不同的理疗师

中医理疗科是中医中药、物理治疗与传统治疗相结合的科室，能开展针灸、推拿、拔罐等十余种特色服务，因治疗效果显著而备受青睐。

这是科室外墙的宣传栏上写的。

李多虽然到岗不久，已是理疗科的技术骨干。人又长得漂亮，身材好，个性足，酷似一阵完美风暴席卷着枯燥平淡的医患生活。不仅各大科室男医生争抢着与其相亲，就连常来针灸按摩的老人也带着子孙的美颜照。

今天一大早，李多在朋友圈官宣自己恋爱了。

本以为能让众多爱慕者知难而退，不料反倒阴差阳错地吸粉不少。哪个正常人能相信颜值逆天的李多会找个如此平庸的男朋友？既不是富二代，也不是拆二代，更不是官二代。这在当代人的思维惯性中根本站不住脚。大多数人认定这是李美女的缓兵之计。

蒙圈的李多无言以对，懒得再理会朋友圈评论区的大堆疑问。可还是有人不断发消息追问，她干脆删除朋友圈、关掉手机。她就闹不明白说真话为什么就没人信。看来很多人真的病了，不是推拿按摩就能缓解的。

科室主任感叹往日是门前冷落鞍马稀，如今预约挂号一周前就爆满了。理疗科以前有多么不被医院领导看好，如今就有多么被看好。领导隔三岔五就提着水果点心来慰问。人才太重要了，而且必须才貌双全！这是市场检验出来的真理。

老唐顺着指示牌一路向前，原以为几步路就到了，没想到这么远。

一个小护士见他行走吃力，好心问他是否需要帮助。他居然白了小护士一眼，平素的温文尔雅不知跑哪儿去了。

总算来到理疗科，却发现门口排了不少病人。有的是真有病，有的是借故来相亲。挂号费比起婚姻中介费便宜太多，还能零距离接受理疗服务。谈得成，皆大欢喜；谈不成，至少享受了和谐有效的医患关系。

老唐心想真要排队，不知等到猴年马月。

他嘴角一撇，掏出大把检查单插队进去。大家以为这个病弱的大叔是来复诊的，也不便追问。重症优先，行善积德。

老唐就这么轻而易举地站到了李多的身后。

李多为一个颈椎病人拔罐完毕，转头就看到老唐的苦瓜脸。她并不吃惊，这反而让老唐有些吃惊。

"就知道你会来找我，"李多向等候的病人们歉意一笑，"处理点私事。"

病人们受宠若惊地回以微笑，什么毛病都没了。

"吃里扒外！"老唐也笑道，"说的不是你，是我儿子。"

"你冤枉他了,"李多琢磨了一下措辞,"我爸凌晨去批发市场之前,把昨晚的事告诉我啦!让我向你说声对不起。"

这是一声"对不起"就能解决的吗?没有真金白银打磨的诚意,咱两家还能结为亲家吗?这是后话。当时,老唐的脸唰地全红了,那种尴尬超过了大半生经历过的所有囧事。他心里有个提示音,就像满屋的人都知道他的难言之隐,除了逃离,没有任何良药。

他用手遮住脸,像刚才插队进来那样横冲直撞溜了。一张关于生殖器的报告单滑落在地,也顾不上捡。有个老太太捡起来一看,慌忙扔进垃圾桶。太扎眼了!

李多试图追出去,却被病人们挡住了。任何人都可以走,就她不能走。

没办法,只能打电话求援,无奈唐福的电话死活打不通。估计在补觉,这小子一着床就得睡到天昏地暗。她又不能擅自离岗,但必须得做点什么。

李多想到了同行秦羽,虽说打心眼里瞧不上,可这个女人在老唐面前说话还是有分量的。再说昨晚的风流韵事,她就是当事人之一。

此刻,秦羽正在汉方针灸养生馆为老常客做推拿按摩,一边鼓动他充值成为VIP。照理说折腾了一夜,秦羽该回去补觉,可大清早女儿秦小月就打电话要钱。私立学校的管乐团老师看中了秦小月的音乐天赋,到班里三顾茅庐邀请她加入。

秦羽每次听到关于女儿的好消息,都会激动老半天。唯独上次,班主任表扬秦小月主动留在学校过周末,协助教职工清洗校园以迎接领导检查,秦羽一点也高兴不起来。

别的孩子盼周末，可自己的女儿讨厌周末。小月既不想到母亲上班的地方玩，又不想回出租屋写作业，因为她有个同学就住在出租屋所在的小区。

想到这些，秦羽忍不住抽噎了一下。这次怎么着，也得给女儿长长脸面。孩子之所以变成这样，也是当母亲的一手造成的。当初干吗非得送进私立学校，就近上公立学校多好。学费便宜，不用住校，还没那么多赤裸裸的攀比。

当秦羽打开学校指定的管乐器购买网址，一度怀疑是钓鱼网站。一根18键镀金珍藏版的单簧管居然要上万元，还是团购价。对于像秦羽这种阶层的人来说，无疑是明抢。

她真后悔答应了女儿，可金口一开岂能收回？面子问题事关女儿的现在，更事关女儿的未来。姿色平平的小月从母亲身上没继承啥优点，就学到了死要面子的臭德行。

倘若这次买不成，本来就有厌学情绪的女儿分分钟会辍学。一个十来岁的女孩不上学将会面临什么，想想都可怕。

秦羽有慢性胃炎，又没顾得上吃早饭，这下疼得都快穿孔了。

女老板刘姐熟知她的老毛病，忙备好饼干和豆奶。小秦边吃边掉眼泪，泪水掉进豆奶融进心里。刘姐看着很心疼，不说同病相怜，至少是深有感触。成人世界里就没有"容易"二字，尤其是对于三无人员而言。

刘姐高中辍学就到理发店工作，莫名其妙地睡在了黄毛老板的床上。那时候法治观念淡薄，也没把那事当回事。直到怀孕后，才知道这辈子毁了。婚后第五年，黄毛老公就吸毒进去了，从此她独自将孩子拉扯大。

她怂恿秦羽转变观念挣大钱，实则想为自己多挣一份居间费。现在想来，太自私也太恶心了。哪个女人不想做阔太太？哪个女人不想只负责貌美如花？但这不是女人生活的全部，不是人生的单一模式。

好在秦羽每次都对刘姐的建议一笑而过。她是没本事、没学问、没理想，可曾祖父那代也算是书香门第。尊严已然刻入骨髓，不能轻易向生活低头。

秦羽吃了东西后疼痛稍有缓解，转身就为上门的老常客做理疗。说是理疗，在这里全靠技师随性发挥。

老顾客马哥是一家再生资源回收总店的老板，说白了就是废品大王。别小瞧这风吹日晒的脏活和累活，每天能挣两千多块。一个月下来，就是五六万。反观秦羽优雅地待在空调房里，也是累得腰酸背痛加手指抽筋，不过是光鲜耀眼的低收入群体中的一员而已。

马哥闭着眼睛享受服务，那娴熟的指法在他粗犷坚实的背上划拨着。别看秦羽是女流之辈，手上有劲道更有章法。虽说比不上科班出身的李多，也没有什么医学基础支撑，但她的弹指神功还是广受顾客称道。

马哥就是其中之一，当然他不单是来放松的。他也不像别的客人色眯眯地盯着秦羽，只在心里胡思乱想，看看何时能把这个女人一举拿下。

"充值的事暂放一边，"马哥很舒畅地哼了两声，"先说说老唐的事。"

"哪个老唐？"秦羽故意装糊涂。

"当然是那个老不死的老唐，"马哥又哼了两声，"唐德！"

秦羽有些不悦，更不屑回答。她加快指法，只想让这个不充值的男人早点入眠。这样，她就有时间设法筹钱买单簧管。该想的招都想过了，何况还欠了一屁股的债。尽遇烦心的事，尽遇烦心的人，她何时才能打个翻身仗？

马哥猛然翻身，用力抓住秦羽的手。这次轮到秦羽痛苦地哼了两声。

"甩了他，跟我吧。"马哥嘴角挂满口水，他觉得机会成熟了。

"你不是有老婆吗？"秦羽挣脱开。

"随时可以离。"

"我不是二十出头的小姑娘，劝你还是对老婆好点。收废品这么多年，其实她才真正是你捡到的宝贝。"

"就你这悟性，有几个男人愿意充值？"

秦羽扫了一眼马哥鼓胀的裤裆，起身洗手。

"充血比充值容易，时间到啦，欢迎下次再来！"

马哥穿好外套，穿着拖鞋啪唧啪唧地走了。

女老板亲自送到门口，也不怕他下次不来。这男人啊，越是得不到，越是惦记。

秦羽刚打开手机，就看到老师催促家长购买单簧管的群消息。除了向老唐要钱，没有别的正规途径。陪这个半老头折腾了一宿，他不会不记这个情。

她躲进卫生间正准备拨号，突然收到一个陌生来电，疑心是催款的，吓得不敢接。电话铃声又狂躁地响了两遍，不得不接。

万一要债的人追到店里，她的面子和里子都没了！

第十六章　不是钱的事

"喂，你找谁?"秦羽瑟缩地问道。

"就找你!"那个声音像是从手机里弹出来，在狭窄的卫生间碰撞着。

秦羽意识到这声音既不太陌生，也不太熟悉，一时想不起来是谁，但可以确信不是要债的。

"别猜了，我是小唐的女朋友李多，也是你男朋友老唐的准儿媳妇。咱们是同行，也不是同行。"这个自我介绍真是够别致的。听得出来，李多的语气多少带着点傲慢与偏见。

秦羽只与李多见过两三次，都是实在躲不过去那种。

谈不上不欢而散，至少相互间没有好感。作为同行，两个女人本有共同语言，可李多从骨子里瞧不上她。秦羽也认了。谁叫自己在养生馆上班，成天和形形色色的男人打交道?

之前秦羽还在歌城陪客人唱歌、喝酒，算是赚了些钱，这才下定决心送女儿上私立学校。后来，一个土豪将手放在她大腿上，随即得寸进尺。秦羽扇了他两耳光，因此被开除了。她是那种看着像风尘女子，实则风骨犹存的女性。当别人看不起自己时更要自信，人生不得意，不意味着就可以堕落。

"说吧，找我有什么事？"秦羽点燃了一支烟，这样能让自己的语气从容些。

她从镜子里盯着自己美丽忧郁的脸蛋，姿色就是资本，只可惜没有用好。如果老唐在旁，定要搬出一堆词藻来赞誉，就是不来实惠的。

卫生间的空间小，本来空气就糟糕，加上烟雾散不出去，她忍不住轻轻咳嗽了几声，但传到李多耳朵时响声让人惊骇。李多不由得放低声调，将老唐跑到医院理疗科的事简单说了下。

秦羽手指一抖，香烟掉进马桶。

同为女人，提起床上那些事，不无尴尬。何况这床还是小唐的，本该滚床单的是李多。

"我买新的床单，不，新的四件套赔你们。"

秦羽见对方没有吭声，又着急地补充："不会想让我给你们换张新床吧？我就那么……脏？"

这最后一个字，秦羽是带着哭腔说出来的。她和唐福有个同样的毛病，经常在自卑与自信间切换。自卑得过头了，就等于自残。一旦往最坏处想，便全盘否定自己。

"不好意思，刚才在给一个病人针灸，没听清楚你说的话。"李多的语气很真诚。

"你边接电话边给人针灸？"秦羽松了口气，又吸了口气。

"没事，出不了人命，我闭着眼睛都能给人针灸。"这话说得很是随意，又像是在显摆。

秦羽吃不准，但多少有些羡慕。有专业功底的理疗师，就是比业余的强。她再次抽出一支香烟，旋即塞回去。

十来块钱一包的香烟，越抽越郁闷。还不如打开小窗户，吹吹外面的风。可惜，你是什么样的心情，风吹到你身上就会产生什么样的情绪。

"边通话边工作，不会被领导骂吗？你们医院管理就这么松懈？我以为医生都随时板着个脸呢？"秦羽这三个问题，其实是一个问题。

"医生，是当代社会压力和危险指数最大的职业之一，"这个话题让李多忍不住多说两句，也不管病人是否在旁，"医患关系最让人头疼，内部晋升机制也不透明。再不人性化管理，估计全崩溃了。要是我当院长，一定大刀阔斧地改革，当然，估计大家崩溃得更快。"

秦羽是个很擅长控制情绪的人，这次绷不住笑起来。

电话那头的李多则不敢笑，后面排队的病人已等得不耐烦。查岗的科室主任提醒她快挂电话，差不多行了，要注意形象，更要注意影响。

像她这种作风凌厉的女孩，心中想的是快刀斩乱麻，嘴上却拉拉杂杂讲了一通。这怎么看都像是在做理疗，而且是免费的电话理疗。秦羽乐得不行，但不敢再笑出声。

抓紧时间开方子吧。李多叮嘱秦羽看好老唐，生理有缺陷的男士心理上都会产生自卑甚至暴力倾向。最后强调理当赔偿的，应该是她爸老李，这确实不是一句对不起就能解决的事。

秦羽心中一怔，这高知女人又想玩什么花样。

"不多说了，主任又……"最后两个字还没说完，电话就断了。

秦羽久久握住手机，不知该如何形容此时的复杂心情。李多医生没有想象中那么高冷，是个心里有光的好人。而且她愿意把光芒带给你，帮你驱散黑暗。每个人都有至暗时刻，与其渴望光的施舍，不如主动做个追光者。

秦羽感到内心亮堂了，可急促的敲门声又将她拽入黑暗。

门外就是不依不饶、不痛不痒的现实世界。

负债累累，利息每分每秒都在增加。下午放学前必须把钱转给负责团购的家长，自己买单簧管价格更高。这单簧管吹出来的音乐就真有那么动听？艺术不是无价的吗？

她对着镜子调整好表情，出去为客人理疗。

刘姐见她眼角挂着泪痕，也不便责难。养生馆需要秦羽这样的忧郁女神撑台面，否则那些有钱的油腻大叔就不来了。

临近中午，来的客人大多以女性为主。个个花枝招展、穿金戴银、香气逼人，但看到真正貌美如花的秦羽，她们多少还是有些妒忌。所幸她们是高贵的客人，付钱买傲慢、买尊荣。也不在乎理疗师们爱不爱听，反正大肆吹嘘自己有多幸福，女人要想岁月静好，就得花钱保养。这也正是养生馆的广告核心。

"你们过的才叫生活，我过的只能叫生存，刷个生命的存在感而已。"

秦羽的自嘲很奏效，只是每次聊天还得别出心裁，有点麻烦。

她哪有什么文学造诣，只能从网上搜罗。不仅要巧妙附和女客人的观点，表示出极度羡慕的夸张表情，还必须卖惨或作践自己，以衬托女客人的幸福。客人们得到了身体和心理的双重满足，自然就会舍得充值。

　　养生馆分男宾和女宾服务区，彼此间不受干扰又渴望干扰。秦羽在两区都吃得开，却不意味着她是不可或缺的角色。一旦失去利用价值，随时会被踢下舞台。别看刘姐平时对她不薄，甚至宠着她，那是因为还没遇到翻脸的时候。

　　半年前，一个怀孕6个月的女同事辞职时向刘姐索要提成。笑不露齿的刘姐死不认账，还暗中找人威胁女同事。

　　秦羽深谙此道，努力工作，不惹是非。她和李多都是所在单位的名人，也是个可以随时被抹掉的人名。工作就是这么残酷，如何保持被持续利用的价值才是王道，除非你真的只想刷生命的存在感。

　　好不容易熬到午饭时间，尊贵的客人们都去赴宴了，连刘姐也要去见一个小鲜肉。秦羽没有一丝羡慕嫉妒恨，姐弟恋从来不适合她。她现在急需筹钱买单簧管，这样女儿就能回家过周末。

　　母女见面为什么越来越难，莫非中间就隔着一张钞票的距离？

　　她的手指僵硬发麻，连端盒饭的力气都没有。冲了杯咖啡，她鼓起勇气向老唐打电话。打了三遍，也没人接。老唐每到关键时刻就拉稀摆烂，看来真成废人了。

　　换作平时，秦羽可以忍，但现在火烧眉毛了。她真的没辙了，要不借高利贷，要不拨通高富帅的电话。一旦迈出第一步，就永远无法回头。即便回头，也不是之前的那个秦羽了。

　　她不想让女儿再度失望，这个周末必须见到女儿。泪珠成串地落到饭菜里，被她一并吞进肚里。

　　秦羽补了补妆，挎着包出门。不知道去哪儿，反正不能待在养生馆让同事们取笑。在大家眼里，她不像是差钱的女人。

街上转了几圈，确实没处可去。她真的绝望了，憎恨自己无能。她只想做个好母亲，可为啥这么难?!

短信提示音响了。她打开一看，简直不敢相信自己的眼睛，身子一晃险些摔倒。她连忙扶住街边的花墙。

有人已经为她支付了购买乐器的钱。

这个好人除了老唐，还能是谁?讨厌，就喜欢折磨我，不愧是采花老手。

秦羽脸上的惊愕表情尚未褪去，再次目瞪口呆。小唐开着网约车，突然停在了她身旁……

第十七章　到底是谁给的钱

　　小唐双眼红肿、脸颊浮肿、哈欠连天，一看就没有补觉。秦羽猜测小唐嫌弃那张床，特意赶来索赔。这刚过完一坎，怎么又来一座山？

　　普通人的生活并不像坐过山车那么夸张刺激，但也会不断地翻腾。让你有时候看到天，有时候看到地，有时候悬停在半空，稍有闪失，就会提前看到自己进入坟墓的样子。既然死亡是人生最大的坎，那还有什么是不能逾越的呢？

　　小唐懒洋洋地招呼秦羽上车。家丑不能外扬，总不能在大街上开骂吧。

　　秦羽很听话地打开车门坐到后排，从小唐手里接过一瓶矿泉水。

　　还真别说，唐家父子对待女人都很贴心。炊烟徐徐，慢火煨炖，不急于求成，更不急于撕破脸，但父子俩单独相处时正好相反。江兰老师在世时还能春风化雨，让这个家更像一个家。

　　"那个……我该怎么说呢？"

小唐原本掌控了主动权，一开口却表现出像是来签署谅解备忘录。他天生不是干大事的料，也很难干成什么事。

只求你做个好人，武功的最高境界就是不会武功，活着的最高境界就是好好活着。这是师父传授于他的最大武学秘籍。说了也等于没说，因为过于纯净而总被漠视。

说这话时，师父正顶着残星清扫那个散发各种异味的菜市场。他挥舞自如，没有丝毫倦怠，享受当下，知足常乐。若不是老唐醉酒惹事，师父还在菜市场做护院和扫地僧。像师父这么有能耐的人都能淡泊如水，作为关门弟子的小唐何必要搅浑人生的河床？

"要钱没有，要命有一条。"小秦的一声吼将小唐拉回现实，菜市场的异味变成了车内的女人香味。

小秦没敢喝水，将矿泉水瓶扔回前排副驾。吃人嘴软，不要乱了方寸。

唐福扭头惊诧地看着秦羽，他从来就看不透女人。

秦羽避开唐福的眼神，望着窗外浮躁的世界。母亲在世时曾对这个世界寄予美好希望，后来被重压和嘲讽消融了最美好的年华。但母亲去世前仍然希望女儿对这个世界寄予美好希望，不要轻易抛弃那份初心。

"你总得有个信念，比如为什么而活着。"秦羽的母亲即使在最煎熬的时候，也尽力在女儿面前保持微笑。她不想在女儿幼小的心灵上涂抹阴霾，世上有太多的不公平，可至少阳光是无邪、无私、无我的。

"你在想什么？"小唐看出小秦在走神，好奇地问道。

两个人的问答思路全然不在同一频道，毫无常理可循。

"这跟你有什么关系?"小秦冷漠起来,与平时比完全是两个不同的人。

"你和我爸在一起的时候,不是这样的。"

"你觉得我图他什么了?他有什么值得我图的?"

不仅不在同一频道,还不在同一维度。正常对话就这么难吗?

小唐无奈地掏出香烟,尚未放到嘴里就被身后的女人抢走了。

"你这人怎么……"小唐苦笑,但不是认怂,"车里别抽烟,待会儿有乘客上车,分分钟投诉我。"

他也不是吃素的,无招胜有招。都不想好过,那就都别过。

小秦不抽,也不打算还。靠近鼻尖嗅几下也很美哉。

"烟瘾不小啊!"

小唐将风油精抹在脸上。好像不怎么犯困了,嗓子眼也不那么干涩了,可以说正事了。

"听说你妈是个好人?"秦羽就是不想说正事,率先转换话题。

这招很管用。

一提到母亲,小唐就想到讲台和车祸,但从没想过那笔赔偿款。

小秦则不同,她太缺钱了。眼睛一睁一闭都是钱,世界固然美好,可得先让自己好来来。认识老唐之初,她并不知道父子俩有一笔钱。巫山云雨后,老当益壮的老唐主动透露了钱的事。他还挺得意,一时忘记了这钱是亡妻用命换来的。对于小秦来说,这钱更像是套牢她的一根绳子。不想挣脱,也挣不脱。

"你妈的事，我也知道些，都是好人！"小唐很快从伤感的回忆涡流脱身，将皮球扔还给小秦。

这下轮到秦羽让悲伤逆流成河。

面对母亲的凄苦，她是无奈的。面对生活的困境，她是无助的。她和老唐都是失败者，相互取暖各取所需。反倒是老唐的儿子自带荧光棒，为别人点亮人生却不想站在聚光灯下。大时代背景下的小人物尽量活得洒脱些，何必老跟命运较劲？向前看，总能发现属于你的那份美好。这不是小唐能总结出来的，是刷抖音刷出来的。

聊了半天，没谈个正事，却被交警盯上了。小唐向交警殷勤地赔笑，可交警不吃这套。

小秦打开后车窗，谎称刚才小两口正为孩子补交学费的事吵架。可爱可敬的交警叔叔揣好罚单，转过身去。

"还愣着干吗?"小秦猛拍司机座椅靠背。

小唐一脚油门飞出去，嗖嗖嗖地闯过红灯路口。看来小唐命里有这一劫。

6分没啦。小唐嘘了一声，仅此而已。怎么着也是个纯爷们儿，别老在女人面前唉声叹气。

小秦从包里摸出驾驶证，砰的一声扔到前排副驾，然后抓起刚才没喝的矿泉水，猛喝了一大口。喝完后随即笑了，她原来这么会演戏。曾几何时也想过走演员这条路，无奈时节如流、青春已逝。梦想已戒，烟不能戒。

秦羽摸出橘红色的打火机，一缕蓝色的小火苗倏地蹿起来。

这次，唐福没有阻止，毕竟刚欠了人家一份人情。要真阻止，没准秦羽就抽上了。见唐福一声不吭，她反倒灭了火。

她抽的是寂寞，别人看到的则是落寞。

"用我的，随便扣，反正我现在买不起车，也没指望你爸给我买车。"

"我不是那个意思。"

"床单，我帮你洗，但钱的事，能不能缓一缓？"

"床单，我已经洗了。"唐福扭头问道，"什么钱？"

"看前面，别回头。"秦羽发誓下次再也不上小唐的车，既要钱也要命，"我知道老唐找你要钱帮我女儿缴费了。放心，我会想办法还你。"

"我爸找我要钱，我这个当事人怎么都不知道？"

"又在装，你们父子俩怎么一个德行？"秦羽嚷道。

"别侮辱我，我才不跟他一个德行。老唐今早从医院出来后没回家，我以为他上你这儿来了，就来看看。他情绪不好，我怕……结果，扯到钱的事了。"

小秦意识到自己刚才说漏嘴，将老唐置于不利的局面。也不知这老东西从哪里搞的钱，莫不是动了那笔赔偿款？小秦心里一颤，这个男人真下血本了。往日老是怂恿老唐动那笔钱，可一旦动了，小秦又感到过意不去。那是一个女人的卖命钱啊！

小唐的脑瓜子一时还没转过弯来，手机就响起来。他忙连蓝牙接听，将状态调整到最佳。

"宝贝，才分开一小会儿，就想哥啦？"小唐刚从网剧扒了一句台词，也不在乎车里还坐着一个女人。很可能他以后得管这女人叫妈，反正差了辈分。

肉麻是肉麻了点，可真是走了心的。未料想，对方的反应不吻合剧情走向。

"快去菜市场!"李多尖锐的声音震耳欲聋,可以直接切割玻璃窗,"你爸又喝酒了……他和我爸干起来了!"

第十八章　再闹菜市场

老唐为人本善，不与命争，无大德亦无大志。隐于市，好女色，唯独对结发之妻愧疚。他崇尚道家思想，以柔克刚，无为而无不为。尤其是老子的那句名言"上善若水，水善利万物而不争"，从高中毕业起就成为他的座右铭，死后也会成为他的墓志铭。

说白了，他就是为自己吃了大半辈子的软饭找寻道德依据。可想而知，脸皮有多厚。

这也正应了另一句行话"靠颜值也是可以混饭吃的"。他腹有诗书，却没有正儿八经的理想；他有宰相肚量，可一旦喝酒连他自己都不认识。喝酒前，儒雅斯文；喝酒后，斯文扫地。

就在小唐来找小秦的两个小时前，颓废的老唐拐进巷子里的一家小酒馆。

自从上次大闹菜市场惹出人命后，他已有小半年没醉过了。所幸孙二爷是小唐的恩师，否则老唐早蹲里边去了。他不求进取，也不思悔改，更不吸取教训。

如今，还是只有杜康能解忧。一个大男人，就这么废了，以后还如何在花丛中翩翩起舞？60度的老白干方能压住内心苦楚。换作别人，喝着喝着就趴在桌上睡得跟死猪似的，可老唐这厮是越喝越亢奋，忍不住诗兴大发，"天生我材必有用，千金散尽还复来"……乍然想起手机钱包里没钱。今早去医院做了一大堆检查，早就花光了。勉强能支付酒钱，可接下来怎么办？秦羽还等着他缴费或还贷，昨夜春宵一刻，人家小秦可是主动投怀送抱，呜呼，这如梦如幻的春宵被那个卖菜的老头打断了。他从此落下后遗症，下次还能不能唤来巫山云雨犹未可知。

不行，必须找老李讨个公道，大不了撕破脸皮不做亲家。

酒壮英雄胆，何况老唐此刻心中只有自己，全然没想过儿子。他对儿媳妇李多也不太满意，空有一身好皮囊，可从事的职业既不来钱又不来名。最主要的是这丫头受她父亲影响，虽然嘴上不说，却对小唐百般挑刺。

这老唐一旦站在吃软饭的角度考虑，就几近不讲武德。他不是从自身找原因，而是先给别人扣上黑化的帽子。酒劲上来了，看人看事都是颠倒的。

午后犯困，本该小憩，可老唐心中怨气未消。望见窗外薄雾萦绕的青砖巷落，穿梭其间的人影缥缈轻盈，这给了老唐闯荡江湖的快意。他气运丹田走出小酒馆，直接打车奔赴菜市场。

他才没闲工夫去买菜，也没打算买猪肝。谁叫他不爽，他就跟谁干架。下车后一路跌跌撞撞，看谁都露出笑脸。这个菜市场不在他家附近，压根儿就没熟人。

兴头上的老唐哼唱起来，唱的既不是川剧，也不是红歌，而是最火的网络歌曲。他直扑生鲜蔬菜区，抬眼就看到亲家正将一大捆莴笋抱上机动三轮车。

　　别看老李精瘦如猴又沉默寡言，平时屁都不敢放一个，可有的是力气和脾气。关键时刻，他总能一声不响地搞出点动静。这倒和老唐有几分臭味相投。

　　老李也认出了老唐，心头一紧，险些闪了腰。像唐德如此自命清高的大人物，成天琢磨着如何讨女人欢喜、如何假冒斯文以投机取巧，怎么会轻易屈尊到菜市场？从那满身酒气便知，定是冲着他来的。

　　"你昨晚干的好事！"老唐冲到近前，喷了老李一脸酒气和口水。

　　老李并不计较，抓起车把手上的毛巾，擦着满脸的汗水和酒水。

　　"昨晚，我哪里都没去，就在家里睡觉。我老婆可以作证。"

　　老李朝蔬菜摊后面望去，哪还有老婆于萍的影子。这女人怎么每到关键时刻就掉链子？

　　"是男人，"老唐指着老李的裤裆，"就大大方方承认干过的事。"

　　这话在纯爷们儿间颇有效。

　　"对不起。"老李很不情愿地说道。

　　"对不起就完了，赔，必须赔钱。"老唐夺过毛巾擦了擦脸，扔到地上。

　　"捡起来！"正因为老李是纯爷们儿，也不是好欺负的。

　　他成天干粗活，多少有些血性。如果面前是个采购蔬菜的大客户，血性有可能变成奴性。比起人格尊严来说，赚钱养家更加实在。在菜市场做小买卖，谁也不能得罪。保安惹不起，混混惹不起，顾客更惹不起，但别以为他就怕了他们。任何事情都得有个度，况且现在是法治社会，真闹大了自有政府撑腰。

老唐不仅没捡，还踩上一脚。这就超过那个度了。

老李被激怒了，用长满老茧的手猛推了老唐一把。

别看老唐保养得当护肤有方，却绵柔无力。他一个趔趄倒在蔬菜摊上，嘴角正好贴住毛茸茸的大冬瓜，扎得他脸皮抽搐，出尽洋相。

老唐随手抓起摊子上的水果刀掂量了一下，本想放下……

哪知，一个胖保安扔掉香烟冲上来，拽住老唐握刀的手。

刀咣当掉地上。

于萍捡起明晃晃的刀，藏入摊位下的篮筐。原来于萍去找保安了，谁说关键时刻女人靠不住？

"你刚才咋不把刀收好？"老李不谢老婆的搭救之恩，反倒埋怨起来。

于萍大概习惯了，心里还真有那么点歉意。

"快报警！"保安用力抱住站立不稳的老唐，歇斯底里地大吼。这是他立功的好机会，万万不可错过。

于萍见有摊贩拨打电话，再次在关键时刻发声。

"别报警，"于萍尴尬地补充，"这是咱亲家，人民内部矛盾。"

"这事闹的……"保安失望地松开老唐，发现地上的半支烟已经裹进蔬菜泥中了。

老唐陡然失去平衡，摔倒在三轮车旁。围观者都忍不住笑了，就这身板还来寻衅滋事。

老李抽出一支烟为保安点上，然后把剩余的半包烟塞进他兜里。

老唐哪受过此等委屈，此番不是斯文扫地，是尊严碎了一地。他见三轮车钥匙悬挂在驾驶室，起身蹿上去发动了车。

众人惊呼，指望保安再次出手，没想到保安先行躲闪。

老唐不知是杀红了眼，还是急红了眼。他不熟练地驾驶机动三轮车横冲直撞，碰倒了水果摊，撞翻了点杀铺，都快撞上猪肉架了。

原本就乱糟糟的菜市场，更加乱成一锅粥。

"快报警!"仍是保安在喊，身子却龟缩于柱子后。

就在失控的三轮车即将撞上一对母女时，一个轻快的身影跳上了车。

说时迟那时快，小唐一脚踩住刹车。

老唐的脑袋直接磕碰在玻璃上，晕死过去……

第十九章　见义勇为

小唐不知是第几次带父亲进派出所。

但每次进的派出所都有个共性，那就是不在父子俩居住小区附近。丢脸的事，街坊邻居知道得越少越好。老唐也算是一方名人，偶尔在社区举办的文艺演出上亮相，要不一展歌喉，要不朗诵诗词，要不扮个川剧净角，可谓才华与颜值齐飞，哪个离异或丧偶的阿姨不仰慕？

偏偏老唐有吃嫩草的习性，对年老色衰者避之不及。有人背后骂他老不正经或文化流氓，他全然不在乎。别人笑我太疯癫，我笑别人看不穿！自我感觉好就行，活那么规矩干什么？

酒醒后的老唐发现自己坐在派出所里。

他也算是几进几出的老人，仍然吓得浑身直冒冷汗。脑袋上缠着纱布，一抹血红早已渗出，酷似他亲手在宣纸上勾勒的。轻轻摸一下，疼得他嗷嗷叫。

"叫个啥？你不是纯爷们儿吗？"这是秦羽的声音，明里埋怨实则关心。

　　她感叹老唐真是纯爷们儿，敢单枪匹马去菜市场找老李要赔偿金。还以为昨晚那一茬让老唐变成了废人。可要钱也得讲策略。谁不缺钱啊，但人不能缺心眼。

　　李多知道秦羽这话也是说给她听的。

　　作为老李的闺女、当事人的另一方，李多必须摆正立场，更希望大事化小。作为专业的理疗师，她推崇治未病，不要让病情加深。一旦病入骨髓，司命之所属，无可奈何也！

　　李多和秦羽坐在老唐左右两侧，都是颜值担当。既像是保护他，又像是看住他别再发酒疯。唐福正坐在前桌旁接受警察训导，被对方责怪没看好具有暴力倾向、精神有问题的父亲。

　　我如此儒雅沉稳的人，怎么可能有暴力倾向？还说我有精神问题，我看警察才有精神问题。再说判断谁有问题，不是警察的事，应该由法院来判定。老唐心里抗拒，却不敢说出口。既来之则安之，千万别再给儿子添乱了。他企图回忆在菜市场的闯祸过程，却怎么也想不起来。可昨晚与秦羽温存的点点滴滴，他记得真真切切。

　　"当时，你们为什么不阻止我？"老唐向李多提了个尖刻诡异的问题。

　　李多张嘴不知如何回答。什么玩意啊？这人闹事了，还责怪劝架的人没安好心。

　　老唐转头看向秦羽，秦羽回瞪了他一眼。老唐得到了答复，惭愧地低下头。

　　"追逐、拦截、辱骂他人或者在公共场所起哄闹事，都属于寻衅滋事。"小警察指着刑法第293条对小唐低声说道，生怕刺激有精神问题的老唐。

"不至于吧，"小唐嚷道，"我爸就去买个菜，然后跟卖菜的人发生了口角。即使后面稍微有点失控，也没引起太大的混乱，更没有造成人员伤害。再说，我不是及时出手阻止了危害的进一步加深吗？"

小唐不愧是派出所的常客，肚子里有点法律知识。

这次轮到小警察蒙了。估计此人入职不久，经验不足。他喝了口水，整理思绪，可惜没理清楚就被打乱了。

一个老警察走进来："什么情况？"

"可能是寻衅滋事。"小警察赶忙起身，不确定地答道。

"你是人民警察，可不能乱下定论。"李多冲到桌前，一手搭在唐福肩上。她已转变立场，现在需要的是同甘共苦。

老警察将屋里所有人扫了一圈，也把目光落在唐福身上。唐福心想老将出马，这下要出局了。

"站起来给我看看！"老警察板着脸说道。

老唐以为说的是自己，惊慌失措地起身准备接受正义的审讯。抬头发现老警察指的是小唐，莫非还要连坐受罚？这酒真的喝大了，每次喝酒都打破惹事新纪录。

李多和秦羽涌出同样悲观的念头，难道父子俩今天要一起栽在这里？那她俩不是都得恢复单身了！

小唐问心无愧地站起来，直面老警察惊愕或是惊喜的目光。他想不起来自己以前到底犯过啥事，一直被警察追查。

随着他的起身，李多原本搭在他肩上的手自然而然地松开了。她不相信自己看走了眼，还多次向父母保证小唐是好人！

"打开6月5日中午美食街的监控视频，就是抢劫手机的那个案子。"老警察猛拍桌子示意小警察动作快点。

所有人都倒吸了口气,唯独小唐变轻松了。

小警察深知事态严重,忙调出当时的画面。

画面中劫匪抢走一个女孩的手机,跑到巷口就被绊倒。歹徒起身再跑,一个男子两三下将他轻松制服。等警察赶来,男子骑车遁去。

"放大,我说的是面部抓拍镜头。一边去!"老警察不耐烦地挤开小警察,亲自操作电脑。

老唐、小李和小秦都捏了把汗,这其貌不扬的小唐原来真犯事了。

镜头放大,见义勇为者的面部变清晰了。

老警察忽然爽朗大笑,但在其他人听来这笑声透着不祥。

"果然是你!总算把你逮到了。"老警察欢喜地盯着他的猎物,这猎物居然主动送上门来。

老唐率先呜咽起来,是他连累了儿子。他第一次感到做父亲的失职和无能。

"见义勇为的好青年。"老警察紧握住小唐的手,"事了拂衣去,有大侠风范!"

屋子里足足沉默了一分钟,随后都乐不可支。压抑的气氛瞬间被捅破了。

小警察仔细打量小唐,看着不太像好人,但人家就是好人。以后办案不要以貌取人,以后找女友也不要以貌取人。瞧瞧这两个大美女,找的对象都一言难尽。

"身手不错啊,哪儿学的?"老警察亲自为小唐泡了杯好茶。

"少林寺……"小唐打了个嗝,"隔壁的那个什么武术学校,忘了。"

大家都笑了，犹如认识多年的老友在聚会。在人生这方大舞台上，小唐天生不是当主角的料，可这次阴差阳错地头戴光环。

"我就是学得不精，所以之前在培训学校当教练时老被人瞧不上。瞧不上也罢，此地不留人，自有留爷处。现在开网约车，没啥大本事，就图守个本分不忘本心。"小唐的肚里还是有点私货的。

"这话说得有水平又有哲理，"老警察指着茶杯，"喝茶，我徒弟送的好茶。"

李多也是第一次觉得小唐说话有水平。这小子平时一激动，嘴皮子时不时卡壳。没想到进了派出所，就开悟开窍了。以后得常来！

小唐咂了一口，确乎沁人心脾，让人精神一振。在派出所还能有人请喝茶，这是多大的面子啊。

"马上给你报一个见义勇为奖。"老警察吩咐小警察准备材料。

"不必了，"小唐急忙放下茶杯，"都是举手之劳，再说我以前还出过两次手，不可能每次都报啊？"

这话直来直去，大家又乐了。

"我能证明他以前真的见……"李多尚未说完，就被小唐捂住嘴。

"这是我女朋友。她就喜欢把我捧得老高，摔也摔得很惨。"小唐兴致一来就管不住嘴，转念想起这不是插科打诨闲扯的地方。他不敢再说下去，重新低垂脑袋。

老警察瞅出小唐的窘迫，出去打了个电话，旋即返回。

"刚才跟菜市场管理部门打了电话，他们要你照价赔偿经营摊主的损失，其他的暂不追究。老李家的意见呢？"老警察笑容可掬地看向李多。

"我们家当然没意见。"李多又一次将手放到小唐肩上，"内部矛盾，内部消化。不给政府添堵。"

老警察将脸转向老唐时，笑容转瞬即逝。

"看看这三个年轻人，哪个不比你明事理？下次再喝酒闹事，我直接让你进去蹲几天！"

第二十章　秦小月的亲生父亲

周五下午，东翔私立学校大门口的道路两侧停满了车。越是好车，越靠前。价位不高的车，主动停在后面当陪衬。

有的孩子一出校门，就屁颠屁颠地跳上好车，故意向同学大声说再见。父母将手机扔给孩子，趁机和老师闲聊几句。

此时，最心塞的是保安。眼见校园外塞满了车，却不知如何疏通。比起占道经营的小摊贩，某些有钱有势的父母更加霸道。

秦小月班上的同学都被接走了，唯独她站在临时等候区。

她羡慕地看着别人家的父母开车来接，又低头看着自己投到地上的落寞影子。母亲不是盼着自己回家过周末吗，怎么还不来？没车不要紧，绚丽亮相让女儿在同学面前长长脸也好。

放眼众多长相平平的父母，秦羽不说一枝独秀，至少也不掉档次。大好机会，她就是迟迟不出场。车子、票子都是身外之物，自身硬件才是最重要的。

想是这么想，看到别的同学钻进豪华轿车，小月还是忍不住泛起酸楚。

　　她的同桌亮子是家中老二，姐姐的儿子都三岁了。母亲四十出头怀上了亮子，偷偷到民营医院走后门查出是儿子。父母一直否认有重男轻女的思想，可看到儿子还是忍不住欢欣鼓舞。正好生育政策放宽了，那就大胆生呗。亮子周末回家的首要任务不是自己学习，而是陪小外甥学习。姐姐则协助父母打理公司业务，争取在弟弟成人之前掌控最大话语权。

　　女孩的危机意识就是比男孩强，小月也不例外。

　　她只想不被人瞧不起，这种心理顽疾居然从她上小学时就萌芽了。老师经常教导学生不要攀比，但要真正落到实处太难了。家长喜欢晒朋友圈，学生喜欢显摆书包里夹带的私货。比成绩，还得比家庭条件。这种失衡的教育生态环境究竟将培养出什么样的苗子，值得每个人反思。

　　秦小月越等越烦躁，越等越觉得自己被遗弃了。别人有意无意看她一眼，她都感到目光带刺。干脆不等了，就不信独自回不了家。

　　她向保安叔叔谎称妈妈的车堵在路口，撒腿就跑，直到逃离众人的视线，心情才有所好转。好不容易恢复自由身，得庆祝一下，却发现兜里只剩10元钱，那就买冰激凌和炸薯条。学校里的饭菜实在不敢恭维，还是外面的垃圾食品合本尊口味。

　　她从街边小卖部买好吃的，美滋滋地走进了一条巷子。

　　这是回家的近路，母亲骑车接送她也常走此道。近路其实不算近，主要是撞见熟人的概率小。一旦撞见熟人，母亲脸上就不好看。母亲好面子的臭毛病遗传到女儿身上，更是青出于蓝而胜于蓝。

一想到那个灰不溜秋的出租房，小月就倒胃口。

我的美女妈妈何时才能有出头之日？书山尚且有路，苦海也有扁舟，高大上的生活为什么就没有直通车？转念想到母亲已缴了购买单簧管的费用，莫非有了神助攻？她有种迫切想见到母亲大人的冲动。

巷子很长，围墙很高，几乎不见人影。别小看这僻静之地，实为盘龙卧虎所在。高大的围墙左侧是看守所，旁边驻扎着特警部队；围墙右侧是检察院，稍远处是不知名的军事设施。

身后隐隐传来一阵脚步声。

小月回头望去，鬼影也没见一个。

暮色渐浓，仿佛为这长长的巷子罩上一层白纱。再想想左侧的看守所，她直冒冷汗，加快步伐。

那脚步声又响起了。

她这次不敢回头，奔跑起来。她是年级百米跑的前三名，没几个人能追上，她只担心后面那个东西不是人。

分分钟跑出巷口，来到车水马龙的街上。

头顶的路灯正好齐刷刷亮了，瞬间给她温暖。这种感觉真好！小月毕竟是少年，给点阳光就灿烂，方才的恐慌烟消云散。路灯是刚换的，那静柔祥和的光圈汇聚成一道银河铺陈在夜空下。

她吃惊地发现书包的拉链没有拉上，塞满作业本的文件袋不见了。也不知什么时候滑出来的，心情瞬间跌入冰窟。

她朝夜幕笼罩的巷子深处望去，浑身起鸡皮疙瘩。

老妈今天怎么不来接她，要不然就有人提醒她书包没拉上了。她委屈地哭了，还是不由得朝巷子走去。虽说学习成绩不咋样，但作为学生断然不能丢掉主业。

那阵怪异的脚步声再次迎面袭来，伴随着咳嗽声。

小月一动不敢动，身后的路灯已经温暖不到她。她唯一能做的就是等待英雄救美。

一个瘦长的身影走出迷雾，出现在小月跟前。

这场景颇有动画片《名侦探柯南》的风格。来人穿着风衣，戴着宽檐帽，血红的嘴角浮出笑意，让小月又惊喜又害怕。

"你是谁，为什么要跟踪我？"小月误以为自己进入电影梦境，她的台词水平真不赖。

"因为，真相永远只有一个……"那人蹲下来摘下帽子，露出倦怠而苍白的面容，"我是你的亲生父亲胡松！"

小月盯着这个似曾相识的中年男子，从那轻佻的眉宇间看到了熟悉的影子。还有那扁平的鼻子和浅薄的嘴唇，都和自己太像了。

难怪自己长得没有母亲好看，原来父亲的硬件设施就很次。他确实很像从犯罪影片中走出来的角色，表情有点神经质，身子微微发抖，两肩不在同一水平线，深陷的眼眶和宽大的额头透着狡诈。

秦羽忽然从男子身后扑过来，用长拖布顶住他后脑勺。老胡下意识躲开，装满作业本的文件袋从他身上掉到地上。

"离我女儿远点！"秦羽扔掉拖布，将目瞪口呆的女儿拽到自己身后。

"是我，老胡。"胡松从墙角颤颤巍巍站起来，身子抖得更厉害了。

"我知道是你。"秦羽冷冷道。

"既然知道我出来了，为什么不去接我？"胡松歇斯底里吼道，将躲在母亲身后的女儿吓蒙了，"8年了，按当时的年薪，我早就是千万富翁。一失足成千古恨，但我从未忘记进去前发过的誓。等我出来后，一定好好照顾你们母女俩。我是个有担当的男人，说到做到，请给我一次机会。"

胡松的逻辑思维和心理素质比老唐更胜一筹，不要脸的境界已然登峰造极。他似乎忘记了一切都变了，就算是血缘亲情也未必能重新凝结。

"别扯那些没用的。"秦羽不敢放松戒备，"我不去接你，你就来抢我女儿？你这是想要我的命啊！"

"我们的女儿。"胡松扶着高墙，朝母女俩走来，"你还是那么性感那么迷人，一点没变！今晚我请客，应该是你请客，为我接风。"

胡松向母女俩伸出手，一家三口逛街的时候到了。这是他在里面时梦寐已久的，越是平淡无奇的生活，越是难能可贵的幸福。

"你就是个疯子。"秦羽简直无语了，一脚踹中老胡的膝盖。

老胡再次倒在墙角，这次是真的疼，疼得面容扭曲，身子也抽搐起来。

秦羽捡起文件袋，拉着女儿的手朝巷口奔去……

第二十一章　纠缠不休

眼看母女俩即将消失在前，畏缩在墙根的胡松心急如焚。

他很清楚如果不能使出洪荒之力加以挽留，那就必须使出最恶心的招数。他和秦羽相处数年，深知彼此的弱点。

"你个忘恩负义的烂货！"老胡的这句话冷酷尖锐，带着血丝。

秦羽僵住了，这句恶语像一支毒箭从后背扎入体内。

这么多年，她坚守着做人的底线，含辛茹苦地抚养女儿。即使债台高筑，也未出卖肉体、贩卖灵魂。她是没有本事，但有本心。

"你说过要等我的，这是我撑到现在的最大信念和支柱！"老胡看到秦羽正遭受内心煎熬，居然委屈地哭号起来。这才能将剧情张力发挥到极致。

他像一个被世界遗弃的孤儿，只配待在最黑暗的角落里等待死神的到来。而在内心深处，他在发笑，在作呕。

小月之前有多么瞧不起母亲，现在就有多么想保护母亲。

她不容许母亲被人伤害，哪怕这个人是她的亲生父亲。

小月毅然松开母亲的手，反身回来。

"小月，你干什么？"秦羽失声喊道，"快回来。"

小月不为所动，叛逆期的少女就该有叛逆的样。

老胡见女儿回到跟前，破涕为笑。亲情能合拢时间的鸿沟，让一切回到原点。

在牢里蹲了8年，他并未荒废时光，而是潜心研究心理学和佛学。至于老本行会计学，早就被他抛给了高墙外的滚滚红尘。若说生命如歌，铁窗生活更像是挽歌。没有做苦行僧的毅力，谁也无法到达彼岸。这个彼岸，有两层含义。一层是进入天堂或地狱，一层是以全新的自己回归社会。

胡松选择了后者，人生并不能因为一次犯错就被全盘否定。

他曾是某大企业的会计，负责对公银行账户及项目收付款工作。也就是那时，他和秦羽同居并生下了女儿，但并未领证。若非因为走上网络赌博的邪路，这个小家庭会踏上康庄大道。

老胡亲手掌握审核盾，且发现公司不会及时对账，便利用漏洞贪污公款。这些钱都被他输掉了，他还偷取秦羽的个人积蓄一并败光。胡松最终无力归还侵吞的公款，妄图自杀谢罪。秦羽爬上天台阻止了老胡，带他去投案。法院判处胡松有期徒刑8年，并处罚金60万元。为了支付罚金，秦羽不得已卖掉了房子，从此便一直住在出租屋内。为了让老胡安心改造，秦羽曾答应等他回来。可时过境迁，苦苦支撑的秦羽已开启了新的生活模式。

秦羽真的有愧，但这绝不意味着她必须重回原点。

那是场可怕可耻的噩梦，唯一的收获就是有了女儿。这个男人只是表面上接受了改造，灵魂深处依然潜藏着邪念。此刻，她不知怎么办，每到关键时候都很迷茫。做好人，就是不易。

"小月，我真的是你爸，咱们一起回家吧！"老胡的声音富有磁性，在两边高墙的环绕下更像上帝的福音。

他准备起身，迎接自己新的人生！

"骂街可以，就是不许骂我妈！"

小月快速转身双肩一沉，用厚实的书包击中老胡的脑袋。这个动作一气呵成，行云流水，看来平时没少练。

老胡猝不及防，再次哀号倒地。

小月急忙拉着母亲的手跑向光明的世界。

老胡眼冒金星，转着酸痛的脖子张望着两面高墙。他产生了可怕的幻觉，疑心自己还在监狱里，不禁想起电影《肖申克的救赎》中的一段经典台词：这些墙很有趣。刚入狱的时候，你痛恨周围的高墙；慢慢地，你习惯了生活在其中；最终你会发现自己不得不依靠它而生存。

不，绝不能变成这样。他用手指敲打着隐隐作痛的脑袋，必须让自己清醒过来。他不怕疼，就怕体悟不到疼痛的感觉。转而想起同一部电影的另一句经典台词：不要忘了，这个世界穿透一切高墙的东西，它就在我们的内心深处……那就是希望。

对，希望，这是他坚持到现在的最大信仰。心情豁然开朗，高墙似乎从眼前消失了。美好的世界正等着他去创造、去享受，前提是重新做个好人。

刺耳的手机铃声打乱了他圣洁的思绪，让他有些不快。

老胡颤巍巍地从风衣兜里摸出手机，就像患上了帕金森综合征。这种升级版的触屏手机让他有点不适应，时代真的变了。

"谢谢兄弟，马上把地址发给我。"他低迷的眼神迸发出异彩，迅即穿透黑暗到达彼岸。

多年的铁窗生涯让他极度渴望被接纳，只要有一线希望，他就必须抓住。他的身体是获得了自由，可他的观念和精神还在笼子里。

秦羽母女俩回到出租房，发誓以后再也不走那条近路。

虽然这房子不是自己的，但秦羽还是布置得很温馨。她希望女儿不要产生太大的生活落差，尽量学会适应各种窘况。谁能保证自己一生都能大富大贵，平淡无奇的生活尤为值得珍惜。

她以前的生活何等光鲜，谈不上享受万千恩赐，但也从未操心过生计。可惜，这些外在的浮华都是别的男人给的，从未有一样东西是她自己创造的。得之不难，失之更易。所以，她至今没有过硬的生存技能，又不愿意屈服于淫威。

秦小月从走进小区的那一刻就耷拉着头，生怕遇到同学。直到步入家门，她才抬起脑袋。她在厨房和客厅里搜罗了两遍，怏怏不乐地蜷缩在沙发上。她故意夸张地长吁短叹，只为引起母亲的重视。

秦羽正在发微信向讨债的朋友诉苦，希望多宽限几日。

"你不是说给我准备了好吃的吗?"女儿见母亲不搭理，嘟着委屈的小嘴，"骗我回来，啥也没有。你这个当妈的，既不称职也不诚信。"

"就知道抱怨，待会儿听到敲门声，自己去开。"

秦羽身心交瘁，可在女儿面前尽量表现出轻松的样子。再苦再累也很少让女儿失望，否则下次就没法哄她回家。小月明知母亲赚钱养家不易，心里却只想到自己。这一点倒和她的亲生父亲很相似，只怪遗传基因太强大了。

屋外的走廊上，一个外卖小哥拿着包装精美的比萨饼火速赶来。胡松气喘吁吁地冲出电梯，正好看到外卖小哥准备敲门。

"兄弟，等一下。"胡松笑着喊道。

小哥转身打量着穿着玄青风衣的胡松，这个中年大叔颇有"这个杀手不太冷"的神韵。只是身子骨单薄了些，笑容过于灿烂。

"有事吗?"小哥伸出去的手停在半空，没打算收回。

送外卖的就强调一个"快"字，不想浪费惯常的动作耽误时间，更耽误接下一份订单。

"比萨，是我买的。"胡松快步走到门前，却把声音压得很低，"我想给女儿一个惊喜，哪个做父亲的不心疼女儿?"

"你的手机尾号?"

"5128!"

小哥这才收回那只手，再双手将比萨饼交给客户。

胡松目送小哥的背影钻进电梯，美美地吸了一口比萨饼飘出盒子的香味。他摸了摸还在作痛的脑袋，轻轻敲门。

才敲了两下，女儿就急切地打开了门。

小月第一眼看到比萨后，满脸激动。可看到父亲的面容后，笑脸瞬间凝固了。

"妈!"小月没有关门的意识，而是朝屋内大喊。

秦羽尚未来得及做出反应，胡松已经冲进来了。

她惊愕地看着不速之客，手里的手机直接滑落到地板上。

她完全没料到胡松会这么快找到这里，心中蹿起阵阵寒意。

那条熟悉而狭长的巷子浮现在眼前，变成一条毒蛇咬断了不堪回首的过往。而在与老胡重逢前，她一直对那条近道充满好感。

现在不是恐惧的时候，母亲的责任战胜了一个小女人的怯弱。她飞快地从胡松手中夺过比萨饼，生怕被这个男人玷污了世上最美好的东西。

"你怎么知道我们住这里？"秦羽故意提高嗓门引起邻居的注意，"想干什么？最好别乱来，否则，我马上报警！"

胡松避开秦羽怒不可遏的目光，饶有兴趣地打量着这个精致而柔和的出租房。房间收拾得不错，可惜没关于他的哪怕一丁点印迹。如今，屋子里的女人还想把这点印迹从回忆中抹去。

"打听过了，这房子是你租的，放心，咱们以后还会有房子。"

胡松把自己当成一个出远门务工多年的丈夫，稳住母女俩的情绪是回归的首要任务。

秦羽气得浑身发抖，一时不知如何应对。她这些年总是焦头烂额，一茬接一茬的麻烦事涌上来。真正风光的时刻早已过去，只图个安稳。

"给我弄点吃的，我总不至于抢女儿的比萨饼吃吧。"

胡松伸了伸懒腰，想坐到沙发上。他确实太累，好在找到了回家的路。

秦羽不知哪儿来的神力，猛然将胡松推开。

胡松踉跄着撞到房门上，响亮的撞击声回荡在屋内。

秦羽想起多年前被胡松殴打的痛苦经历，还有一次险些流产。她不由得胆怯了，寻思着屋里有什么可以自卫的利器。当她把目光朝向厨房时，心里顿时镇静下来。女人一旦豁出去，就无所畏惧。

老胡不仅没有勃然大怒，反而哈哈大笑。

他笑得气喘吁吁，笑得浑身颤抖。也不知道就这身子板是怎么熬过牢狱生活的，看来牢饭不难吃啊。

"两口子过日子，就得这样！小月，可不能学你妈，小心长大了嫁不出去。"

秦小月才懒得搭理，坐在桌旁独自享用美食。香味不仅溢满整个出租屋，还飘出门外。胡松忍不住吞了吞口水，靠着房门站稳了身子。

"谁跟你两口子？我以前求着你办结婚证，你推三阻四不去，现在回头晚啦！"秦羽几乎要吼起来。

"晚婚，更好。那时候太年轻，不懂得珍惜，经过岁月洗礼，方知你的好。行啦，别闹了，吓着孩子，误了正事。"胡松则是出奇地平静。

奇了怪，这男人说话的语气与老唐竟有几分神似。当然，他比老唐的定力更强大，脸皮也绝非一般厚。

秦羽哪应付得了，她当年怎么就瞎了狗眼？此刻说什么都没用，说得越多越没有底气，还是报警吧。

她俯身以最快的速度捡起手机。

胡松两步蹿过去，抢过手机扔到沙发上。这么多年过去了，这个女人的棱角并未被岁月磨平。

"不让我报警，那我就出去喊人。"

"据我所知，小月有个同学也住这个小区，你就不顾忌女儿的感受？"

秦小月狠狠瞪了父亲一眼，然后狠狠咬了一口比萨饼。比起面子，还是安全和安稳最重要。

　　秦羽猜到女儿的意思，快步冲向房门。她和胡松如同交换了一下阵地。

　　"钱，是老子交的，"老胡嚷道，这嗓门可以戳穿天花板，"那个什么狗屁单簧管，吹出来的声音真有那么美妙、那么值钱？"

　　母女俩的脸色凝固了，像是同时被雷电击中……

第二十二章　爱出手的小唐

老胡在母女俩惊疑的目光交织下，悠然落座到沙发上。

他终于可以名正言顺地回归了。不管过去多久，钱才是敲门砖。

"你撒谎！你欺骗！你无耻！"这下轮到女儿发飙，正好她也吃饱喝足了。

每次情绪一上来，秦小月就不由自主地用书面语替代口语。当着全班同学面进行演讲，她很不自信，必须使出洪荒之力。可面对这个不靠谱的亲生父亲，她自信满满，可以不费吹灰之力。

老胡不想怒斥女儿，淡定自若地打开手机转账截图。他既然探知了母女俩的生活琐事，就不会错过学校发生的事，况且缴费是大事！

秦小月用求助的眼光看着母亲，可秦羽尚未回过神来。她只好继续吃东西，肚子被美食撑大的感觉也是美滋滋的。

私立学校的伙食并没有想象中的那么好吃，母亲又不太会做饭,点外卖是最佳选择。没想到,把父亲这道"硬菜"给点回来了。

"你哪儿来的钱?"秦羽转身用脚带了一下关了房门,然后踮起脚逼近沙发。她生怕被邻居听到,而两分钟之前她还希望闹出点响动。

"钱是干净的,坐牢也有补贴,再说我在里面表现很好,妥妥的三好生!"老胡望着不停打饱嗝的女儿,露出慈爱的微笑。他想当一个好父亲、好丈夫,女儿是最好的突破口。

"钱,我会还你,但你必须马上走。"

"你的情况我一清二楚,拿什么还?别指望那个老东西会帮你,他跟我一样都不是好东西。吃嫩草吃到我头上了,迟早收拾他。"

"我现在就还你行不行?"

秦羽撕扯着嗓门,吐出来的声音却很细微。她叮嘱女儿回卧室写作业,走进了自己的卧室。

胡松心头一热,也叮嘱女儿回卧室写作业。他没有着急跟进去,而是先去卫生间洗脸刷牙。他将秦羽用过的毛巾敷在脸上,大口吸着气,久久不愿放下。

小月很听话地回到自己的卧室,不是写作业,而是悄悄打电话。报警还不至于,得找母亲最信赖的朋友帮忙。在通信录扫描了一圈,发现母亲身边真没几个可信赖的人。老唐倒是腹有诗书气自华,可除了动动嘴皮子博得女人欢心,双手毫无缚鸡之力。但他的儿子小唐就不同了。父子俩文治武功,各有所长。

唐福将乘客送到目的地,就接到小月的电话。小月是用母

亲的手机打来的，一张口就哀求唐叔叔火速赶来，否则母亲要
被强奸了。

"强奸"这个词，一下子刺激到了小唐的敏感神经。他没什
么能耐，就富有正义感。况且或多或少学了些功夫，有铁血丹
心更有侠肝义胆。

他没有刨根问底的习惯，掉头就按小月发来的导航位置飞
驰而去。为了父亲的小女友，他连闯三个红灯，却把接自己女
友的事忘得一干二净。

此刻在医院门口，加完班的李多正等着接驾。

她以小唐的名字在餐厅订了一大桌菜，试图拉近父母与准
女婿的距离。小唐算不上一只潜力股，也不太会说好话，可他
是个正经八百的好人。

左等右等不见唐福的车，又怕打电话影响他开车。

李多一眼就望到夜空中最亮的星，情不自禁地笑了。乐观
的人少为困境而发愁，随时都会发现生活的美妙。再平凡的人
也要敢于仰望，对着天空发呆能奇迹般地领悟生命的张力。她
工作的这家三甲医院刚投入使用不久，气势恢宏，设备先进，
仍有很多治不好的病，尤其是心病。从门诊大楼到住院大楼，
进进出出的病人都低头盯着缴费单和报告单，哪有闲工夫仰望
星空？

心有灵犀的是，唐福也正甩着酸痛的脖颈望了望夜空。

不是因为梦想，而是怕走错楼层。

他从未来过秦羽母女俩的住宅，连打探都懒得费口舌，没
想到第一次来是来救人。他与小月保持视频通话状态，以最快
的速度到达了目的地。作为网约车司机，他迷信导航，始终盯

着前方。只有到达终点，才能松口气。可这次他一直提心吊胆，随时准备除暴安良。

小月已开门等候，左右晃着脖子朝唐福身后瞥去。

"别看了，就我一人。"

唐福误以为小月见他没带帮手，其实小月是怕丑事被外人知道。

小月与唐福第一次见面，也不嫌生分，更不客气。她指了指紧闭的卧室门，示意唐福赶快动手。

"到底什么情况？那个男人是谁？"唐福扫视着客厅，没有打斗痕迹。

再看看青春懵懂的少女，疑心这是一场恶作剧，要不然就是过于痴迷游戏或剧本杀。

"还以为你是'懂王'，没想到脑子比我更不好使！再不冲进去救人，我妈就被我爸那个了！"小月心急如焚，可这话说得非常搞笑。

"你爸？那你妈干吗还找我爸？"

"他刚从里面出来，你个大聪明！"

唐福的猪脑子还是没转过弯来，既然从里面出来，那一家三口就好好过日子呗。可怜父亲老唐向来火眼金睛，这次却看走眼了。好在没什么损失，只是下面那玩意儿以后不好使了。

唐福乍想起女友还在等他，餐厅里更有一桌好菜。李多赔钱又赔笑，只想让父母从心里接受他。他比不上那种贴金贴心的乘龙快婿，但值得托付一辈子。

卧室内忽然传来一个女人的尖叫声，不是那种销魂的叫声。

小月扑向卧室门："放开我妈，否则我弄死你！"

唐福拽开小月，一脚踹开了门。无奈身子没站稳，顺着惯性栽了进去。

胡松刚掏出那个许久没用的玩意，就被吓瘫了。

唐福不由分说，将那个畜生从床上拖下地暴打。小月想起学过的一篇课文《鲁提辖拳打镇关西》，估摸再这样下去，胡松不死也得残废。

"别打啦！"秦羽从墙角的椅子上起身，将好汉拉开。

唐福定睛一看，有些摸不着头脑。

秦羽穿着齐整，脸无抓痕、眼无泪痕，并不像受欺负的样子。唯有手指在流血，大概是被什么尖锐的物体刺伤了。地上这厮再变态，也不可能是个吸血鬼。再细看，似乎明白了。桌上摆着针灸、火罐之类的东西，一簇幽蓝的火焰在烤灯上燃烧。

这氛围，这调调，哪像是犯罪现场？

胡松拉好裤子拉链，自个儿扶着墙壁站起来。

是男人都猜到了，他刚才冲着自己最爱的女人自慰。显然在监狱里憋坏了，又不想强人所难。这不知是心理扭曲还是生理扭曲，反正他就想痛痛快快地发泄出来。他果真是奔着破镜重圆来的，心里仍把秦羽当作自己的女人。可秦羽早已不把他当作自己的男人，又须设法弥补一下。作为理疗师，能做的就是尽量让客人舒服，没想到一紧张扎破了手指。

唐福不敢直面胡松狠毒无措的眼神，尴尬地望向门口。他的目光无处安放，得找个支点。

小月知道闯祸，早已躲进自己的卧室。少儿不宜，她回避也是无可厚非。

秦羽猜到是女儿打电话叫唐福来的，都是出于好心。不知是感激还是感伤，她忙用眼神示意唐福快走。丢脸是小事，不要再把事情闹大了。

唐福没有应急变通的能力，但骑驴下坡还是蛮在行的。他刚要抽身出门，就被一只瘦长的手抓住了。

"你就是老唐？也不知我家秦羽是怎么看上你的。"老胡鄙视着其貌不扬的唐福，语气中并无索要赔偿费的意思。内心的醋劲一上来，体表的伤痛暂时可忽略。

唐福相貌平平，且因长得太着急，经常被错认为老唐的兄弟。可亲兄弟的长相哪有如此大的差距？外人不管这些，反正他俩怎么看都不像是父子。小唐从相貌到性格都随母亲，唯一随父亲的就是倔脾气。老唐的倔脾气带着点风流才子的韧性，而小唐的倔脾气就是闷着不出声。

唐福刚才出手打人很是理亏，不辩解也不认错。他貌似平静如水，心里却非常怕被讹钱。现如今见义勇为被讹诈的，不在少数。

"要不要去医院看看？"秦羽打量着鼻青脸肿的老胡，不知是心疼还是心塞。

还好他没有彻底趴下，要不然今晚大家都过不去。

"我身子骨有那么差吗？"老胡强忍着疼痛，俯视着比他矮一截的小唐，"你也不打听一下我是谁？咱俩从此就算杠上了，你给我等着瞧。"

老胡推开小唐，一瘸一拐地走出门。秦羽上前搀扶，老胡却不领情。

"钱，我会尽快还你。"秦羽说得很小声，不想让小唐听到。

"父亲为女儿花钱，用得着还吗？"老胡的身子消失在门外，震耳欲聋的声音还回荡在屋内。

秦羽将老胡送进电梯，转身回屋发现小唐已经没影了。原来小唐不想与老胡同乘电梯，冲下了黑暗的楼道。

他刚才火急火燎赶来救别人，这回火急火燎赶去救自己……

第二十三章　重要客人

李多打车将父母从菜市场接到鼎岳餐厅，仍不见小唐的人影。

一看时间都八点了。电话打不通，微信也没回。以前可不是这样，这男人啊就不能惯着，否则结婚后哪还有女人的话语权？

李多也是个乐观派，有点阳光就灿烂，没有阳光就自己发光。没准这小子准备给她一个大大的惊喜。别看他木愣愣的，真要动起心思来，也会让女孩大把大把地掉眼泪。

老李夫妇本不想来，听说是唐福订的餐，那就不来白不来。先吃饱喝足再说，至于同不同意这门婚事得从长计议。如果拿不出真金白银，再好的人品摆上台面能有几斤几两？苦了大半辈子，真不想回到过去，更怕老了后还要拾掇烂菜叶子。

这几日生意超好，老李夫妇从早忙到晚，也没顾得上回家换身干净的衣服。多挣一点是一点，尽量为女儿减轻养老负担。说来也怪，前些日子，小唐死皮赖脸到菜市场帮忙，生意异常惨淡。两口子又舍不得扔掉没卖完的蔬菜，足足吃了三天的素。小唐前脚一走，老买主就一拨接一拨地赶来。

老李有些迷信，找大师一算果然发现小唐和女儿八字不合。再不一拍两散，李家危矣。上次擅闯唐家，过于莽撞，这次须引以为鉴。但无论如何，此事不能久拖，万一生米煮成熟饭，悔之晚矣。

他可不想以后有个长相酷似唐福的呆小孩叫他外公！

两个服务员斜眼瞅着老李夫妇，一度以为他们是来为厨房送菜的。这可是高档餐厅，门口的台阶比地面高出许多档次。

李多从洗手间回到包间，见服务员没有为父母倒茶，一下子就来气了。

"把你们经理叫过来。"

"不好意思，经理在二楼包间陪重要客人吃饭。"那个长得最清秀的服务员答道。她训练有素的微笑没有多少人情味，也不在乎得罪非重要客人。

李多乃深谷清泉，明丽纯净，没沾上多少世俗气。平时穿着打扮不够时髦，看着就不像是有来头的人。自从认识唐福以后，更不敢穿得太招摇，以免让唐福更加惭形秽。她很少来这种奢华的餐厅，一言一行都不是应酬该有的样子。但自尊心极强，容不得被藐视。

父亲见女儿要发飙，忙阻止了她。老李自卑惯了，无论遇到什么破事，先从自身找不足。

"多多，是不是咱们走错地方了？"老李向服务员赔了个笑，怜惜地看着女儿，"要不，就是被唐福忽悠了，他不是想长咱们的面子，是想让咱们丢面子。我早说过，这小子靠不住。趁早散了吧，大街上的好男人多得是。"

"唐福就是我在大街上捡到的。"李多想起她和唐福认识的戏剧性经过，顾自发笑。

"你捡的是废品。"老李用最大的力气发出最小的声音，担心被服务员听到。

"岳父大人如此羞辱自己的女婿，有些不妥吧？"李多的胳膊肘子明目张胆地往外拐。

"我……才不要……这样的……女婿。"老李激动过度，也会像小唐一样结巴。他气呼呼地站起来："这饭我不吃了，回家下面条。"

于萍不敢轻举妄动，用眼神向女儿征询意见。

"这餐是我订的，"李多哽咽了一声，"小唐不会处事，也不会来事，但他对我好。这就够了。"

这下可好，直接摊牌了。

老李气得脸色铁青，浑身发抖。他无可奈何地指着女儿的鼻子，骂也不是打也不是，走更不可能。

他从小就溺爱这个独生女，再苦再累也没让女儿受过半点委屈。为了女儿的幸福，他可以付出一切哪怕是自己的小命。可女儿毕竟长大了，有主见了，不服管，又必须管。做父母的，总是那么纠结又那么矛盾。

他一屁股坐回位子，扭头盯着墙上的画，一声不吭，任凭情绪在心中发酵发臭，但绝不波及女儿。

那是一幅娴静美好的乡村油画，激起了他的乡愁。这让老李意识到自己算不上真正的城里人，貌似已经安家落户，但不安分的灵魂仍然随时会飘回那片熟悉的土地。他没有太多的文化，不懂得"此心安处是吾乡"，只会触景生情搜寻过去的影子。

"小唐是实在人，只要女儿没意见，咱们就别掺和。"于萍跟着老李起早贪黑，尝尽酸甜苦辣。钱多钱少不是很在乎，关键是图个安心。她对未来女婿没有太多要求，平常也没什么主见。这次开口发表意见，算是破天荒了。

老李见向来附和他的结发妻子改旗易帜，又气炸了："你懂个屁，现在的年轻人不像咱们当年凑合过，怎么都行。车子房子是标配，存款少于两百万都不好意思上门，再说就他那长相，反正我不同意。退钱，咱们走！"

老李再次站起来。

"刚来就走，太不给我面子了吧？"餐厅经理吴兴左手抱着一只波斯猫走进来，先向李多点头微笑，再与其父母亲切握手。

喜欢小动物的男人大多富有爱心，但在李多看来有点恶心。养尊处优惯了，便会放纵自我，博取不同女性的欢心只是游戏人生的一部分。

老李受宠若惊地打量着这个翩翩美男子。这才是他心目中的乘龙快婿。

服务员们忙调整空调温度，为客人递热毛巾擦手，上点心上凉菜。

吴经理将猫咪交给那个长得最清秀的服务员，亲自为客人们斟茶。他穿着考究、彬彬有礼、五官有型、目光有神，一看就很有教养。不是出身书香门第，就是官宦世家，这气度和气场直接碾压唐福。

老李是越看越喜欢，可惜这么好的人不是他女婿。他心底发出一声长叹。于萍将一个点心塞进丈夫嘴里，以防他再乱讲话。老李回瞪了妻子一眼，算是报了刚才的仇。

此刻最难受的不是老李，而是老李的女儿李多。

她委托闺密乐乐订一家有档次的餐厅，最好走内部折扣价。乐乐作为炙手可热的抖音美食主播，有太多选择，却毫不犹豫地钦定男朋友的餐厅。这是赤裸裸地暴晒自己的男朋友。

李多只与吴兴见过一面，可那一面让吴兴魂牵梦萦。比起花枝招展的乐乐，不施粉黛的李多更加惹人怜。

吴兴紧挨着李多就座，忘记了真正的男主角还在赶来的路上。

俊男靓女，简直是天造地设的一对。老李又是一声长叹，主动从桌上拿起点心堵住嘴巴。

乐乐掐准时间点发来微信，请求李多再把把关，说追求她的男人太多，这个吴公子姑且算个备胎。可李多太了解闺密了，心里清楚是乐乐这条美女蛇主动缠上吴兴。吴公子毕业于名牌大学，背景过硬，帅气多金，追求他的女人那才真的多！

李多轻轻挪了挪椅子，刻意与吴兴保持距离。她担心待会儿唐福进来时产生误解，别看小唐活宝一个，但凡吃起醋来可以论斤吃。

吴兴是何等聪明之人，早已摸清李多的底细，却装作不知情。

他不管李多爱不爱听，接着上次短暂碰面的话题，大肆吹嘘自己如何热衷于公益事业。吴公子不像那些肤浅的富家公子，一见到心仪的美女就炫富。他视金钱如粪土，重视社会责任，顺带谈一下自己的人生规划。

在小老百姓看来，有钱人根本没必要奋斗，坐吃山空也是一种优良传统，偏偏吴公子绝非等闲之辈。

李多也看出吴公子与众不同，更看出他对自己的痴心，不由得替闺密难过起来。乐乐自以为在吴公子心中占据最重要的位置，实则她才是他的备胎。

想到这一点，李多对吴公子越看越不顺眼。这张俊朗的脸不知以前还欺骗过多少无知无邪的女孩，当然了，某些女孩就是为欺骗而来，获取分手费，也算是致富的一条捷径。

李多实在找不到打断吴兴的理由，只好掏出手机想追问唐福到哪儿了。再不来，她都快冒烟了。可惜手机没电，天意使然。

吴公子从一旁取下充电宝，殷勤地为她的手机充电。两个服务员羡慕地看着，除了微笑还是微笑。微笑是一种工作方式，更是一种生活态度。

老李在菜市场卖了多年的菜，眼神好使，脑子机灵。他什么人没见过？他瞅出吴公子对女儿有意思，心头狂喜，转而心头一横。

他借故出去抽烟，实则想把唐福这个重要客人挡在餐厅门外……

第二十四章　准岳母的生日

于萍知道丈夫出门准没好事，打算起身跟上。老李用凶巴巴的眼神逼退了妻子。家中大事必须由他做主，这个规矩不能破。于萍不敢抗命，坐立不安。这饭还没开吃，就如此闹心伤神。

老李走出包间穿过大厅，疾步来到大门外。

清朗的星月映衬着繁华的城池，一切都平淡无奇却又平静美好。

老李常年披星戴月出门，又披星戴月回家，只为五斗米折腰。他哪有闲工夫审视这座城，今晚蓦然发现自己也在被这座城审视。多么奇幻啊！城池本无等级界限，是人们世俗的目光将界限强加于它的。一朝圈进去，一生出不来。

从卖菜的小摊贩到思辨人性的哲学家，只需要一扇门的距离。既然是哲学家，那就得抽支烟将思绪引向更深奥的领域。他刚要点烟，就看见唐福抱着一个硕大的生日蛋糕兴冲冲赶来。

"爸，感谢你亲自到门口接我！"

唐福刚一开口，险些没把老李呛住。

"谁是你爸？"

"嗨，迟早的事，"唐福憨憨一笑，"咱们都有个适应的过程。"

老李宏大的哲学思潮啪唧没了，张开嘴竟不知如何措辞。

他又回到了菜贩子的身份，脑海里思考的是青菜和芹菜明早批发时会不会涨价，桥边施工地积水过深是否影响机动三轮车通行。他很不服气，再次仰望星空。看到的是大蒜般饱满的星星，还有比黄花更嫩的月牙，更浩瀚的夜空深处是看不到头的蔬菜大棚。

唐福呆呆地看着呆呆的准岳父，也乖巧地顺着他的目光望向星空。讨好准岳父，是他当下的第一要务。

"看到什么啦？"唐福努力睁大眼睛，希望能找到共同的话题。

"颈椎不好，女儿让我多抬头。"老李左右晃动着脑袋，只听得脖子咔咔作响。

"我老开车，颈椎也不好，"唐福学着晃动起粗短的脖子，"别晃了，头晕得厉害。肚子饿了，咱们进去吧。"

老李想到女儿和吴公子聊得正嗨，急忙伸手拦住唐福。

"小唐，我知道你人品好，但人品不能当饭吃。而且有些事情，没有你想得那么简单。当然，你是个简单的人，这不是你的错，错在于咱们都得务实，懂吗？"

"不懂！李叔叔说话越来越飘了，卖菜真是委屈你了。改天我给你开个直播，你就在菜摊上对着手机屏幕神侃，准火！"

"我现在心里已经火了，那就说一个你懂的。"老李猜不到小唐是真糊涂还是假糊涂，但为了女儿，必须豁出去。

菜摊上的蔬菜如果老半天卖不出去，就会变色卷边、叶老茎黄。为了重新恢复卖相，则须适当补水滋润。这种水分，只要不过分，客人是认可的。

可老李此刻要做的不是补水，而是抽水，让蔬菜更没有卖相。什么档次的菜该卖什么样的价格，在市场上早有定论。

他正要拿狠话指责唐福癞蛤蟆想吃天鹅肉，女儿的大嗓门就从身后传来。

"怎么搞的，现在才来？"

"我给你妈买蛋糕去了。这家蛋糕店是老牌子，路程也老远啦。我妈在的时候，就好这口。"小唐是个粗人，但也有心思细的时候。

"你怎么知道今天是我妈的生日？"

"上次你不是让我帮你妈购买保险，我看过她的身份证。"

李多抱着唐福的脸亲了一口，搂着他的肩膀走进餐厅。全程对父亲熟视无睹。

老李愣在原地，被漠视的感觉真不好受。更不好受的是，他居然忘记了妻子的生日。这哪是患难夫妻该有的样子？

老李在餐厅门口徘徊着，羞于回去面对妻子。转而想到妻子比他大气多了，说几句好话就能糊弄过去。他抄着两手跟进包间，发现情况不太对劲。

于萍眼泪汪汪地看着返回来的老李，像是就等着他华丽现身。

于萍嗫嚅着嘴唇，却什么也说不出来。一个普通得掉渣的妇女，哪有什么高端唯美的词语去表达真情？即便面对相濡以沫的丈夫，她的大脑也是苍白的、迟钝的。说不出口，那就不说。她从女儿手中接过一张又一张的纸巾，不住地擦眼泪。

以前屡次受伤或受辱都不曾落泪，这次实在绷不住了。

老李瞥了女儿一眼，片刻就明白了。女儿冲父亲一笑，再冲唐福笑了笑。

唐福只等着准岳父的表扬，哪怕一个温和的眼神也好。可惜老李装起糊涂来，比他更在行。

吴公子猜不透哑谜，端详着桌上那个不知什么牌子的大蛋糕。包装粗糙、颜色花里胡哨，摆在如此奢华的包间里真是让人触目惊心。没想到这也能赚取李多母亲的眼泪，可见这一家人对生活要求有多低。

老李规规矩矩地坐回妻子身边，回想起夫妻俩早出晚归的画面。

寒冬腊月的清晨特别湿冷，蔬菜表面的露水在昏暗的路灯下泛着光。他们从批发市场载着满车的蔬菜赶到菜市场，有条不紊地清理规整。都是心肝宝贝，必须轻拿轻放，否则顾客待会儿看了便没有购买欲望。每个人心中都有一宝，就在身边，在心底，在岁月流逝的每一瞬间。有一个大雨天，三轮车转弯时翻倒在路边，于萍也摔下了车。她叫丈夫别管她，先收罗蔬菜重新装车，要不然就没卖相了。自己都伤痕累累了，还惦记着蔬菜的卖相。

卖相，什么叫卖相？卖相就是老父亲的医药费、女儿的大学学费、每年的摊位租金等等，也不知那几年夫妻俩是怎么熬过来的。一幕一幕像放电影似的掠过眼前，这人生的光影也就跟着褪了大半。

老李想着想着，眼眶也不由得湿润了，只是他没有意识到。唐福和李多同时抽出一张纸巾递过去。

老李犹像了一下，接过了唐福的纸巾。

吴公子知趣地离开了包间，楼上还有更重要的客人等着他。出门后，他吩咐下属调查唐福的家庭背景，随后在服务员耳边嘀咕了两句。

李多见菜品都上齐了，要求服务员们也离开包间。那个最清秀的服务员关了门，笑得合不拢嘴。这可不是招牌笑脸。

唐福起身为老李一家人斟上红酒。酒是他自带的，还是两个月前筹够了什么积分兑换的。也是不知名的杂牌子，口感不咋地。

"叔叔阿姨，这酒一般般，凑合着喝吧。"唐福局促地坐下，像个即将远嫁的黄花闺女。

一只手猛拍了拍桌面，吓得唐福慌乱地放下手中的酒杯。他以为是李多在埋怨，没想到出手的是李多的母亲。母女俩还真是一个德行。

"咋叫一般般？会不会说话？"于萍哪懂得品酒，一口喝干，忍不住打了个格外舒坦的饱嗝。

唐福连忙续上酒，干脆直接倒满一杯。他这次没有着急坐下，而是偏着脑袋，就像等待那最致命的一刀。

"不是一般的好喝！"于萍这次微闭眼、深呼吸，像模像样地品了一口，"比起拉菲还有人头马，好喝多了。"

李多扑哧笑起来，可唐福脸上啥表情也没有。

他暂时没搞清楚准岳母的话是真是假。这世上最扯淡的，就是把简单的事往复杂处想。以前唐福的脑子就一根筋，可自从经历过一些事后，他也学会了揣摩言外之意了。

"尽瞎扯，那些高档的洋酒，我都没喝过，你更没口福。"老李品了一口就撇撇嘴放下，装作很懂行。

"反正就是没有这酒好喝，你不喝算了，都给我。"于萍抓起丈夫的酒杯，将红酒倒入自己杯中。

唐福看得一愣一愣，生怕老两口吵架。李多用眼神示意他别担心，一切尽在掌控中。

于萍生来就喜欢红色，这红绸般的液体很合她的心情和胃口。她喝着喝着就飘起来了，飘得忘乎所以，可心里那杆秤摆得稳稳的。平时老被丈夫压着，不敢多吱声，今天怎么着也得主持一下大局。

老李看着妻子难得这么开心，也不过多计较，象征性顶了两句，就此打住。他还有更重要的事要琢磨，那就是如何避开女儿的火眼金睛让小唐去结账。

"小唐，你觉得我们家多多怎么样？"于萍这话问得有点刻意，当然也能理解。作为母亲，就想让外人当面吹捧一下自己养了个好闺女。

"那还用说，漂亮能干，心地善良，有文化、有理想、有素养。"唐福避开李多的眼神，低下头去，"我知道我配不上她……"

这个机会可不能放过。老李冷笑着插言："知道就对，我还以为你……"

"以为个屁！"于萍将酒气喷到丈夫脸上，"别老想着那些虚头巴脑的东西，人家小唐也不差。卖相是重要，可里子更重要。大部分蔬菜放一天就变色变质了，但小唐一辈子都不会变色变质。我在菜市场阅人无数，牛鬼蛇神不管怎么变，在我面前立马现出原形，绝不会看走眼。"

于萍第一次挤对丈夫，居然如此硬核霸气，完全不给面子，真是佛主拿起了屠刀，一旦开杀戒，便是人挡杀人佛挡杀佛。

别说老李，就连老李的女儿都没回过神来。今天是于萍生日，谁敢跟她较劲？

小唐难得被夸赞，而且是出自准岳母的嘴里。他赶紧起身为于萍再次续满红酒，然后挺直腰板坐下。

从进门那一刻开始悬着的心，终于可以落地了。只是这满桌的好菜，这高档的氛围，不知需要砸进去多少真金白银。他悄悄打开手机看了看微信余额，应该是够了。

吃饱喝足，许愿切蛋糕。一家人尽情地嗨，拼命地往肚里塞。最后，能打包的统统打包。虽说还不至于扶墙进、扶墙出，但大家的面子和里子都满足了。

老李搀扶着醉醺醺的妻子先行出门。于萍今晚真的开心，一路上还在夸唐福。老李有点不耐烦，又不敢扫了妻子的兴。唐福提着几个打包袋紧跟在后，一边提醒老两口留意地板滑。

李多径直奔向收银台，却发现单已买。她转身追上唐福，一通埋怨。这是小两口才有的调子。

"既然是以我的名义请客，就该我买单。"唐福看着快活似神仙的准岳母，再次望向夜空中最亮的星，"有妈真好。我妈在的时候，我不懂得珍惜，总觉得她对我再好都是理所当然，可世上哪有这么多理所当然？我妈命苦，你妈也苦，可她们从不在儿女面前叫苦。多多你放心，我会对你妈好的。"

"我信！"李多动情地眨了两下动人的眼睛，"对了，你买单时打折没有?"

"那必须的。老板人挺好，叫收银员给我打了9折。"

"乐乐说的是7.8折，我这还有微信记录。不行，我找他去!"

第二十五章　打包袋

李多不顾服务员的阻拦冲上餐厅二楼，发现这里别有洞天。唐福提着打包袋跟上来，疑心自己误入天宫。

"我去！我去！我去！"唐福本想飙几句溢美之词，可惜肚中墨水不多，只能连发三个感叹！

仙气逼人，云雾缥缈，歌舞升平，恍如瑶池。服务员打扮成仙女端着玉食珍馐穿梭于琼楼玉宇。谁说钟鼓馔玉不足贵，这里的消费绝非凡人能承受。

那个长相最清秀的服务员是个领班，正用纤纤玉手指挥仙女们传菜，不经意看到他俩上楼，转身便消失在屏风后。她到底是仙人还是妖人啊？

李多一脚踏入瑶池，冲进了一个酷似宫廷的大包间。

怯生生的唐福不敢再跟上去，这可不是他能来的地方。他脾气倔，目光浅，脚力重。万一踩坏什么东西，指定赔得倾家荡产。

吴公子从席间起身向李多招手，似乎就为了等她上来。

果然是在招待重要客人。看看这一桌子的客人非富即贵，都用警惕的眼神打量着不速之客。

"我朋友，自己人。"吴公子朝客人们抿嘴一笑，不敢高声语。

"吴公子的朋友都是国色天香的大美人啊！"坐在下首的一个中年男子刚抽完雪茄，全身酥软，嘴角冒泡，比吸毒还销魂。他很像从犯罪影片里走出来的角色，两肩不在同一水平线，深陷的眼眶和宽大的额头透着狡诈。

没错，他正是秦羽的前夫胡松。刚出狱就升天拜主，让人联想起《西游记》中从天宫偷跑下界的坐骑。

"乐乐说的是7.8折，你多收了我的钱！"李多单刀直入，也不在乎打扰诸位仙家的雅兴。

"那是吴公子故意的，就为了让你返回来找他。"胡松一针见血的点评，博得满堂喝彩。

"这点小心思一眼被看破，让我情何以堪？"吴公子表面上责怪，心中却感谢有人帮他捅破这窗户纸，"身边美女如云，但大多是庸脂俗粉，李小姐，可否给个机会？"

满桌子的贵客都不吭声，且看李多如何表态。他们也许不知李多的男友在瑶池边候着，知道了也无妨。只要李多点头，打发那个来自凡间的穷小子只是钱的问题。

"有病。钱我不要了，留给你治病！"李多反身出门。

胡松猛地跳起来，上前挡住李多的去路。

"吴公子的话，你还是好好想想。"

"让开，我男朋友就在对面。"

"谅他也不敢过来，这地方不是他该来的。"

话音未落，一个飘逸的身影就从后面飞奔上来。

胡松嗅出风声，可为时已晚。他被一脚踹倒，滚出数丈远。睁眼细看，竟抽搐着缩到吴公子的脚边。这才是冤家路窄啊，好在此刻他有保护伞。

几个保安围上来，个个都是猛禽。一看身手，应是职业保镖。

"住手！和为贵，放他们去吧。"吴公子轻呷了一口美酒，瞥了瞥貌不惊人的唐福。他无论如何也想不到，就这种长相这种身份的男人也能虏获仙女的芳心。

李多见唐福摆着架势没有离去的意思，练武之人多少有点骨气和傻气，忙拉着他的手，下楼离去。

"吴公子，这你也能忍？"胡松爬起来，哼哼唧唧地坐回椅子。

"你刚出来，慢慢就懂了。"吴公子的目光穿破瑶池上空的云雾，仿佛能看清世间的一切。

唐福和李多回到街上，抬头看见月亮还是那么皎洁。那才是真正的天宫，凡人只有仰望的份，那绝非纸醉金迷的温柔乡。

两人就这么牵着手，漫无目的地走在夜空下。几个打包袋在唐福的另一只手上晃荡，与此刻的浪漫氛围多少有些不和谐。

他俩都没有放手的念头，反而越握越紧。从灯火辉煌处走到灯火阑珊处，蓦然回头发现走过的路已沉入黑暗。再光鲜的生命都有黯淡的时候，何况是如此平凡的两个小人物。

唐福将李多送回家后，蹑手蹑脚地推开自家门。今天发生了很多事，任何一件处理不好，都会影响迎接日出的心情。好在他脑子里不装事，只装糊涂。

原以为父亲已经睡熟，冷不丁看到一个黑影直挺挺地站在阳台上。阳台低矮，关键是没装窗户。

唐福扔掉打包袋，扑上去拽住父亲冰凉的手。

"大半夜的不睡觉，你想干什么？"

老唐没有吱声，企图甩开儿子的手，可怎么也甩不脱。小唐好歹练过几天功夫，刚才在餐厅还露了一手。

"放手！"老唐叹惋道，"你爸虽然是个闯祸的主，但惜命，更爱惜名节！"

"惜命，我信，"小唐将父亲推进屋内，关闭拉门，"但爱惜名节，鬼才信！"

老唐难得这次不跟儿子计较，主要是肚中饥饿没有力气。他绿莹莹的眼睛盯着地上的打包袋，碍于面子不想直言。

"今晚谁买的单？"老唐有气无力地问道。

"李多请客，当然是她买单。"小唐捡起打包袋，故作要放入冰箱。

"撒谎都不会。"老唐着急了。

"这不跟你学的吗？"

"她老子没难为你吧？"

"行啦！没吃饭就明说！"

老唐不吭声了，从书柜拿起一本书坐到沙发上。

"死要面子活受罪。"

小唐嘀咕着打开炉灶，将打包的菜放进锅里加热，数分钟后，热气腾腾地端到桌上。

老唐撇下书本坐到桌前，狼吞虎咽地开吃，斯文全无。饱暖才有资格思淫欲。

"谁以前说过，不吃剩菜？"小唐抓起一个鸡腿撕咬。

他也饿了。当着准岳父岳母的面，他矜持有度，尽量文雅。吃相是男人结婚前必须守住的防线，婚后则要守住底线。

"光盘行动，从我做起！"老唐做什么事都能抓住道德和法理依据。

"垃圾分类，还不是要从我做起？"

"会不会说话？"老唐险被噎住。

"我是不会说话，可我至少不会在外面乱来。"

"怎么叫在外面乱来？你妈已经不在了，我是个正常男人，有权利也有需求！"

小唐将没啃完的鸡腿扔回盘子，拿起橱柜上的半瓶酒。

"你喝醉酒，比我还误事。"老唐伸手要抢，被小唐粗暴地推开。

这次，儿子没给父亲面子。

小唐倒满一杯酒，放到嘴边闻了闻。他并未喝下，而是起身恭敬地放到母亲遗照的下方，点燃三炷香，对着遗照叽叽咕咕地念叨着。

老唐心里掠过一阵酸楚，很快又被美味压住。美食的快感能快速抵御伤感。

小唐完成仪式后，慢悠悠地朝自己的卧室走去。

"一身臭汗，多久没洗澡了？"老唐盯着儿子的背影，"床单和被单都是新换的。"

"这事，你还好意思提？"

怒从心起的小唐回头望去，老唐正低头专心吃东西。刚才那句话好像不是他说的，可屋里明明只有父子俩。

　　小唐本想多发几句牢骚，望了一眼母亲的遗照后便忍住了。母亲包容而平静的眼睛凝视着屋子里人的一举一动。她生前最大的愿望就是父子平安，并且在她死后，父子能相安无事。小唐还是忍不住要说两句，特意转身背对母亲的遗照。

　　"有件事必须告诉你，秦羽的前夫回来了！那不是个善类，小心你的好日子到头。"

　　"小秦已对我说了，她好就好在啥事都不瞒着我。"

　　"那是因为她有求于你。那笔钱，不到万不得已，咱俩谁也不能碰。当着妈妈的遗照，你再表个态。"

　　儿子的这个要求合情合理，无法拒绝。老唐用纸巾非常仔细地擦干双手，走到老伴的遗照前。他也点燃三炷香，告慰妻子的在天之灵。

　　小唐转身趁机将桌上的酒瓶藏起来，走进卧室倒头便睡。他对父亲是又恨又爱。

　　老唐坐回桌前发现酒瓶不见了，扭头瞪着儿子紧闭的卧室门。他心里真不是滋味，儿子比他用心多了，好人一个，怎么就遇到他这么个不靠谱的亲爹?!

第二十六章 理疗大师

小唐一觉睡到早上十点，起床到厨房找吃的。他发现父亲居然蒸好了一大锅馒头，旁边的炉子上还煨了稀饭。

面香和米香随着热气溢满整个屋子，那可不是外面高档餐厅能吃到的美味。太阳打西边出来，太不真实了。

小唐以为自己在做梦，将糊里糊涂的脑袋凑到水龙头下，接着浑身一颤，连打三个喷嚏。他用毛巾擦干脑门，睁眼细看。

没错，是父亲的杰作，确实给儿子满满的惊喜！

别看老唐装腔作势又好吃懒做，厨艺真是没得说。母亲在时，没有工作的老唐总是备好一桌好菜等妻子和儿子下班。江兰老师是个很容易知足的女人，而且装糊涂的水准足可让她获得多面锦旗。有如此帅气贴心的丈夫在家里守候，再多的风言风语也进不了她的耳朵。

她自卑又自得，在哲学领域看似矛盾，却在生活领域获得统一。她更年期来得早，绝经也早，于是全身心投入教学。为儿子的事操碎了心，所以衰老得过快，视觉年龄比丈夫老了许多。她生理上没有什么需求，总不能让丈夫自宫吧。

　　这种开明而无奈的人生态度助长了老唐偷腥的恶习，有了第一次，便会有第二次，甚至在妻子出车祸前夜，老唐还在酒吧和舞蹈学校的女老师约会。他不是不喜欢女老师，是不喜欢长成妻子那样的女老师。

　　如今，昔人已乘黄鹤去。该死的没死，不该死的死了。

　　小唐肚子饿了，啥也不在乎了。他可没有父亲那么穷讲究，像老唐如此人格分裂的文化人实在少见。声色犬马不一定是文化繁荣的标配，没有触及文化精髓的繁荣只能停留于表面。

　　小唐抓起馒头就往嘴里塞，馒头很好吃，稀饭更是煮得恰到好处。

　　入口美滋滋的，从喉管美到心里。说实话，父亲很久没下过厨了。昨晚他饿得眼冒金星，也没为自己倒腾吃的。今早也不知他发什么神经，这是要结城下之盟的征兆。

　　小唐吃到第三个馒头时，意识到有哪里不对劲。

　　他慌乱地放下馒头，冲进父亲的卧室。果然，床上没人，阳台上也没人。

　　小唐伸着粗短的脖子朝楼下望去，小区里平静如常。他松了口气，旋即再次提起一口气，转身飞奔进自己卧室，在床下的箱子里翻找。

　　银行卡和存折都在。

　　小人之心！小唐红着脸回到厨房，刚拿起第四个馒头，父亲的电话就打来了。

　　小唐将馒头扔回锅里，就像怕老唐看到似的。

　　"借钱，没有！"小唐一刀封喉，不给父亲任何机会。

"龟儿子，就这么瞧不上你老爸？"电话那头的老唐嗓音清脆，看来是遇到什么好事了。

"瞧不上你，那就等于瞧不上我。"

"要有自信，你的日子还长着哩！我是有点那个什么，但心里还是装着你的。为人父母，哪一个不……"

"到底想说什么？"小唐偷偷抓起刚才放下的那个馒头，轻轻咬一口。

"馒头和稀饭怎么样？"老唐好像真能看见儿子的一举一动。

"如果每天都能吃到这么好的东西，我就不用老是吃泡面了。"

老唐竟然笑起来，笑声传到小唐这里却很是刺耳。

"你笑什么？"小唐不解。

"你跟你妈一样，太容易知足了。"

老唐在那边抹了一下眼泪，随后就挂断了电话。

这到底是几个意思？小唐不想回拨过去，抠破脑门又想不出所以然。根据以前的经验，老唐正在谋划什么大事。只要不动那笔钱，就任由他折腾吧。世上就这么个亲人，惯着点也是常理。母亲在世时都能忍，何况是她心地更加纯良的儿子！

小唐收拾好房间和心情，就出去跑网约车。比起那些每天跑十来个小时的老司机，他年纪轻轻就很佛系，只差没被同行供在庙里，隔三岔五还得为家里的破事劳民伤财。不过当下的首要攻坚任务是和李多去民政局办证。李多的母亲算是给他开了绿灯，可老李的那一关比剑门关更险峻。在财貌都不全的情况下，小唐只能智取，攻心为上、攻城次之。

一想到老李的那张苦瓜脸，小唐就头痛。可想到李多甜美阳光的笑脸，他又找到了信心。老唐说的没错，要有自信。司机更要多向前看，大不了背水一战。

就在小唐开单接到第一个乘客时，老唐正躺在秦羽的家里接受特殊治疗。

这张床是胡松那天躺过的，差点留有污浊液体。说是特殊，那是因为秦羽特意视频连线网络理疗专家，准备调理老唐的性功能障碍。开始调理前，老唐给儿子打了通电话。说话的语气像是自己要上手术台，可惜笨小子没有听出来。

老唐也不介意，自己的儿子还不了解吗？若是他真出事了，撇下儿子孤零零的一个人，这罪过就大了。

一想到妻子断气前的千叮咛万嘱咐，他就后悔躺在秦羽的床上。可是这张床太香了，身边的女人不仅貌美如花，更关心他的心理和生理健康。世上最浪漫的事，就是男女相互走心！走着走着，魂都没啦！

秦羽连线的所谓专家大言不惭能治好老唐的病。别说五十多岁的中老年男士，就是七八十岁的老大爷都能回春。老唐从不信专家，但信秦羽。这就够了。

"我就交给你啦！"老唐狠狠吸了一口气，生怕吸不了第二口。

"放心，一会儿就过去了。"秦羽毕竟文化程度不高，说话也不爱过脑。她喜欢在心里盘算，原本思忖得很美好的计划，一落到实处就走样了。

老唐装作没听见，尴尬地脱下裤子。

他将目光朝向窗外，灰蒙蒙的天空没给他好脸色。真要发生医疗事故，他的下半身和下半生就全毁了。

确乎，一会儿就过去了。老唐睡着了！

均匀的呼噜声迎合着理疗仪的嘀嗒声，扒拉火罐的火光映出秦羽香汗淋漓的俏脸。她押上了自己多年所学的旁门左道，更押上了对老唐的深情厚谊。

也不知过了多长时间，秦羽根据老专家的视频指导，奇迹般地治好了老唐的难言之隐。老专家抚弄着白须激动地宣布他的临床研究终于取得重大突破，此生无憾！难怪老专家如此上心，向来行事谨慎的老唐糊里糊涂就成了小白鼠。

老唐苏醒后立马感到下身有反应，尴尬得想穿裤子。他称赞中医学实在太强大了，惊叹之余意识到这个大胡子老专家似曾相识。

"别猜了，他就是薛神医。我师父，也是咱俩的媒人！"秦羽关掉了薛神医自己研发的理疗仪。这玩意可以申请专利上市了。

薛神医拔掉胡子，摘下眼镜，贴近摄像头冲老唐露出坏笑。这老头刚才故意把光线调暗，呈现在视频里的画面便不甚清晰。

"下次打麻将，我不会再放水了。"老唐冲着视频里的老顽童也露出坏笑。

"你提醒我了，咱们很久没开四方会议啦，约个时间！"薛神医不愧是老中医，说话文绉绉的。

"师父，唐哥他现在没空！"秦羽推开老唐凑到镜头前，"他想娶我过门，但我不想住那个破小区。所以，唐哥决定卖房，重新买个新的。好啦，回头请您老喝喜酒。这台理疗仪样机我先留着。"

秦羽关闭视频连线，扭头发现老唐直挺挺地躺回了床上。绝非急不可耐，这是急火攻心……

第二十七章　卖房

秦羽也算是读过《孙子兵法》之人，读书不在多，在精。

她懂进退，更懂拿捏分寸。攻心为上、攻城次之，既然定好了小目标，更得步步为营。她用手机播放那首两人都喜欢的治愈音乐，俯下身子为老唐按摩。

指法娴熟而细腻，瞄准穴位直达心灵。再铁石心肠的男人都会为之融化，何况是儒雅风流的老唐？

老唐深深地长叹一声。

这是飘飘欲仙的快活，更是彻头彻尾的屈服！这么好的一个女人死心塌地跟着我，总不能让人家受委屈吧？我老唐何德何能，几度逢春，再扑腾就进火葬场了。唯一对不住的女人是亡妻，只有来世再报。此生赏尽春花秋月，成不了大事也无所憾。

"你真愿意嫁给我？"老唐用力抓住小秦被汗水浸透的小手，这手长得真好看，没有半点瑕疵，"我比你大那么多！"

"我和我妈一样，就喜欢老男人。"小秦用另一只手轻抚着老唐脸上的皱纹。老唐固然是保养有道，毕竟上了年纪，如梭的岁月或多或少都会让他染上风霜。"我既是你的女人，也甘愿为你养老送终。只怕你过不了你儿子那关。"

老唐噌地从床上坐起来，这老腰好使多了。

"等我消息！"老唐穿好鞋子毅然朝门口走去。

小秦追上去为老唐披好外套，从后面将他紧紧抱住。甜言蜜语胜似利剑，动心便是扎心。

"要不，算了，我怕你们父子俩又闹得鸡飞狗跳。"

"从此刻起，我必须向你证明家里谁说了算。"

"如果能动那笔钱，我也不会为难你。"

"如果动了那笔钱，我老唐就更不是东西了。房子是我和江兰一起买的，我尚有处置的权利。"

老唐轻轻放开小秦的手，走出房门。

"跟你儿子好生说话，"小秦还是放心不下，又追了出去，"千万别失了和气。我可以等！真的！"

小秦抛出一个真挚温顺的笑脸，这让老唐更不好受。

"你也累了半天，好好休息。"

老唐怀揣着女人的期盼走进电梯。

直到电梯落地，他才意识到问题的严重性。一阵凉风瞬间将他吹醒了。说过的话肯定不能收回去，他这辈子就没办成过几件像样的事，这次必须爷们儿一把。

当年迎娶江兰时，唐家没花一分彩礼钱，却对嫁妆指指点点。婚事是江兰一手操办的，婚房是江兰出钱找人修整的，就连结婚证也是江兰催促办的。洞房花烛夜，兴奋的老唐没有在床上折腾，竟然打了通宵的麻将。第二天，新娘备好了精美的早餐，可老唐抱怨难以下咽。他甩了甩手，便下馆子去了。

这就是女追男的不公之处，但江兰至死都无怨无悔地宠着丈夫。她在教育领域收获无数桂冠，也被丈夫戴了不少绿帽。

老唐对亡妻的愧疚来得快，也去得快。活在当下，是他不变的信条。

他拿出手机刚要拨打儿子的号码，快递小哥的电话先进来了。未过门的儿媳妇李多为他买了毛拖鞋和棉手套，怕他入冬后手脚受凉。

看看人家这觉悟，心思都用在了正道上，从未对他们父子俩动过坏心思。至于那笔钱，压根儿没提过。多好的女孩啊，总不能嫁过来就没房子住吧。真到了那一刻，儿子不跟他拼命才怪！

老唐抽了自己一耳光，坐到花坛边冥思苦想。这该如何是好？

小秦站在楼上的窗边，目光追随着老唐的身影。她太了解这个半老头了，许诺一套一套的，真要落到实处又狠不下心。或许，这正是老唐的优点。也罢，别再为难他。急需用钱不假，可不能丧失底线。

小秦乘电梯来到地面，发现老唐已经没影了。难道他这次真会爷们儿一把？即便卖不了房，至少证明他是真心的。

小秦欣慰地坐到花坛边，感受老唐残留的余温。尽是冰凉，一直凉到心里。

老唐像贼似的悄悄溜回家中。

见儿子不在，他慌里慌张地去儿子床下搜房本。一家三口的老照片哧溜滑落到地。他赶忙捡起来在衣服上擦了又擦，这可是亡妻的心肝宝贝。

　　除了结婚证上的照片，这算是两口子最大的合照。江兰生前很少拍照，遗照也是从她工作照复制来的。遗照上的江兰紧锁眉头，五官拥挤，额头宽大，头发也不多，明显比实际年纪苍老多了。倒是这张全家福拍得温情温馨，一家人都露出微笑。

　　母子俩定是真心在笑，至于老唐当时为何也发笑便不得而知。或许是妻子同意把一半工资交给他，或许是他迫不得已要取悦妻子……不管怎么说，这张拍摄于十多年前的老照片深得江兰的喜爱。她每每看到照片，就会再次露出同样的笑，就会原谅丈夫的所作所为。

　　这个女人可爱、可敬，又可悲！她珍藏着照片，珍藏着麻醉剂，却不知为何放在房本里。难不成早预测到老唐有朝一日要卖房？

　　老唐满心愧疚，不敢直视照片上妻子的眼睛。她的面容不美，但面相和善，英俊挺拔的老唐更像是被数码合成上去的。相机拍出了他浮躁的灵魂，注定在后来的日子里让人发出一声叹息。

　　老唐将照片塞进房本，放回箱底。他在卧室、书房、厨房和厕所转悠了一圈，好像是平生首次如此认真审视自己生活的地方。每到一处，眼前都会浮现出妻子生前忙碌的身影，耳边回响起她的絮叨。

　　别看妻子是优秀的语文教师，可言谈举止没有丈夫那么有范儿。她在教学和生活中都重视实用主义，但她高贵的灵魂又渴望得到慰藉。所以，她喜欢痴痴地看着丈夫朗诵经典或妙语连珠点评世事，她喜欢静静地坐在丈夫身边享受文化的熏陶。

能与偶像同住一个屋檐下已是她此生最大的梦想。既然实现了梦想，那又何必在乎细节？

房子不大，可妻子布置精巧，既不浪费空间，又将空间美学发挥到极致。江兰很少化妆打扮，却对自己的家非常上心。

多好的一个女人啊，可惜在退休前遭遇车祸！

老唐在厨房发现自己做的早餐几乎被儿子吃光了，得意之余又生出愁绪。真要卖掉房子，儿子定与他断绝父子关系。可一想到秦羽那张梨花带雨的俏脸，一想到离开此屋便能开启新的生活，他坚定地重回儿子的卧室。

老唐生怕看到照片又后悔，扭过头去伸手在床下箱子里摸索着。他快速抖出照片，取走房本。窃，是他这辈子最拿手的。小区附近有一家不起眼的房产中介机构，正好。

为避免熟人认出，老唐戴上了口罩和帽子。哪知居委会大妈正好在做临街门面卫生抽查，一眼就认出了他。

"老唐，你这是干吗？得传染病啦？"居委会大妈也是快人快语，热心肠，嗓门大。

"你这话说得……"老唐摘下口罩和帽子，毫不留情地瞪了大妈一眼。

"那就是不想被认出来，但咱们社区巴掌大的地方，抬头不见低头见。你别说搞个整容术或易容术，就是变成灰，我也能认出你。"大妈没说完，自己先乐呵开了。

老唐满肚子墨水，竟不知如何应对。惹不起，躲得起。他转身便走，没想到大妈死活不让他走。

"是不是想卖房子？"大妈特意降低嗓门，留给老唐足够的面子。

"你怎么知道?"老唐吃惊不已。

大妈嘱咐同伴继续进行卫生抽查,实为支开旁人。

"你们家的情况,我比谁都清楚。江兰老师留下的那笔钱,你不敢动,又着急找女人结婚,自然想到卖房。明眼人都知道,这不是你的主意,是秦羽使的坏水。你说你那方面需求就那么大吗?非要找个妖里妖气的年轻女人。"

这番话直接把老唐呛住了,有一口痰卡在喉里转着圈就是不出来。老唐费了九牛二虎之力才吐掉。

大妈满脸鄙视地掏出纸巾递给老唐。

终究还是上了年纪,不服不行啦!她以为老唐应该有所收敛和领悟,岂料老唐的逻辑思维就是与常人不同。不,是与同龄人不同。

"我的事,你别管。"老唐紧绷着脸走开了。

没走几步,他又挺直腰板返回来。这是宣战的架势。

"我就是要卖房,离开这个破小区,否则江兰的阴影永远缠绕着我。"

言毕,老唐在大妈惊愕的目光中大步流星地走进房产中介机构。

"读书破万卷,也读出破人格。"大妈哀叹。

看不惯的事必须管,谁叫大妈我义薄云天?况且在她眼里,做好事和管闲事都是一码事。她用颤抖的手拨通了小唐的电话……

第二十八章　唐家再起硝烟

　　房产中介的两个男经纪人刚走进老唐家，就被墙上的遗照吓得退出门。

　　这都什么年代了，还将遗照挂客厅墙上？何况照片上的逝者长得实在让人不敢恭维，在昏暗的光线下那张阴惨惨的面容很瘆人。

　　老唐朝妻子遗照鞠了鞠躬，小心翼翼地取下来放到儿子的床下。这里确实是放重要物件的宝地。相框冰凉，可在取下和放下的过程中他手心全是汗。

　　两个男经纪人得到老唐的同意，打开了屋内所有的灯。拍照、测量、评估，对照着房本、户口本和身份证确定谁才是房子的主人。很快，他们理出头绪，心里也有了预估价位。夫妻俩当年买的本来就是二手房，卖相不好，如今市场行情更不好，能以市场均价卖出去已是万幸。

　　老唐没想到房子如此不值钱，干脆不卖得了。可经纪人拿出一手数据断言，现在不卖，以后腰斩的可能性更大。随着新楼盘的饱和，超过20年的二手房将无人问津。

"两位小兄弟，我是请你们来帮我卖房的，不是来说段子、刷流量的。"老唐倒了两杯水放在桌上，一气之下自己全喝了。

"大哥，我们说的全是真话，只有了解清楚自己房子在市场的准确定位，才能适时卖出，否则就算在网上挂一年半载也没戏。"其中一个操着椒盐普通话的经纪人觉得时机成熟了，开始向卖方倾倒干货。

老唐见小伙子称呼他大哥，适才的怒意瞬间烟消云散。他再次倒了两杯水，用手遮住一撮不太明显的白发。

"这房旧是旧了点，可户型和装修还不错。温馨大气，没有被浪费的空间，穿堂风、采光也好。"另一个经纪人操着纯正的普通话，不过鼻音很重，他应该是北方人。

"那就交给你们啦！"老唐对着遗照原本所在的空空的墙头，心里明显过意不去，"要快，价格好说。"

"根据继承法，这房子有你儿子的一份，他同意吗？"北方人边登记边问道。

"有啥不同意的，卖了房换了钱，给他一半。"老唐痛快地答道。

"我咋就没有遇到这么好的亲爹？"北方人很想发个朋友圈，表达一下自己落寞的心情。投胎是技术活，只能羡慕。

一阵黑旋风从走廊上灌入屋内，大事不妙。果然，小唐甩着粗壮的胳膊冲进来，凶神恶煞地瞪着两个经纪人。

老唐起身拦住儿子："干什么你？别忘了，咱们是书香门第！"

"读书读到你这个地步，也真是骇人听闻、丧心病狂。"小唐苦笑道。

"这两个词用得不错，所以书香门第有错吗？"老唐冷笑道。

两个经纪人看这情形随时可能擦枪走火，打算出门回避一下。

"哪儿也不许去！"老唐大吼，"这房子我卖定了。"

两个经纪人面面相觑，坐立难安。虽然这些年买卖房进行交易也遇见不少奇葩事，但这次非同小可。真怕交易不成，人头先落地。

"为了那个女人，你儿子都不要了。"小唐腹中没有多少墨水，有的只是苦水。他还得强行憋住，以顾及父亲的颜面。

"谁说我不要你？卖了旧的，咱们买新的，照样有你一个房间。如果你不想和我们一起住，咱们各拿一半房款。你拿着钱也能到郊区买套好房。没能力待在市中心，就换个活法。再说这破小区有什么好的？我半老头都不喜欢，你一个年轻人难道想把青春和热血洒在这里？"

这话没有戳中小唐的心窝，可戳中了两个年轻经纪人的心窝。真理，在老唐花式机关枪的射程之内。有文化能诡辩，到哪儿都吃得开。

小唐深知说不过老子。拳头捏紧又松开，松开又捏紧。

他从来没想过揍父亲，这次也没想过。他文化程度不高，但觉悟高。"百善孝为先，万恶淫为源。"这是晚清近代著作《围炉夜话》的原话。小唐敬遵前句，老唐则践行后句。

母亲在世时没少向儿子灌输传统文化精髓，特别提醒小唐要善待父亲。她仿佛知道自己活不长，疑心死后父子俩反目成仇，便早早地给儿子立下规矩。母亲的话在小唐心里，是遗训，更是懿旨。

小唐无可奈何地冲进自己的卧室，找到母亲的遗照。他返回客厅，将遗照挂在原来的地方。意思非常明显，他就是不想离开这老房子。别说把青春和热血洒在这里，就是把生命撂在这里也无憾。

两个经纪人一看到那张遗照，全身汗毛又竖了起来。

"大哥，你们先商量一下，我们回店里去，有客户等着看房。"北方人先退到门口。

"那还等什么？直接叫他来这里看房。"老唐今天必须把一家之主的地位坐实，"只要价格合适，立马签约。"

"人家未必看得上这老房子。"那个说椒盐普通话的小子就是鬼精鬼精的。

"我降价处理还不行吗？"老唐说这话的时候刻意背对妻子的遗照。

小唐忍无可忍，又实在想不出新招。他横下心来从厨房里拿出菜刀。

两个经纪人看到那明晃晃的玩意，抱头鼠窜，奔到楼下，差点撞上李多。

李多猜到父子俩杠上了。她一口气冲进唐家，随即又倒抽了一口气。

小唐将菜刀架在自己粗短的脖子上。

"把刀放下！"李多扔下挎包，就去抢夺菜刀。她怕小唐发起疯来，连她也不放过。其实，李多心里最清楚唐福这人心地善良，只是脑子笨了点。他遇事不会变通，除了对自己下狠手。

这就是典型的缺心眼。

老唐正不知如何应对，李多这场及时雨来得太好了。

小唐很听李多的话，忙把菜刀藏到身后。嘟着嘴，只出气，不吭声。这完全是小孩子的行事方式，哪像三十出头的大人。

"造反了你？先把刀放回厨房。"李多气急败坏，"出来后，我再收拾你。"

小唐老老实实地将菜刀放回原处，又老老实实地回到女友身前。他耷拉着脑袋，用舌头舔着干巴巴的嘴唇，仍然不打算为自己辩解。

"小李，还好你来了，"老唐捂住咚咚乱跳的胸脯，真担心自己跟着儿子一起挂了，"否则，不敢想象接下来会发生什么。这家里，只有你能降服他。"

李多得意地笑了，在他们父子心中她已是家里人了。

老唐掏出纸巾擦完满头汗水，又擦拭泪水。

"我这个做父亲的，太失败了！"

"唐叔叔，听说你要卖房？"李多声音细腻却颇有杀伤力。

"现在这情形，我哪敢卖啊？"老唐向妻子的遗照鞠躬致歉，焚香祈祷。

"我觉得，还是卖了好！"

李多话音刚落，唐福就惊奇地抬起了头。很快，他又在李多锐利的目光下重新低下头。凡是有李多在的地方，轮不到他拿主意。

没听错吧？老唐转身盯着李多。这个清秀干练的女孩多次让他刮目相看，家里的主导权已悄然转移到准儿媳妇身上。老唐现在要做的，就是如何快速适应，同时也给自己的准夫人争取点话语权。

"这房子旧是旧了点，但卖相还不算差。现在行情不好，能出手就出手。"李多环视一圈，也对着江兰的遗照鞠了一躬，"对不住啦！刚才那两个房产经纪人把你套进去了，就为了在买卖双方中玩套路，两边都吃钱，而且吃得心安理得。有些人就喜欢披着公正道义伦理的外衣，背地里夹带私货！"

老唐心里有些不乐意，这话怎么听着像是针对他的。

"我不同意。"小唐憋了半天，终于憋出这四个字。

"难道你想我嫁过来，住这么破旧的老房子？"李多的眼里含着泪光，"你就这么忍心？我爸妈会寒心的。我好不容易说服他们勉强接受你，你能不能稍微为我考虑一下？我到底图啥，你又有什么让我可图的？常听你说，江老师在的时候叮嘱你要对你爸好一点，多包容多理解。你爸也不容易，里里外外要应付，关键是还得续弦。人家秦大美女过来后和我们住一起，这生活质量肯定断崖式下跌。这不让你爸难堪吗？你这个当儿子的太不懂事、太不孝顺了！秦羽还有个上初中的女儿，也要搬过来。到时候屋子里住这么多人，矛盾重重、战火纷纷，别说居委会，估计联合国安理会都调解不了。"

老唐总算明白了，小李是在指桑骂槐。卖房与否不重要，重要的是他为老不尊、不干人事。做丈夫不称职，做父亲更不够格。

老唐缩回卧室，将自己深锁在内。是时候反思了！

第二十九章　绝症

小唐终于开窍了，朝李多挤出笑意。

不服不行，这才是当家做主的料，必须尽快迎娶过门。煮熟的鸭子都会飞走，还别说没煮过的。

小唐尴尬地打量着四壁。本来就自卑，这房子更让他抬不起头来。他从未如此认真地审视自己吃喝拉撒睡的地盘，今天换个视角一看确实不咋地。

做婚房太委屈李多了，估计连她父母那关都过不了。最简便的方法就是重新装修，可花钱也不少啊。

况且，老小区整体配套都在老化。在市区最新的规划版图上，这个区域已不受待见。拆迁赔偿无望，仅多在小区外围粉刷一圈加以掩饰。所以，无论内部怎么装修，老房子的档次永远提升不起来。满小区都是老年人，有点积蓄或有点梦想的年轻人都搬走了。他决不想李多嫁过来，就住这么破的房子。

小唐刚舒展的笑脸又消失了。父亲虽有私心，但比他看得远。

李多一屁股坐到桌前，也不无愧疚地看着深锁的卧室门。

"肚子饿了，去给我下几根面条。"李多说道。

唐福没有动静，心里堵得慌。

李多重复了一遍，唐福这才回过神来。他冲进厨房，旋即垂着两臂返回。

"厨房里啥吃的都没有，就剩半个冷馒头。"

"看你们父子俩这日子过的，走吧，出去吃！"

"需不需要叫上我爸？"唐福将嗓音压得很低，生怕父亲听到。

"那还愣着干吗？"李多就等他这句话。

唐福走到父亲的房门前，将憋在肚子里的气全部呼出。他伸出右手，迟迟没敢落下。

"瞧你这出息，当初救我的那个孤勇者死哪去啦？"

"其实我爸也有难处，至少有底线，我妈留下的那笔钱从未动过！"小唐的答非所问很合李多的心意。

"很少见你夸奖你爸，这说明你成熟了。"

"我这张脸再熟就掉地上了。"小唐揪了一下自己粗糙的脸颊。

"放心，我不喜欢小鲜肉。"

李多笑着推开唐福，敲了敲房门。

室内没有回应，估计老唐正生着闷气。老唐一生气，要不喝酒要不吃安眠药睡觉。总之，就是不能让自己清醒。

"唐叔叔，刚才不好意思，我说话有点过了。正好请你吃饭，赔个不是。"

室内依然没有动静。看来老唐真的生气了，需要一个非常巧妙的台阶下。

李多将耳朵紧贴房门。

没有呼噜声，也没有喝完酒后癫狂发作的迹象。

"别人老怀疑你们不是亲父子俩，我从不怀疑。你们生闷气的德性完全一个样。"李多说到一半，用手捂住嘴。

老李时常责怪女儿说话没大没小，其实这个德性就是老李惯出来的。

"咱们别出去吃了，点外卖，给你爸也来一份。"李多看着不吭声的唐福，以为他默认了。

小唐突然毫无征兆地推开李多，使劲踹门。

"砰砰砰……"

"干什么，疯了你?"李多恼羞成怒，"这门旧是旧了点，可维修也得花不少钱。"

小唐没有理会，继续踹门。门褪色了，但质量没有退。

室内的老唐竟无呵斥声，这很不对劲。

李多恍然明白过来。

"用劲，快!"

小唐受到鼓舞，终于踹开了门。一个踉跄，他差点摔倒。

老唐痛苦地蜷缩在地上，一手伸向儿子，却怎么也说不出话来。

"我马上叫救护车!"李多慌了神。

"来不及了，"唐福遇事不乱，"让开!"

"什么?"李多不明就里，她从未摊上过这类事。

唐福不愧是练过武之人，轻松抱起父亲朝门口奔来。李多再一次明白过来，连忙避让，又连忙跟上。

两个邻居正在等电梯，侧身让他们先行。

"小唐，你爸又喝醉啦?"一个阿姨急问，"这次醉得不轻啊?!"

唐福顾不上回答，心思都在父亲身上。老唐再怎么作孽作妖，也是他亲爹，是目前唯一在世的亲人。

坦白说，唐福还真希望父亲这次也是醉了。大不了再进看守所，大不了再次丢人现眼，大不了……

他开车一路狂奔，花了不到20分钟就将父亲送到医院。李多提前给同事打过电话，急诊科的马副主任亲自在门口等待。

老唐被推进急救室之前，用冰凉的手指勾住儿子的手。他无法说话，可满是爱意和歉意的目光足以说明一切。

"爸，你不会有事的。"

小唐握了一下父亲的手，又不得不马上松开。

"我就在外面等你……哪儿也不去。"

最后一句话没说完，急救室的门就关闭了。

小唐疲倦地坐在椅子上，用双手抱住脑袋尽量不哭出声。他没有看起来那么坚强。

这一切太突然了。生活不喜欢给人惊喜，就喜欢给人惊愕!当年母亲出车祸，也让父子俩措手不及。如今，轮到父亲出事，所有的痛苦只能由小唐一个人扛。

李多办完手续，紧挨着小唐坐下。此时不需要任何言语，只需要祈祷!她浑身战栗，脸色惨白，躲闪着唐福的眼神。小唐一开始只当她是为父亲揪心。

等了快一小时，急救室的灯依然亮着，也没有医生告知什么情况。

小唐的内心被焦虑和恐慌炙烤着，双手却异常冰凉。几年前，他也是在急救室门外等候母亲。母亲勉强抢救过来了，可惜没有活多久。忽闪的希望犹如风中摇曳的蜡烛，随时可能被死神掐灭。人的一生中会有几次痛苦经历，最痛苦的莫过于看着亲人慢慢死去，而自己什么也做不了。

若换作平时，李多会劝慰唐福多往好的方面想。但这次，她比唐福更煎熬、更无助。唐福虽说有些笨拙，也逐渐看出了什么。

"多多，你是不是有什么瞒着我？"唐福拽住李多比他更冰凉的手臂。

"对不起，我……我……"李多从不结巴，这只能说明摊上大事了。

"我没有怪你的意思，你做的一切都是为了我好，再说我爸那脾气也是我妈惯的。他就是吃硬不吃软。"

"我说的不是这个。"

李多急了，唐福更急。

"是哪个？"

"我刚才查了一下你爸在医院的病案资料，包括医嘱单、化验单、医学影像学检查结果、手术及麻醉记录等等。他得了直肠癌，而且已是晚期！"

唐福松开李多的手，瞪大了眼睛，有些呼吸不上来。呆滞的目光在单调的走廊里游弋着，不知道落到哪里。

"你是不是搞错了？他刚做了一次全面体检，医生都说没什么大问题。"

"你回想一下，是医生说的，还是他说的？那天，他来理疗科找我，我就该了解清楚，可看他状态那么好，完全没有想到会这样。"

"我爸唐德，那么怕死的一个人，平时特别注重养生，除了偶尔好个色、喝个酒，没有什么不良嗜好，怎么可能得癌症？你搞错了，你们医院都搞错了！"唐福猛然跳起来，冲头顶的摄像头吼道。

在急救室门外大吼大叫、情绪失控的家属并不少见，无论是医务人员还是其他病人家属都习以为常。除了报以同情的目光，大家什么也做不了。

是的，真实的生活就这样，有时候什么也做不了。再呼风唤雨的能人但凡被抬进来，只能在天堂和地狱间徘徊。他期待命运眷顾，同时期待亲人都在身旁。

李多不知如何回答，她也回答不了。可她心中渐渐明白，小唐的父亲没有想象中那么差！

急救室的门终于开了……

第三十章　谁之过

小唐不顾一切地扑上去，又不敢扑到父亲的身上。他胡乱挥动着双手，不知该如何抚慰父亲。其实他才是那个最需要别人抚慰的人。

父亲被抢救过来了，但尚在昏迷中。

平时看起来高大挺拔的半老头，此刻显得如此虚弱渺小。再强大的生命都有凋零的时候，何况是宛如微尘般的小人物。老唐也许是不甘被轻视，所以他活着的主题就是不停地扑腾。

"我要活得有声有色，哪怕死后被千刀万剐。纵然万般不是，可心里始终有个度。"这是老唐笔记本首页的原话。他文学功底深厚，脸皮更厚。总是仰天大笑出门去，回来满身香水气。江兰老师的过度纵容让老唐越发不知道收敛，如今可好，一场病痛替她报了仇。但如果江兰还在的话，会比儿子更加悲痛。

医生和护士都没有拦阻，摘下口罩大口喘气。反而是李多提醒小唐不要触碰刚动完大手术的父亲，此刻的她已褪掉医生的外衣。她只想守护好小唐，担心这个傻小子也倒下。

小唐跟随着手推车来到重症监护室门口，主动站住了。他朝父亲挥了挥手，虽然明知父亲啥也不知道。

小唐转身没找到马副主任，护士指了指楼梯口。小唐有些摸不着头脑，小李却瞬间明白过来了。

马副主任过完烟瘾，招呼小唐和小李到办公室来。

不用兜圈子，他直说老唐勉强救过来了，但情况不太乐观。直肠癌早期无任何症状，患者有血便也会以为是痔疮或消化不良，加上某些医生对直肠指诊不重视，便忽略了最关键的检查。很多患者一旦检查出来，几乎都是晚期。老唐目前的直肠癌发生了重要脏器转移，生存期估计在一年左右。

"我爸还不到六十岁！他怎么不告诉我？我是他亲儿子，真的是他亲儿子！"小唐捶打着桌面，也捶打着自己。

此时没人怀疑他不是老唐的亲儿子。

马副主任向李多使眼色，希望她稳住病人家属的情绪。李多抓住小唐的手，可不知道说什么。她后悔那天在理疗科没有核实老唐的病情，更后悔今天耍小聪明唤醒了老唐体内的病魔。

"我不了解你父亲，可他刚做完手术在复苏室一直拉着护士的手喊你的名字。看得出来，你们父子感情很深。他时间不多了，多陪陪他！"

马副主任拍了拍小唐的肩膀，又到楼梯口抽烟。抽到一半，掐灭扔掉。每次抢救完危重病人，马副主任都会多抽半支烟。

他正要出去，被一个漂亮女人抢先了。浓郁的香水味刺激得他鼻子抽搐，想打喷嚏又打不出来。

秦羽冲到急救室门口，看见灯早已熄灭。她顺着墙壁瘫坐在长椅上，极力控制不停发抖的躯体。

唐福和李多就坐在对面的长椅上，默默地看着秦羽，都不知道说什么好，责怪、埋怨什么的均无济于事。

秦羽意识到有两双眼睛看着她，这才认出他们。

秦羽起身走过去，双腿一软要跪下认罪。

唐福下意识扶住了秦羽，她的手居然是滚烫的。她一直在发烧，难怪头脑烧糊涂了。

"对不起，都是我的错！"秦羽松开唐福的手，耷拉着脑袋坐回对面。

"这怎么可能是你的错？"唐福自责，"有错的那个人应该是我！我从来没有关注过他的身体状况，一直以为他好好的。要不然，他怎么会找你？"

"但我关注过！"秦羽不敢往下说。

"你什么意思？"李多抢先问道，"难道你知道唐叔叔他……"

秦羽愧疚地点了点头。不等别人开骂，自己先抽噎起来。

唐福唰地起身，又唰地坐下。

他不会骂女人，更不会打女人，只能在心里默默承受苦楚。父亲好色好面子，还是个不错的演员。遭遇如此大的病痛，他居然掩饰得如此完美。回想起这些日子父子俩吵吵闹闹的片段，其实能找到一些破绽。

怪就怪小唐没有太在意，他的关注点都在自己的委屈上。他一直以为被父亲亏欠，现在看来他也亏欠了父亲。

李多焦躁地来回走来走去，这已经超出了她的认知。她刚对同行秦羽有所改观，勉强接受大家可能同住一个屋檐下的预期。没想到这个忧郁性感的女人竟然知道老唐有病还任其发展，甚至还唆使他卖房。

想到这里，李多心里更加难受。身患绝症的老唐为了缓解疼痛，想必吃了大量的止痛药。不可能一点征兆也没有，卧室的抽屉里绝对还有一堆药。要怪就怪唐福太粗心了，也怪她这个医生不够专业。她一向显摆自己的专业精神和服务意识，却往往疏忽了身边最亲近的人。

唐福已猜到了李多的想法，狠狠抽打自己耳光。

李多抓住唐福的手，可唐福力气太大。争夺中，唐福失手打在李多脸上。

啪的一声，耳光格外响亮。

医院保安认识李多医生，急匆匆赶来。

秦羽拦住了保安，解释说是一家人。保安哪里肯信，李多医生知性大方、清纯漂亮，身边那个男的连给她擦皮鞋的机会都没有。

这下轮到保安和秦羽缠斗。等到两人闹明白，李多和唐福已经不知去向。

秦羽来医院前做好了被训斥甚至被殴打的准备，没想到唐福那只强有力的手落在李多脸上。李多也是自找的，毫无责怪唐福的意思。

当没有人责怪自己，唐福反而感到更加罪孽深重。他就是个灾星，害死了外公、母亲和恩师，如今又将父亲的生命贴上了倒计时的标签。

他不认为是家庭的不幸，而认定是自己带给家庭的不幸。小人物的命就那么不值一提吗？就那么不配在世上华丽地兜一圈吗？太不公平了，但你又能做什么？你只想做个好人，可命运在不断绞杀你的信念。

　　他找不到合理的解释，找不到发泄的渠道，只能暂时撇下李多，开车疾驰在郊区公路上。乌云翻滚，风雨欲来，被抛下的城市远景并不期待他归来！

　　若能这么永远飞驰下去，他愿意飞上天，飞到母亲的身边。

　　狂风暴雨大作，多少给人们一点心理准备。人生最揪心的就是遭遇毫无征兆的打击，再坚强的人都会迎头倒下去。

　　妈，儿子想你了！泪水模糊了他的双眼，雨水模糊了他的车窗。不妙的是，他眼前的世界也模糊了。

　　车子猛然撞倒施工路牌，然后撞破隔板，栽进了工地里的一个大坑……

第三十一章　逃离

秦羽通过监控视频看到老唐躺在重症监护室，耳边隐隐传来仪器的嘀嘀声。这声音冰冷单调，可每一下都直击小秦脆弱的心脏。这嘀嗒声也未必来自重症监护室，或许就来自她心里。那是老唐的倒计时。

老唐身上插满管子，就那么一动不动。秦羽盯了快十分钟，可那个鲜活的生命还是一动不动！这对他的亲人来说也是难言的折磨！

对了，我还算不上他的亲人！秦羽将视线离开屏幕，恍恍惚惚地走进楼梯间坐到台阶上。

这里光线昏暗，正好罩着她忧愁而精致的面容。牙齿还在打战，心脏依然怦怦直跳，很难平复下来。

秦羽用手机打开医院小程序，进入老唐的个人就诊中心。原来她是通过这个方式查到老唐的病案资料的，说简单也简单。但凡你关心一个人的病情，稍微用点心就能即时掌握。

当然，这一次她不是查询老唐的手术报告和医生诊断，她更关心医疗费。那是个不大不小的数目，已让她触目惊心。这还只是第一步，接下来的花销才是大头。只要进了重症监护室，不死也会脱层皮。

用不了几天，小唐的衣兜就会见底。

父子俩曾发誓不到万不得已决不动用那笔钱，现在应该算是万不得已的情况。可根据她对老唐的了解，如果还有一口气，他绝不会动用妻子的钱。老唐亏欠妻子太多，自己也没本事，得把钱留给儿子。别看老唐肚子里有几根花花肠子，可关键时刻也是个真爷们儿！

秦羽打开自己的微信和支付宝网贷主页，紧跟而来的三个还款日期交叉啃噬着她。

未来将何去何从？女儿还能继续就读私立学校吗？打肿脸充胖子的日子真的该到头了！一个本来可以靠颜值吃饭的女人，非要坚守底线，这又是何苦呢？女人最惊艳最拉风的岁月就那么几年，稍纵即逝，不能再错过了。但反过来一想，更必须想方设法让女儿就读私立学校，将来考一所像样的大学，别像她一样没有学识又没有退路。

回忆与老唐相处的日子，说不上多美好，也算是一段可圈可点的回忆。她为自己感到羞愧，既已提到"回忆"这个词，就意味着要断舍离。

这不能完全怪她，她就是一个普通得不能再普通的小女人。原本指望老唐打个翻身仗，可如今他连在病床上翻身的能力都没有。

秦羽透过楼梯间的门，朝重症监护室方向望去。有几个病人家属在排队，等着依次探视的机会。

她竟羡慕起一动不动的老唐，那才叫作真正的躺平。再也没有烦心事，再也不问人间冷暖，再也不会羞于面对妻子的遗照，再也不去纠结该不该迎娶年轻貌美的秦羽……老唐的灵魂即将度化到彼岸，可他的亲人还在苦海里挣扎！

我得先跳出苦海。这个想法很务实，也很卑鄙。她明知老唐身患绝症，却装作一无所知。她煞有介事地为老唐治疗生理障碍，不仅是避重就轻，更像是延续他回光返照的快感。薛神医为什么也没看出来？唯一的解释是他和老唐早就达成一致，难怪今天早上薛神医的语气很是蹊跷。

就凭老唐的火眼金睛，怎么会不知道视频连线的那个老专家就是老朋友薛神医？他想一直演下去，可惜老天不给机会。老唐早有卖房的打算，一醒来就感觉妻子还在身边，出门进门都得面对妻子的遗照。

他迟早要崩溃，索性借用秦羽的请求向儿子摊牌。他在妻子的影子下恍恍惚惚生活多年，不想儿子也在母亲的影子下活成行尸走肉。老唐在老哥们堆里下得一手好棋，很少遇到劲敌，果然名不虚传。可悲的是他不久将变成历史。

一个跳跃而明丽的身影沿着楼道奔上来。

"我就知道你在这儿。"秦小月将沉甸甸的书包哐当撂到地上，挨着母亲就坐下了。

秦羽瞪着女儿汗淋淋的脸蛋，好在不是按着她的模子刻出来的。女人太漂亮，未必是好事。

"别那么傻愣愣的，我来不是为你，是为了老唐。"这孩子说话总是那么没大没小、没轻没重，也没头没脑。

"大人的事，你不要掺和好不好？小孩的首要任务是学习。"

秦羽掏出纸巾擦拭女儿满脸的汗珠。

"人都快没了,你就不能让我探望一下?"

"谁告诉你,人快没了?"

"我在网上搜了一下,老唐的这个病很麻烦……说多了,尽是泪。你千万别得这个病!"

果真是没头没脑。秦羽深知女儿是出于关心,仍旧哭笑不得。

"快回学校上晚自习,就要月考啦!"秦羽起身,随手拿起书包。她太虚弱了,差点没拿稳。

秦小月赶忙扶住母亲,掏出一个小面包。她轻轻撕掉面包外面的包装,塞进母亲嘴里。

秦羽吃了一口,就甜到心底。这么好的女儿,更要让她上好学校找好工作,绝不能重复她外婆和母亲的老路。

"老唐在哪儿?"秦小月鼻子一酸,"我想见他最后一面。"

"傻孩子,你唐叔叔还有救,只是……"

"很花钱,对吧?我把我的家底都带来了。虽然杯水车薪,却是我的全部。"

秦小月从书包里摸出一个精美的小盒子,轻柔地拉开外面的金丝带。她就像巴啦啦小魔仙,变出了一沓崭新的钞票。初步估算,有几千块钱,比秦羽还阔绰。

秦羽再次瞪大了眼睛,女儿哪有这么多钱?

"别猜了,都是我这些年省下来的。"小月眉毛一扬。

"谁叫你省的?"秦羽眉毛一沉,"你现在是长身体的时候,要吃好,营养必须跟上!女人要对自己好,你懂吗?别老让你妈生气!你妈是没能耐,可用不着你可怜。"

秦小月从未见过母亲如此凶神恶煞、不近人情，瞬间就被吓住了。刚才忍住没让泪水流出，此刻抑制不住了。但她不会轻易吐露委屈，只好默默地用眼泪清洗心灵的创伤。她深知母亲不是有意发火，也知道自己做得没错，只是不知大人有时候比小孩更不讲道理。

秦羽意识到自己太过分，心疼地搂住女儿。

"对不起，我错了。妈妈脾气不好，妈妈没本事，不能为你创造好的条件。"

"我不在乎，真的，我只在乎你!"

女儿的这句话又一次击中秦羽的灵魂。她更加伤感和愧疚，彻底泪崩，完全无法控制。她将女儿搂得更紧了，实则不想让女儿看到自己满脸泪水的样子。

母女连心，再大的险关也能闯过。秦羽在心底为自己加油。只要有女儿在，她什么也不在乎，哪怕自己被人戳脊梁骨痛骂。

不知过了多久，也许只有几分钟，母女俩都缓过来了。

"唐叔叔在重症监护室。别说你，我都看不了。"秦羽的声音绵柔但有力。不能再伤害这颗纯真的心灵，又得亮明作为母亲的坚决态度。

"那我怎么把钱给他?"

"给我吧。我送你去学校后，再回来给他儿子。"

女儿没有作声，像是接受了母亲的建议。

秦羽背着女儿的书包，牵着女儿的手，准备下楼。

"我想去洗手间，你到一楼大厅等我。"

秦小月挣脱母亲的手，朝洗手间方向奔去。

秦羽独自下了一段楼梯，发现书包没有合上。手指刚碰到拉链，意识到那个精美的小盒子不见了。她愣了愣，随即苦笑起来。连女儿也不相信她，她这个母亲做得有多失败。都是钱惹的祸，都是自己造的孽。

秦小月借上厕所的机会，将盒子里的钱交给了迎面遇上的李多。李多没来得及问话，小月旋风般的身影已消失在楼道。

李多是何等聪慧之人，很快就明白过来了。她也不去追逐，半小时前追小唐不仅没追到，还变成了落汤鸡。她换了一身干衣服，也换了一下心情。现在能做的就是守在重症监护室门口，守着那么点希望。

理疗科的一个女同事抽空来安慰李多，含蓄地告诫她选错了对象。唐门多不幸，踏进去便悔之晚矣。女人不能背负太多的责任，无法承受就及时逃离，整个社会对女性应该多宽容。话锋一转，女同事向李多推荐自己高颜值、高学历、高品位的表哥，真是一分钟也不耽搁。

李多完全没有打断的机会，也不敢打断。女同事的表哥是副院长的儿子，对李多早有爱慕之心。若搭上这条船，李多在医院里风生水起指日可待。不过那样一来，就不是真正的李多了。

得找个借口抽身。李多瞅了瞅重症监护室紧闭的房门，那个该抽身的人应该是女同事。

"多多，多多！"一个沙哑而微弱的呼喊声从楼道方向传来。

李多定睛一看，喜出望外。老李来得太巧了。

她故作歉意地告别女同事，奔到父亲身边。这正是刚才秦羽母女待过的楼梯间，光线更加暗淡了。凑近，才能看清彼此的面部表情。

老李将雨伞扔到墙角，大半身湿透了。

"钱送来啦？"李多温和地问道。

"送个毛的钱！"老李粗口一开，千军万马都拦不住，"老子千辛万苦养大的女儿，还没过门，先让老子掏钱。这是哪门子道理？再说，送钱也是唐家送彩礼钱。现在可好，老唐说倒就倒，就他们家那条件，只有等死的份。"

"你能不能好好说话？在我印象中，我爸也算是有慈悲心肠的人。"

"我的慈悲心早他妈的喂狗了，这个社会要多现实有多现实。多多，听爸爸一句劝，放手吧！没人怪你。我就你这么个女儿，不想看着你往火坑里跳。你如果过得不好，我和你妈以后可怎么活啊？"

老李骂着骂着，竟抽抽搭搭起来。怕女儿取笑，他特意转过身去。

李多盯着父亲单薄的背影，不免有些心疼。在她印象中，风里来雨里去的父亲是个真的硬汉，从未在妻子和女儿跟前掉过眼泪。可这次，老李真的手足无措。除了劝阻和哀求，别无他法。

李多掏出纸巾，绕到父亲身前。她轻柔地擦去父亲的眼泪，然后朝重症监护室方向望去。这是个下意识的举动，可父亲全看在眼里。

"女儿知道你疼我，也最懂我。从小到大，我只要认定了一件事或一个理，就会坚持下去。爸，小唐对我很好，他爸其实没有看起来那么糟糕。唐家本来已经很不幸了，我若再撒手离去，小唐以后怎么办？他一个人是扛不下来的。"

"你们还没结婚，为什么你非得把责任往自己身上揽?"

"因为小唐是个好人，我也是好人。这就叫好姻缘。你不是曾经说过，就算我以后没啥大出息，也要做个大好人。你和妈妈在菜市场泡了那么多年，什么形形色色的人没见过? 要不是因为你们心地善良、对人真诚，能干到现在吗? 能把我养大吗? 社会再现实再浮躁，好人终归还是被待见的。爸，你回吧，钱的事我再想办法。有我在，唐家的梁塌不了。"

李多正要朝门口走去，被父亲强有力地拽住了手。

"傻孩子，比你老子还傻!"

老李松开手，抓起湿漉漉的雨伞朝楼下奔去。

李多摊开手心，发现有一张银行卡。她本是无比坚强的女孩，无论遭遇多大的挫折，都很少哭哭啼啼。可这次实在抑制不住!

"爸，雨大，路上注意安全。"

李多的哭声很快被窗外的雨声淹没了，世界欠她一个人情……

第三十二章　该出手就出手

雨真的很大，大到让人恐慌无助的地步。

雨幕直接从天上垂挂下来，完完整整地将天与地融为一体。雨来得快，去得也快，不像是在冲刷斑斑恶迹，更像是在报复人类过度开发。

小唐醒来后发现自己几乎浸泡在泥坑里。

泥坑不算大，可水位还在不断上涨，泥浆更不断地灌入车内。他必须尽快脱身，否则等不到为父亲送终，自己先挂了。

暴雨总算是停了。如果再下半个小时，他可能直接被活埋。埋在这里也无人发现，那真成了无名小鬼。

别想发动车，早没电了。车是破了点，可小唐依然舍不得扔下。但不扔下，他的小命就会扔下。人生的每一步都在做选择，不管是被动还是主动。

他解开安全带，企图打开车门。这显然是徒劳，车门被里里外外的泥浆堵死了。再不出来，他也会被泥浆堵死，然后变成泥塑。

　　我才不会为艺术献身。小唐试着活动四肢。还好，既没有剧痛，更没有麻木。但待会儿就说不准了。他抓起放在车门下方的备用榔头，疯狂地砸碎前窗玻璃。

　　咔嚓声伴随着哗啦声。

　　浓稠的泥水裹挟着玻璃碴泼溅了他一脸。

　　他顾不了那么多，急忙爬出车窗。

　　车子抖颤着沉了一下，这是不祥之兆。他慌乱地四肢并用，摸着滑溜溜的泥浆朝上艰难爬行。

　　刚爬出泥坑，身后忽然传来轰隆隆的响动。

　　回头望去，对面的土方塌陷后直接覆盖了大半个泥坑。周围的土方也有坍塌的危险，边上堆放的石料似乎在咯咯作响。

　　小唐撒腿就跑，只听后面不断传来异动。他哪敢再回头？他没命地跑，滑倒了又爬起来，爬起来没跑几步又滑倒，再次爬起来……等他气喘吁吁来到大路上，完全成了一个泥人。

　　双脚踩到坚实的路基上，心里终于踏实了，这才转身望去。

　　那个泥坑不见了，被完全掩盖，变成了一大片平滑的泥水。泥水还在逐渐累积，水面逐渐扩大。天边居然出现一道迷离的彩虹。彩虹倒映在脏兮兮的泥水中，说不出是好看还是丑陋。

　　"我的车！"泥人唐浑身哆嗦着，叹惋着。除了鼻孔还在呼气，哪像一个活人？

　　一阵轻微的电话铃声乍然响起。

　　这声音在静寂的天地间显得异常亲切。

　　他抖了抖耳朵上的泥水。没错，铃声是从自己身上传出来的。

　　小唐从泥沼般的衣服深处摸出手机。国产手机就是好使，竟然没坏。

他不禁笑了，更像个有艺术气息的泥塑人了。他将手机塞到衣服夹层里擦了又擦，然后缓缓放到耳边。

"喂!"小唐吐了一大口泥水。

"活着就好。"李多在电话那头笑了，随后嗓音一沉。"开那么快，到底想去哪儿鬼混? 还嫌你的车不够破吗? 连你爸也不要了吗? 他现在正躺在重症监护室。要是他醒来，第一个想见的人肯定不是我。我在这里替你刷存在感，你使个性子就没影了。"

小唐不知道说什么，可算知道做错了。家里出了这么大的事，他不是上前顶着，而是选择逃避。唐家接二连三出事，他实在扛不住了，但又必须扛下去。难道小人物的命运总是这么悲戚? 难道风雨之后就没有彩虹?

他抬头望去。

彩虹还在，越发绚丽。这绝对是梦里才能看到的美景，说是上天的恩赐也未尝不可。我刚才不是躲过一劫了吗? 老天爷没那么偏心!

"我马上回医院。"小唐刚说完，手机就没电了。

一切都是最好的安排。

一辆抢险工程车驶来，后面跟着救护车。师傅们跳下车，这才发现旁边站着个泥人。大家都惊呆了，小唐再次吐了一口泥水。

暴雨毁灭了桥梁施工地的所有东西。两个工棚被冲垮了，多名工人下落不明，通往高速收费站的隧道也有车辆被困。

"工人们估计被埋了，应该就在那边，我刚才好像听到呼救声。"小唐指了指不远处的凹地，"给我一把大锹，我也去找人。快！"

小唐从车上抓起一把大锹，带头朝凹地走去。师傅们又一次惊呆了，随后立马跟上去……

最后小唐是被救护车送回医院的，那已是大半夜。还好，他没有被推进急救室，而是被推到了李多的身边。

他穿了一身肥大的病号服，手和脚都缠着绷带，脸上贴着纱布，头发上还沾着泥土。他吐了半口血水和泥水，冲着李多笑起来。

李多也不消问，只要他活着回来就行。他父亲还躺在重症监护室里，这浑球却忙着抢险。命再大，也不能这么折腾！况且，就算折腾得死去活来，又有几人记得你？如今，很多人都忙着刷脸、刷流量、刷存在感，对于无利可图的事大多漠不关心。是社会病了还是小唐这傻帽病了？

世上怎么会有这号人？自己过得一塌糊涂，还想着该出手时就出手。他就这么不惜命？他就这么不懂得躲避？什么都想往前冲，迟早死在俯冲的路上，到时候没人记得他的好，估计连他的名字都记不住。

但反过来想想，要是一年前小唐不出手，李多的整个人生就毁了。是小唐给了她新生，给了她继续保持真善美的勇气。别人的过去或许不堪回首，可李多一想到自己的过去就倍感过瘾。李多忍不住对身边的这个男人多看两眼，能走进他的心里真好。

那天，是两人的倒霉之日。缘分不经意间将两个有缘人拽在一起，从此一路狂奔。

众所周知，唐福没啥能耐也没啥资源，母亲死后更是郁郁寡欢。他自作主张开网约车，老唐则嫌弃这个职业没有档次。老唐从未想过找镜子照一下自己，反正挑剔别人是他的长项。

小唐以混日子的心态步入三十而立之年，而老唐以只争朝夕的心态感叹着人生如梦。父子俩都没有改变命运的良策，也对醒世名言什么的不感兴趣，可日子总要过下去。老唐坚信生命且有如歌的时候，再烂的嗓子也得往下唱。但小唐除了握紧方向盘盯紧前方，便无其他奢望。

晚上九点许，小唐在眼哥马崔的青春烧烤摊前喝了点啤酒。不多，就三瓶。眼哥是个有文化、有抱负、有深度的青年才俊，却安于在市井中当快乐的扫地僧，还找了个比他大不少的女人。

到底图啥？就图一个本心。

只要敢于放弃、舍去万物，每个人都可能成为无常无我的圣人。这或多或少对小唐有些触动。他成不了圣人，只希望不变成剩男。唯有奋斗，才能不至于被淘汰。话是这么说，可他离剩男的至高境界着实不远了。

单子进来了，还是个大单。小唐找到了奋斗的意义，鬼使神差地接了单。

眼哥到厕所撒了泡尿，返回后就没看见小唐，匆忙打电话，可小唐不接。喝酒不开车，开车不喝酒，万一出了事咋办？

就不该请他喝酒！眼哥抓耳挠腮，后悔不已。何以解忧？眼哥随手又打开一瓶酒，一边在心里祈祷。

李多入职不久遭遇病人骚扰。这个病人在医院里有点靠山，居然找到某某主任让李多大事化小。

工作不好找，能忍则忍，但心里难受。李多下班后到酒吧喝了点酒，没想到网约车司机也喝了酒。

　　李多威胁说要举报唐福喝酒开车，要不然就免费将她送到酒店。唐福没想到碰到这个女邪神，乖乖将她送到酒店。临走前，随口问美女一个晚上多少钱。

　　李多一天遭遇两次羞辱，恼羞成怒地猛踹车门。这下轮到唐福威胁说马上报警，李多慌忙跑进酒店。下车时她还踉踉跄跄，此番一溜烟就没影了。

　　小唐忍不住喷出一嘴酒气，哪还敢报警。但不能就这么算了，钱没挣到手不要紧，可这口气必须出。他从不打女人，就算骂也要找回尊严。他已经忘了自己嘴皮子有多不利索。

　　小唐刚走进酒店，就傻眼了。

　　一只高跟鞋嗖地飞过来，差点砸中他的脸。

　　小唐一下子酒醒了。

　　女乘客和前台小姐扭打在一起，保安不知道该帮谁。女乘客是酒店经理名义上的女友，前台小姐是经理私下里的女友。

　　经理见李多占了上风，冲过去粗暴地将她拽开。李多重重地摔倒在光滑的地板上。膝盖和手臂都出血了，心里更在滴血。

　　小唐方才进门时还在幸灾乐祸，此刻却可怜起女乘客……

第三十三章　门当户对

李多坐在冰凉的地板上，心里更加冰凉。她有种掉进冰窟的末日感，若是没人搭救便将冻成标本。再美丽的标本也没有生命的气息，至多博得几声惊叹。

这事咱管不了。唐福心里有数，转身准备离开。

"你不是男人！"

唐福误以为女乘客在背后骂自己，扭头发现女乘客指着那个经理的鼻子。这大帅哥五官有型，身姿挺拔，一看长相就有女人缘。

"我是不是男人，你心里没数吗？"男经理淡定得没有道理，仿佛出手的那个渣男只是短暂地灵魂附体，"废话和套话就免了，咱俩不合适，到此为止。刚才是我不对，你以后找个疼你的男人。出门往右100米有一家小诊所，去清洗一下伤口，多少钱待会儿微信告诉我。我来给，其他的给不了你。"

他示意保安赶走前女友，别影响酒店做生意。更主要是男人脚踏两船被当面撞见毕竟不光彩，心里多少有点负罪感。

保安碍于上司的淫威，不得已去拽女乘客的手。

"李医生，不好意思，我也没办法。"

李多仿佛被镇住了，乖乖起身向门口走去。保安就这么拽住李多的手，舍不得放下。他心里很清楚李医生比起前台小姐好多少倍，只是前台小姐有个远房姑妈在政府工作。经理没啥能耐，就会讨女人欢心。他能以最快速度博得李多好感，也能快速捕获女下属的芳心。

"渣男，"李多瞪了一眼前台小姐，喊出保安心里想说的两个字，"免费送你啦，没准你下次还得免费送给别的女人。"

"得不到就骂人家是渣男，你的三观也不咋样。"前台小姐嘲笑道。

"我的三观和三围都比你好，可那个渣男还是缠上你，只能说明你床上功夫过硬。"还以为李多会拍屁股走人，可看这调调，哪有息事宁人的迹象？

保安担心李多会再次受伤，用力将她拽出门。

"难怪你父母是卖菜的，说话这么没教养。"前台小姐整理着有点紊乱的职业装，而心中乱如麻。

男经理没有再度出手的打算，看着两个女人为他争风吃醋何尝不是桩美事？

"我父母卖菜的怎么啦？"李多最恨别人瞧不起她父母。

她忽然挣开保安的手，从门口冲到前台小姐跟前。

"李多，你再动手，我这次不会手下留情……"

经理话未说完，李多就连扇了前台小姐两耳光。男人不袒护还好，一袒护反而点燃另一个女人的怒火。

不仅前台小姐蒙圈了，就连小唐和保安也蒙圈了。这个李医生真是个性十足。

谁说经理不是男人，他直接向李多踹了一脚。李多吸取刚才的教训，急忙闪开。

李多防范了前男友，却没有防备女对手。恼羞成怒的前台小姐竟然抓起桌上的平板电脑，向李多的脑袋砸去。

女人狠起来真不得了。

小唐第一反应就是冲上去推开李多。平板电脑砸中小唐的虎背熊腰，砰地掉在地上。前台小姐没有得逞，又拿起计算器向李多扔去。

小唐飞起一脚，将计算器踢回。

计算器击中经理坚挺有型的鼻子，鼻梁瞬间塌下去，原来是手术隆的鼻。

经理疼得哇哇直叫。没有漂亮鼻子，颜值噌地垮了下去。他一手捂住鼻子，一手指着小唐。这个其貌不扬的男人出手不凡，招惹不起。

"你是李多什么人？"

"她坐车不给钱，我来找她要钱。要不你替她给钱？"

"是你替她给钱，"经理捂住鼻子，发音怪怪的，"替女人出气，就得替女人买单！"

说的没错，这下赔大了！小唐从小到大但凡出手都会赔钱赔笑，让母亲头痛不已。作为人民教师的江兰自愧于没有管教好儿子，却从未愧疚于找了个爱偷腥的丈夫。老唐虽说不是个称职的父亲，但绝非百无一用。每次儿子闯祸，他都会代替妻子去找受害者协商，凭借三寸不烂之舌，凭借腹有诗书气自华，凭借妻子的良好口碑，他几乎都能摆平。

这是最能体现老唐价值的时候，也是儿子短暂仰慕父亲的时候。

可这次，小唐不想再让父亲出面摆平。他已过而立之年，不能永远生活在父亲的影子里。

"你刚才说附近有家小诊所，要不，你们都去看看。"小唐垮下双肩向经理赔笑，眼睛的余光一直盯着前台。

他生怕那个杀红眼的女孩又扔出什么利器。

"我这鼻子，一般的小医生看不起。"经理都疼得钻心了，还用尖酸的语气冲着前女友吼。

李多毕竟是医生，知道隆鼻花钱。但这个司机是替她出气，别辜负了人家的一片好心。

"你快走，这里没你的事，"李多打开手机微信，"我马上支付车费。"

"现在说的不是车费的事！"小唐更不好意思走了，"这祸是我闯的，我甘愿承担。"

"你承担不起，"李多就没见过这么喜欢摊事的男人，"叫你走就走，我已报警。"

小唐忍不住打了个饱嗝，将酒气喷到李多脸上。李多被恶心住了，也回呛了他一脸酒气。两人尴尬一笑，随后都羞涩地低下头。不知是巧合还是默契，反正有人看着不乐意。

这就包括保安。他嫉妒又无奈，躲进厕所抽烟去了。大厅里发生天大的事也跟他没关系，他就一个小保安，保证自己安全就行了。

经理见前女友和网约车司机如此臭味相投，醋劲蹿了起来。前台小姐察觉经理如此在乎前女友，怒火也蹿起来。罪恶的根源都指向李多！

前台小姐从桌下摸出一把水果刀。事后警察在她挎包里发现了治疗抑郁症的药物。

经理以为这锋利的玩意是要报复他，不顾鼻子疼痛，撒腿就跑，哪知这刀是刺向李多的。

小唐发现凶险时，水果刀已横在眼前。他来不及推开李多，只能用身子挡住。

水果刀刺入小唐的腹部……

从此，这个有胆识的男人没了胆囊，但获取了李多的芳心。这就叫有失必有得。李多断绝了和渣男的一切联系，将所有心思转移到暖男身上。她欣赏有担当、有温度的男人，至于财富和地位都不重要。前台小姐说的没错，她父母就是卖菜的，可挣的是血汗钱、正经钱。不丢人，也不比人低一等。只有你看得起自己，别人才会看得起你。

其实，李多知道经理的父母是卖水果的，可那个伪君子从不敢向外人吐露。本是门当户对的好姻缘，如今溅了一地的血便草草收场！前台小姐在拘留所待了一段时间后，发现经理已调至酒店的其他门店任职。估计他会再次隆鼻，追求下一个也隆过胸的前台小姐。依附女人的男人，永远算不上真爷们儿。

小唐康复出院后，发现眼前的世界明亮了。

李多亲自为他接风，还陪他重考驾照。日子一长，两人居然好上了。这让唐福意识到做好人的好处，虽然事业无成，但至少爱情有了着落。这个胆囊丢得值！

李多的父母在城里卖菜多年，省吃俭用将女儿培养成人。他们不甘心女儿找个开网约车的，隔三岔五劝她和男友分手。

李多偏不听，都是普通人，门当户对才能长久。

第三十四章　父子俩都变了

回忆是美好的，但多少有点心酸。心酸也要回忆，这才是真的美好。

李多擦了擦眼泪，发现坐在轮椅上的小唐也哭了。就这么默契！

"没出息。"李多不知是在说自己，还是在说小唐。她用擦过眼泪的纸巾去擦拭小唐的眼眶。

两人的泪水就这么融合在一起，再流进彼此的心底。李多做梦也没想到一年前会遇见小唐，更没想到一年后会同时照顾父子俩。好人都缺心眼，容易知足更容易忽略困难。

父子俩一个是皮外伤，一个是内伤。都伤得不轻，必须好好调理。小唐是铁打的身骨，三五天就好利索了。老唐在鬼门关兜兜转转小半圈，也暂时捡回小命。但专家说掐着日子过吧，尽量开心点。

一听到这话，首先感伤的不是老唐，而是小唐。

"我这辈子已经够开心的了，"老唐从普通病房的窗口望着蓝天白云，这么好的天气太适合喝坝坝茶了，"却让家里人不省心。接下来的日子不多了，我怎么可能再亏待自己？只是还得继续让你们不省心。"

"最不让人省心的那个人是我，"小唐将酸甜的小橘子轻轻放进父亲嘴里，"我得反思，我得改，我得重新做人。保证你在剩余的日子里继续开开心心。"

"什么叫剩余的日子？你这是人话吗？"李多从后面踹了小唐一脚。小唐马步很稳，没有半点踉跄。

"你爸今天出院，长点记性、积点口德。唐叔叔，这傻帽不会说话，你别介意。"

老唐笑了，自己的儿子能不了解吗？好在这傻帽是个老好人，否则哪能找到这么好的姑娘？将儿子交到李多手里，他真是一百个放心。想想自己作孽那么多，所幸没有殃及儿子，唯一对不住的便是前些年去世的妻子。自己即将下去赎罪，如果说真有报应，这就是报应。

"我就当他放了个屁。"向来温文尔雅的老唐开始接地气了，一口浓痰直接吐到地上。

李多收拾完东西，叫小唐搀扶父亲下床。这鬼地方谁也不想多待片刻，包括她这个医生，一走进来就烦躁。

老唐好像没有着急走的念头，不停地朝门外瞅去。

"别看了，她不会来了。遇到这事，人家躲还来不及。"小唐确实不会说话，可不说出来心里又难受。

"秦羽情况特殊，同为女人，我理解，"李多看着老唐一脸不甘心的样子，"要不，我给她打个电话。"

"有这个必要吗？"小唐变得话多了，牢骚也多了。

　　李多要他闭嘴，他却不服气地一个接一个地吃橘子。吃到一个够酸爽的，夸张的面部表情又让李多忍俊不禁。但她没敢笑出声，目前得照顾老唐的情绪。曾经最不要脸的人，如今变成最要脸的人。

　　老唐没有表态，只是默默地看着儿子吃橘子，脸上满是慈祥，满是不舍。

　　明眼人都看出来，老唐心里真放不下秦羽。尽管住院这些日子，那对母女几乎没来探望过，但他丝毫不介意。情感这东西实在微妙且缥缈，尽管知道断无可能，依然抱着某种莫名的期许。尤其是对于多愁善感的文化人，越是到人生尽头，越是渴望一份刻骨铭心的爱情。

　　李多走到窗边向秦羽拨打电话。

　　语音提醒对方已关机。

　　李多不信，重拨三遍，还是一样的结局。

　　空即是色，色即是空。彻底了了，不了也得了。

　　李多不敢回头面对老唐绝望的眼神，又找不到更好的说辞。她就这么站在阳光的怀抱中，心里落下大片的影子。

　　小唐打了个饱嗝，不敢再吃橘子。主要是担心父亲承受不住打击会诱发病情。他有些埋怨地看着李多的背影。

　　打什么电话啊，这不是自讨没趣？可反过来一想，李多这么做才是对的。至少让父亲断了不靠谱的念想，好好度过余生。余生苦短，得用天来计算，犯不着那么计较。

　　果不其然，老唐很利落地下床穿鞋，昂首挺胸步出病房。

　　小唐上前搀扶，被一把推开。没想到父亲这么大的力气，小唐的方脑袋砰地撞在门板上。

李多这下终于可以放声大笑。

小唐没有生气，心疼地盯着父亲瘦得脱形的背影。

曾经风流挺拔的父亲被病魔折腾得酷似风中苦竹，只能靠着一股意念活着，而且是暂时活着。大抵是命运可怜这半老头，给他足够的时间告别人世，但这只能徒增无限悲怆。转念想到父亲瞒着他独自承受病情，小唐就惭愧没有尽到儿子的义务。爷俩再有什么过节，在大病大灾前都应该父子连心。

李多拍了拍小唐迟钝的脑瓜子，示意他快跟上去。

听话的小唐小跑追上去，又不敢跟得太紧。父子俩一前一后，一个异常放松，一个高度紧张，温馨而滑稽。

老唐走出医院大门，舒舒服服地伸了两个懒腰。

"人生自古谁无死……老子肚子饿了。"老唐看着耷拉着头的小唐。

小唐还在心底拷问自己，没注意到父亲正在看他。

"死人啊，你，没听到老子说话?"老唐这画风转变得太生猛，完全让儿子没有一点准备。

"医院里的饭菜好吃吗?"小唐看似答非所问，实则另有玄机。

"你想说李多是医生，咱们如果在医院食堂吃饭，能省钱。"老唐笑道。

"知我者，老唐也!"小唐的文艺范爆棚，父子俩宛如互换了说话风格。

"你他妈的怎么比我当初还抠门?"

小唐吞了吞口水："勤俭节约，是中华民族的优良传统。"

老唐朝地上吐口水："我的其他优点没学到，就学到贫嘴。

也是，我治病花了不少钱，是该省省。既然医院伙食便宜，也方便李多照顾，那我继续待这里。你老请回吧！”

老唐再一次推开儿子，反身朝病房走去。这半老头倔强起来，斯文扫地、不留情面。

李多提着两大包东西挡住去路，手一松，包裹落地。

“你们父子俩还有完没完？”

“多多，别生气，我们正要返回来帮你拎东西。”老唐和颜悦色地提起一个包裹，小唐嬉皮笑脸地去提另一个包裹。

父子俩一路争吵着离去。

老唐就像被时光过滤器过滤了最诗意的人生篇章，除了爆粗口就是保持绝对的沉默。这不像是步入生命倒计时的绝症患者，倒像是刑满释放的重刑犯。他脱离社会太久了，必须争分夺秒去适应。

李多从未看见过父子俩如此闹腾又如此亲密。为什么亲情总是在人生末端才能发酵成熟？为什么我们不能在人生每一段都珍视亲情？

她回望着自己工作的地方。

医院确为魔幻所在，可叹她只是个小小的魔术师。她创造不了奇迹，比病人更清楚生命的脆弱和无常。医学技术再先进，也赶不上疾病的演化。

李多已经很久没有睡过好觉，今晚必须踏踏实实睡上一觉。明天的事明天再说，生活没有想象中那么糟糕，凑合着过呗。

她打着哈欠走向停车场，父子俩正安静地坐在车内等待。老唐大概是吵累了，竟毫无顾忌地打起瞌睡来。之前，他端着知识分子的架子，却干着缺德欠揍的事。

　　李多蹑手蹑脚地坐到副驾驶座位上，告诫小唐以后对父亲说话客气点。小唐笑着领命，徐徐开车离去。

　　一个朴实迷人的身影从停车场旁的大树下走出，正是秦羽。她目送着那辆破车嘎吱嘎吱地驶去，绯红的脸颊透着憔悴，通红的眼眶挂着泪痕。

　　"对不起，老唐！"秦羽抬手扇了自己一耳光。

第三十五章　活着是累赘

老唐曾是养生达人，可还是得了绝症。

他早睡早起，兴趣广泛，除了好色没有其他不良嗜好。一日三餐的营养搭配参考了老专家的意见，七情六欲的把控也非常适度，绝不会纵欲。

但在外人尤其是江兰的生前好友眼里，他得绝症，不是上天不公，正好是上苍公道。

这都不重要了，重要的是如何陪儿子多走一程。老唐这辈子做过的最硬核的事，就是查出绝症却隐而不报。他死要面子到这个程度，并非内心强大，而是想验证到底有几个人在乎他的死活。

现在结果出来了，除了儿子和准儿媳妇，他真不受人待见。

他故意摆出与儿子翻脸的架势，大张旗鼓卖旧房子迎娶秦大美女。这是苦肉计和连环计，没有点国学造诣还玩不转。秦羽得知他功败垂成又身患重病，默默地选择离去。

这是情理之中的事，只不过需要在人生舞台上过一遍方才善罢甘休。老唐早就猜到了结局，只是没想到有人吃相如此难看。

一切都是浮云，一切都有定数，可惜清醒得太迟了。

而今余下的日子不多，更得保持早睡早起的习惯。早起不是为自己调制营养早餐，而是为儿子准备早餐。小唐开网约车没有固定的生活规律，有时间几乎都在补觉，所以很少吃早饭。老唐深知不吃早餐的危害，死活也要将儿子拽出温暖的被窝。

睡眼惺忪的小唐一百个不乐意，可又不能辜负了父亲的良苦用心。他哧溜喝完粥，又哧溜钻进被窝去了。须臾间，呼噜声传来。有人惦记，有人做饭，有人絮叨，都是好事。岁月在指间快速流逝，那些最稀松平淡的点点滴滴在沙漏里反复沉降，便有了诗意，便有了美好。

老唐看着熟睡的儿子，既欣喜更心疼。这在以前是少有的事。

自从靠开车赚钱，这小子很少锻炼。肚子大了，皮肤松了，更显苍老了，怎么看都像油腻腻的中年大叔。才三十出头的小伙子，被生活折磨得够呛。

老唐开始责怪自己无用。这在以前也是少有的事。

眼看自己时日不多，总得给儿子留点什么。他冥思苦想一上午，发现自己才是真正的废材。腹有诗书，却没能及时转换成经济价值；高大英俊，却只能在声色犬马中刷脸。

他将目光望向儿子床下的箱子。

箱子里的银行卡存着妻子的赔偿款。还好没动这救命钱，否则以后儿子咋活下去？要能耐没能耐，要长相没长相，要家底没家底，若不是遇到李多这么好的姑娘，小唐的人生便一眼看到头。

阳光透过窗户，斑斑点点地涂抹在阳台的地面上，给人一种眩晕感，也给人一种不真实感，太适合晚景中的老人。

老唐慵懒地坐在旧躺椅上，眯缝着眼睛回忆自己的一生。年轻时无知，中年时无成，老年时无常。大半辈子都在蹉跎，临到终点发现皆是咎由自取。

活该！

他嘴角浮出冷笑，随后情不自禁掉下混浊的眼泪。他不惧被死亡包围，只惧怕被遗忘。难道除了儿子，没人再关心他的死活？曾几何时，他又关心过什么人的死活？连妻子和儿子都漠不关心，何况是毫不相干的人。这一路走来，红颜知己倒有几个，可都是过眼云烟。很快，从前种种将变成他坟头的青烟。

一阵悦耳的铃声响起。

他也不怕闪了腰，一撅屁股从躺椅上跳起来，迫不及待地从沙发上抓起手机。

又是空欢喜。

不是广告信息，就是诈骗电话，或者是社区组织老人们体检的福利通知。他已过了领取福利的时间段，现在最渴望的是听到熟悉温柔的声音。

梦中的她除了出现在梦里，再也回不到现实中来。那熟悉温柔的声音或许正在别的男人耳边响起。

去你的！老唐在心里骂道，冷不丁发现儿子站在身后。

"爸，你在骂谁？"小唐弱弱地问。

"这你也能听到？"老唐将手机扔回沙发。

"父子连心。你刚才在心里琢磨什么，我也能猜个八九不离十。"

"那你猜猜看,老子在想什么。"

"回忆一生,思念几人,可终归是扯淡。生命的意义不该是落寞,应该是融入。爸,做回以前的你,你想干什么,我再也不会干涉。"

估计这番话,小唐在肚子里酝酿许久了。莫非刚才他在装睡?方脑壳已经变圆滑了,好在这圆滑是为父亲而改变。

"那个浑蛋的我,我自己都看不顺眼。当下就一个任务,陪着你守着你。可能在生命的尽头,我会给你添不少麻烦,希望你有个思想准备。听说现在有什么临终关怀中心,要不到时候把我也扔过去?"

这话说得何等轻松。老唐当初与狐朋狗友喝盖碗茶闲聊,也是常把死字挂嘴边。真要面对了,总不能尿了。

"是想你绝后,还是让我绝后?那种浑蛋的事,我可干不出来。"

父子俩相视一笑,然后一起望向窗外的阳光世界。暖洋洋地照在身上就是舒坦,要是这么一直站着也是桩美事。那些豪宅也不是每个角落都能被阳光亲吻,总有见不得光的地方。

人生不需要太多的传奇,不需要大富大贵或大风大浪,只需要亲人们静静地守护着彼此。越是平淡无奇,越能品尝到生活原味。

"晚上和多多有约?"老唐问。

"你看我微信啦?"小唐反问。

"多多告诉我的。她想让我一起去吃个饭,但我拒绝了。"

"拒绝她,后果很严重。小心她过门后虐待老人。"

"盼还来不及，要不，你们早点把事办了？"

小唐垂下脑门，不知如何回答。他就这个习惯保持得好，犯愁时爱低头。

"懂啦！"老唐俯看着儿子的脑袋，居然发现了几根白发，"改天，我去做做老李的思想工作。实在不行，就用那笔钱去郊区买套新房。照你妈生前的叮嘱，现在就是到了万不得已的时候。让我一个人在这里等死……"

"不行！你把我当什么人了？"小唐抬头瞪着父亲，但目光瞬间就柔和了。他深知自己在父亲心目中的分量，从言谈到表情都必须慎之又慎。

"儿子，听我把话说完。我本来就活不久矣，让我尽一点做父亲的责任吧。你可以明确告诉多多父母，我绝不会成为他们女儿的累赘。你爸我这辈子没为你做过什么，倘若我的死能换来你的幸福，我可以马上结束自己卑微的生命。就像窗边这阳光，迟早要退却，何不在其最灿烂的时候燃烧一把？"

老唐又恢复了文绉绉的语气，过多的修饰词也难掩内心的苍凉。

小唐着急上火，嘴皮子即刻不利索。

"你……想让你儿……子短命啊？再说一遍，不……行！"

"成全你们，也是成全我。我不想一年后痛苦地死去，而体面地离开也是你对我的尊重。我有决定权。"

"还有……完没完？我说……不行就不行！你当下……就一个任务，陪着我守着我。"

老唐看着小唐不容反驳的认真样，笑着点了点头。儿子较劲的架势和老唐当初太像了，谁说父子俩不像？

小唐没有穿外套，连打了两个喷嚏。老唐忙从卧室里拿出外套给儿子披上，又递上一杯温热的蜂蜜水。

"你这几天便秘，喝点蜂蜜水润润肠。"

"你又是怎么知道的？"小唐涨红了脸。

"看马桶就知道了。"

小唐一口喝干蜂蜜水，拿起手机走进卫生间。

这么快见效吗？老唐回想起儿子小时候便秘时憋得满脸通红的样子，又朝紧闭的卫生间望了一眼。之前总嫌弃母子这样邋遢又那样随便，现在捡拾过去的时光成了一种幸福。

一早起来还没来得及买菜，老唐戴上口罩换鞋出门。他要坐公交车去远处菜市场照顾亲家的生意，顺便聊聊儿女的亲事。

这次，他确信不会大闹菜市场！

第三十六章　哪门子的亲事

老李为一家火锅店送完满车的新鲜蔬菜，哼着歌刚回到菜市场。他吃着红油抄手刷着抖音，乐得不得了，笑够了，便蜷缩在摊位后的破沙发上补觉。

妻子于萍忙着削土豆皮，一边和顾客闲扯。

不管是老顾客还是新顾客，她都能找到共同语言。遇到高知，她就聊北京的金山上；遇到混混，她就聊派出所的老张；遇到特别熟的人，她就从摊位下取出珍藏版的有机花菜。

就算菜市场吵翻天，于萍也有自己的话语权，她的老公也照样睡得跟死猪似的。夫妻俩各有乐子可找，底层生活苦是苦了点，但没有那么多焦虑。他们把梦想寄托在儿女身上，自己负责做梦就行了。

心中不装事，倒下便能梦到周公。可这回，老李梦里没看到周公，却看到老唐死灰的脸。睁开眼，发现老唐正乐呵呵地冲他笑。

老李吓得险些从沙发上滚下来，这比见到黑白无常还瘆人。

"亲家好!"老唐笑得更甜了,"没打扰你的美梦吧?"

老李浑身直起鸡皮疙瘩。

他没有着急回答,而是伸长鼻子闻闻老唐身上有没有酒味。老唐醉酒大闹菜市场不是一回两回,他不怕斯文扫地,别人却怕打翻一地没人赔偿。老唐醒后恍如一场梦,为他擦屁股的小唐也恍如一场梦。父子俩就是瘟疫,走到哪里都能遭遇白眼。江兰老师在时,这一家三口多少能获得尊重,可如今只剩下一声叹息。

此刻,老唐性情大变,彻底回归读书人的本色。大抵是因为接到死神的请柬,再怎么张狂都挽救不了暮光掠影。

老李本想硬生生怼回去,这里没有亲家只有冤家。可他发现老唐整个人瘦了一圈,不免心生凄凉。他是不懂安慰人的粗人,除了保持沉默啥也做不了。生命无常,活着就得好好珍惜,别动不动就瞎闹腾。

老唐主动挨着老李坐到破沙发上,这在以前是完全不可设想的。

沙发又破又小,两个老男人紧挨着就座,显得很是滑稽。老唐深知老李不想搭理他,索性不着急继续吱声。两亲家能相安无事地坐下,已是难得的进步。

老李憋着憋着,尿意都出来了。他起身朝公共厕所走去,老唐佝偻着背跟上去。于萍盯着两人的背影,也憋不住笑起来。

老李走进厕所,对着小便器撒尿。高山流水,就一个痛快。老唐站在旁边,费了九牛二虎之力才尿出来。尿路分叉,飞溅到老李的裤子上。

"你干什么?"老李厌烦地蹦开。

老唐掏出纸巾，蹲下来为老李细心擦拭。

"对不起，亲家。"

一个扎着马尾辫的小伙子如厕正好听到"亲"，却未听到后面那个字，顿时尿意全无，扭头疾走。

老李意识到被误会了，推开老唐离去。老唐用洗手液反复洗手，又乐呵呵地回到菜摊旁。

老李将妻子拾掇好的土豆装筐，准备送到附近的烧菜馆。

"我帮你。"

老唐抱起竹筐往车上搬，可怎么也放不上去。他哪是干粗活的料？况且身子骨极度虚弱，再折腾就散架了。

"你别难为小唐爸爸了。"

于萍实在看不下去，老李却无动于衷。他就想让老唐认定李家不值得攀亲，曾几何时老唐不也是看不上卖菜的？

于萍狠狠揪了一下丈夫的胳膊，上前搭手。老唐居然很不乐意，几乎用尽平生力气才将竹筐放到车上。他靠着车厢笑起来，但很快又绝望地看着老李脚下的另一个大竹筐。竹筐里面装满了红白萝卜，白里透红、圆润喜人。

老李向老唐招了招手。老唐以为喊他过去搭手，再累也得赶过去。

老李轻轻抱起大竹筐，轻轻放进车厢。他也靠着车厢笑起来。

老唐这下闹明白了，刚才是叫他挪地方。

于萍打开一瓶矿泉水喝了两口，扔给丈夫。然后，她捧起一杯热茶递给老唐。

"特意给你泡的柠檬茶，杯子洗过了。"

于萍的声音从未如此温柔细腻，笑容也从未如此春光烂漫。老李更从未享受过如此待遇，整个心肝都在颤抖。

"谢谢亲家母。"

老唐呷了口酸甜的茶水，满足地点了点头。适才的卖力和卖笑值了！

老李浑身上下从里到外，哪儿都不舒坦。

"愣着干什么？"于萍冲丈夫嚷道，"送菜去！我和亲家聊聊。"

"八字还没一撇，亲什么家？"老李这下子不着急走了。

"不亲家，难道亲嘴啊？"于萍说完，自己先乐了。老唐也笑了，唯独老李的老脸挂不住了。

"老唐，咱是粗人，放肆惯了，说话没着没调。"于萍从摊位下抽出一把塑料小椅子，示意老唐坐下。

老唐也不嫌弃椅子积着灰尘，一屁股落座。他再也不穷讲究了。

"咱不像你们文化人，出口成章，谈笑间人头落地。除了阳春白雪，就是春花秋月。生命苦短，岁月如歌，三千越甲，万里长征人未还。"

于萍东拉西扯说完一通，不仅惊了老唐，更惊了她的丈夫。两个老男人盯着这个长相接地气的妇女，仿佛看到的是李清照转世。

于萍同时被两个男人痴痴地望着，还是头一遭。

她满脸通红，心里更是怦怦直跳，似乎找到了初恋的感觉。说到初恋，已是亘古遥远的回忆，但少女心头的琴弦依然在拨动。那时候，她还真懂得点春花秋月，可自从嫁给了不解风情的老李，姜葱蒜苗萝卜白菜便取代了白玫瑰与红玫瑰。

老李从妻子惆怅的面容中看到了无奈，更看到了自己的无力。他深感对不住妻子，那个曾经白里透红的俊俏姑娘真的变成了黄脸婆。女人最美好的时光都在忙着装点水嫩嫩的蔬菜，却从未有闲暇装点自己。

"你们聊，我去送菜。"老李不敢再正眼看妻子，脚底一提跳上了车。

"开慢点。"于萍大声叮嘱，就像生怕外人听不到。

"没事，就几步路。"老李难得一笑。

"大意失荆州，"于萍脸色一沉，"别不识好歹。"

"听你的。左边那个小筐里有炒花生，给老唐尝尝。"

"这才像人话，行，你滚吧。"

老李乐呵呵地驾驶机动三轮车出了菜市场。

这对夫妻惊艳了老唐，也惊艳了世俗。老唐曾以为风流快活是生活的真谛，现在知道平淡与琐碎才是生活的真谛。他真是白活了几十年，再浪漫的春花秋月若没有真情实意，也是浅薄寡淡的水中之月。

于萍为柠檬杯续了些热水，然后朝嘈杂的市场扫了一圈。这里肯定不是说话的地方，但在这里说话才有分量。

"既然老李不在，我就捅破窗户纸，把话说透。"

老唐捧着温热的杯子不敢再喝，生怕这是最后一口。听于萍的语气，这是要封杀他儿子的节奏。

"我女儿和你儿子的亲事……"于萍撇了撇锋利无比的嘴角。

酷似杀猪匠动手前磨刀，实则在寻找措辞。别看她平时大嘴巴子一个，可每到关键时刻惜字如金。

老唐紧张不安，捧杯子的手瑟瑟发抖。

他真怕自己承受不了打击，当场晕厥过去。他只想为儿子做成一件事，哪怕成功后立马办自己的丧事。

"我同意!"于萍果然是惜字如金，分量十足。

再高贵的措辞，也没有这三个字管用。

这下轮到老唐不知如何措辞，他嘴唇痉挛地一张一翕的，吐不出半个字。由于太过激动太过突然，他的眼眶迅速湿润了，泪水很快模糊了整个脸颊。

他已很久没有体会到做父亲的幸福与快乐!

第三十七章　请客

当晚，老唐做东请老李夫妇吃火锅。那是一家高档优雅的火锅店，老唐之前讨小女友欢心时都不曾如此破费。

于萍特意早早收了摊子，回家换身新衣服顺带化了个妆。

不化妆还好，一化妆简直触目惊心。

她吃起火锅来没有分寸，准确说一开始有分寸，很快就没了分寸。挥开雾幔，但见圆圆的脸盘上红一块紫一块，血盆大口气吞山河如虎，双手并举一刻不得闲。

这包罗万象的火锅足以包容所有人。一顿火锅解决不了的问题，那就两顿三顿来解决。老唐心里有数，一顿足矣。吃什么不重要，关键是要走心。

倒是平素没有分寸的老李，这次显得颇有分寸。他勉为其难地迎合，心里却感觉像是签订了城下之盟。含辛茹苦将宝贝女儿拉扯大，就这么白送出去，一百个不乐意。说出去不仅不长脸，还丢脸。

见老婆高兴，老李半句不吉利的话都不敢说。此事得从长计议，况且老唐时日不多，看谁拖得过谁。

想到这里，老李心里宽慰多了，主动敬了老唐一杯。老唐误以为亲家公的防线也被攻破了，又加了几盘牛肉和毛肚。

吃饭的氛围其乐融融，大有马上就要为儿女选吉日办婚事的架势。于萍尽拣小唐的优点夸，夸得老唐得意自己养了个好儿子。

此刻，这个好儿子也在陪老李夫妇的好女儿吃饭。不过，两人吃的还是串。用情不可谓不专一。

小唐收到父亲发来的照片，打开一看乐了。李多抢过手机一看，也乐了。

于萍吃火锅的样子太可爱了，只是妆化得有点可怕。

李多看着看着，居然掉下伤感的泪珠。

小唐后悔自己不该将照片给李多看，伸手夺过手机。

"我爸没有别的意思，你可别误会，"小唐拿起纸巾递给李多，"更别怪他。他时间不多了，就想为我做点事。可能太过着急，所以……有什么火，你冲我来。"

"我又不是精神病，冲你发什么火？"李多擦干眼泪，破涕一笑。

"那你刚才是……"小唐吸取教训，不敢再乱说。

"上学时，我发誓等上班挣钱后请爸妈吃一顿像样的火锅，可一直没有兑现。不是因为兜里没挣到钱，而是我太不走心了。做子女的，总以为父母做什么都是应该的，而做父母的，总以为对子女做什么都不够。上次你请客时，也没见他们这么开心。"

"那次，主要是你爸有情绪，所以场面有点尴尬。"

"这次，我爸情绪更大，早猜到了。但为了不扫我妈的兴致，该吃的吃该喝的喝，反正不是他掏钱。"

"那咱们的事……"小唐递了一串羊肉给李多。

"不着急，"李多美滋滋地撸串，"等我爸想明白了，就会心甘情愿地把我嫁出去。"

"可我爸等不了。"

小唐仰头望着夜空，深信母亲此时正在天上看着他。一年内父亲也会在星空闪烁。小人物都不可能变成最亮的星，但在家人心中永远是最亮的。小唐出入社会多年，没有变成老司机老油条，仍以淳朴甚至幼稚的目光看待生离死别。

街边的烤串店接天地灵气，更能随时仰望星辰大海。能不能实现是一回事，敢不敢仰望却是态度问题。大街小巷随便找个年轻人来问，谁没有梦想？有梦想的人凑在一起才能聊得酣畅，虽然大多会被残酷的现实打脸，可人生多少得有那么点憧憬。

当梦想与亲情同时丢失，所有的付出将变得毫无意义。小唐就处于这样的迷茫期，若父亲真的病逝了，他的未来不知该以什么方式打开。

李多顺着小唐的目光望向夜空，又顺着他的目光平视世间万物，追逐在烟火气息中疲于奔命或享受生命的人们。最后，他的目光落在一个美女性感的臀部上。

"往哪儿看啊，你？小心我回去挖掉你的小眼珠。"李多抓起桌上油腻腻的碎骨，扔在小唐的脸上。

小唐慌忙收回目光，注意力全在李多身上。

"就那么不由自主的一瞬间，都被你看出来啦？"

"是魂不守舍吧？可以啊，唐福，吃着碗里的，还惦记锅里的。"

"正因为碗里没吃的，才惦记别的。"小唐幽幽地喝了口酒。

"憋不住啦？要不今晚臣妾就依了你？"李多抛来一个媚眼。

"我马上买单，你回车里等我。"小唐扫码给钱。

"喝酒还敢开车？不长记性！"李多露出坏坏的笑，"再说，你那破车再折腾就散架了！"

李多盯着宾利车旁的那辆熟悉的旧车，眼里并无嫌弃之意，两相对比下只觉得好笑。她以非势利非常态的目光审视大千世界，得出来的结论永远那么天真无邪。

小唐打了个饱嗝，这女孩说话太生猛、太过瘾了。

"我们回家去。"小唐用手挡住大嘴巴，生怕被邻座的客人听到。

"你不怕又被搅黄啦？"李多也用手挡住小嘴。

"刚才微信跟我爸说了，他今晚住酒店。"

"他都病成那样了，你居然让他住酒店？万一半夜有什么不适，谁来照顾？"

李多一生气，小唐就知道又没戏了。这个女孩义正词严起来，刀刀扎人心。小唐真想挖个坑把自己活埋了，太不是东西了。

他彻底没主意了，更没魂了。别说性欲，连性情都被磨没了。面对一个时而知性时而任性的女孩，除了包容，没有别的招。他在心中感叹父亲选择吃火锅是何等明智，撸串稍不注意就会刺破手指。

李多见小唐被打蒙，不由得乐了。她就喜欢小唐不通世事的熊样，随时将真性情展露无遗。

　　她主动挽住小唐的臂弯朝宾利跑车走去，并有意无意地停下脚步。

　　小唐真想将自己的破车开进废品收购站，停在这里确实丢人现眼，伤害不大，侮辱性极强。浪漫星空、绚丽街景、美食美女……唯独这辆破车太煞风景了。

　　没准早有人抱怨城管为什么不来管管，很影响市容市貌。小唐是越想越觉得羞愧，必须马上把车弄走。无奈自己喝了酒，就算找代驾，估计人家也不想开。

　　宾利车的车主回来了，是个文质彬彬的大帅哥。月光和灯光裁剪着他高大匀称的身形。一看就是非常有修养的人，那气质那步履拿捏得相当到位。

　　有不少女孩也在痴痴地盯着大帅哥。原来大家都在等着看车主到底长啥样，估计刚才已经下过赌注。如今真相大白，现实还是完美契合了狗血偶像剧的套路。这才是梦中的白马王子，此时此地需要点音乐。

　　小唐喉头一涌，不偏不倚吐到宾利车上……

第三十八章　早点把事办了

李多心想这下赔大了，丢脸倒在其次。

她快速在脑海里估算微信和支付宝的数额，就怕大帅哥狮子大开口。那些看热闹不嫌事大的女孩们纷纷举起手机，等待着火山喷发的那一刻。

这么劲爆的短视频不发到抖音上赚取流量可惜了。有流量就能进账，有进账就能创造更多的流量，越狗血越博眼球。

接下来发生的一幕，没有惊天逆转，而且倒胃口。说白了，是啥也没发生。这得打多少好事者的脸啊！

宾利车的车主居然没有半点生气，大度地看着小唐，准确说是看着小唐身边的李多。他炯炯有神的眼睛迸出造物主仁慈宽厚的光芒，足可穿透这低俗无趣的暗夜。

这太不吻合狗血偶像剧的套路。大部分偶像剧的男主既爱靓女，更爱靓车，偏偏这位仁兄直接过滤。这已不单是修养高，简直就是跳出三界的男神。

"李医生，不认识我啦?"男神示意身后的助理清理车上的呕吐物，微笑着走向李多。

李多适才紧张不已，如今惶恐不已。

男神不是别人，正是她闺密乐乐的男友吴兴。上次在他的餐厅吃饭，多少有点不快，可人家全然不做计较。看看这气度，这格局，这胸襟，所以人家有钱，而她旁边的男友没钱。

小唐用纸巾擦了擦嘴，顺带擦了擦迷蒙的眼睛。

不知是眼神不好使，还是夜色让人看不透，怎么就没认出英俊多金的吴大老板？虽说只有一面之缘，可那次印象太深刻了，不该这么快忘却。唯一的合理解释是这个男人帅得太没型了，辨识度太低，放在哪里都不会让人过目不忘。反倒是小唐具有独特的辨识度，而且善良至纯，可惜这优点折合不了现钱或流量。

李多尴尬地笑了，一时没找到合适的措辞。小唐挡在她身前，生怕吴兴靠得太近。小唐紧张不安、手心冒汗，这是内心的自卑在作怪。

"唐师傅好。"吴兴客气地打招呼，明显缺少善意，又让听者挑不出刺。

这一声"唐师傅"，直接将小唐打回原形。他似乎才是那个横插一杠子的搅屎棍，李多和吴兴怎么看都是天生一对、地造一双。

自卑转变成自觉。

小唐觉得站在中间确实不合适，不由自主想走开。李多刚才没找到合适的措辞，是不知如何感谢吴兴的宽宏大量。此刻，她仍然没找到合适的措辞来回击，干脆一把拽住小唐的手。

吴兴退了一步，不敢太冒进。

"上次……"吴兴刚起了头，就被打断了。

"上次好像忘了向你正式介绍我的男友唐先生，这次补上。"李多脸上的幸福表情没有半点矫揉造作。

"幸会!"吴兴也正式向小唐伸手。

小唐确认了李多的眼神，这才恭敬地握住了吴兴的手。如此一来，小唐的两只手被两个人分别抓住，连他自己都感到可笑。

助理清理完车上的脏物，也向吴兴确认眼神。

"对不起哈，下次再看到你的车，我们定躲得远远的。"李多是何等聪慧的女孩，委婉地堵住了吴兴的嘴。

吴兴从小唐粗厚的大手里抽出精致的小手。

"小事一桩，记得我上次说过和为贵。"吴兴盯着貌不惊人的唐福，仍搞不懂这种长相、这种身份的男人为何能博得李多的青睐。

"大气，所以你是有钱人，"李多清脆的嗓音像利剑直扎人心，"那我们先走了。这么晚了，我公公还在家里等着锁门。"

李多急于脱身，万一有钱人反悔了如何是好。再说旁边还有人等着看笑话，得给小唐留点情面。傻小子遇到这种场合，几乎没有招架之力。

"有空到家里坐坐。"小唐下意识的客套话让李多心里一沉，这不是搅屎棍又是什么。

李多狠狠揪了揪小唐的手心。必须马上开溜，否则，这愣头青不知又会惹出多少事端。

刚转身走两步，就被吴兴叫住了。

"等一下，正好想请你帮个小忙。"

"吴公子还有什么吩咐?"李多嗓音发颤,跟有钱人打交道就是惶恐。

"抽空帮我安慰一下你的好闺密乐乐。拜托!"吴兴不等李多回过神来,钻进了豪车。

助理启动了车,发动机的声音听着就带劲。

"他是不是把乐乐一脚踹了?上次不是听你说他俩爱得死去活来,今年底结婚,还说要到马尔代夫度蜜月,明年九月份之前就能生下一男半女。"竟然是木讷的小唐第一个反应过来。

宾利车顶着皎洁的月光缓缓驶离停车位。

李多瞅准时机悄悄向车尾吐口水,依然难以平息心头怒火。

"我早就跟乐乐说过,这个吴公子不是凡人,她驾驭不了。待会儿我去找乐乐,你自己回去。"

"不是说好今晚……"小唐不愿放手。

"我以后每个今晚都是你的,刚才不是也说了不能让你爸住酒店。你得多陪陪他。你需要我,他更需要你。"李多这语气倒像是在哄孩子。

"这不是一回事。"小唐语言匮乏。

"我说是一回事,就是一回事。"李多不厌烦地提高了音量,小唐立马不敢吭声了。

小唐心里明白李多是重情义之人,现在最担心的是闺密的安危。乐乐多次在朋友圈晒她的男神,妥妥的幸福说没就没了。任何一个女人遭遇此等打击都会垮掉,何况是爱慕虚荣的乐乐。

此时此刻,失恋者身边必须有熟人陪伴。检验真友情的时候到了。

李多是个好心更细心的女孩。既要考虑闺密的感受,也得考虑男友的感受。做好人最难的就是什么都要考虑周全，唯独忽略了自己。

她匆匆吻了吻小唐，就打车离去。行驶十几米，她又探出脑袋大声叫小唐酒后千万别开车。她的叮嘱估计很多路人都听到了，这才是发自内心的真爱。

小唐就这么傻傻地站在月光下笑了，笑得忘乎所以。难道这还不叫浪漫吗？当然，小人物的浪漫都不值一提，更不值得发朋友圈炫耀。

小唐遵旨，将破车留在街边过夜，自己打车回家过夜。他蹑手蹑脚开门进屋，听到从父亲的卧室传出均匀的呼噜声。

悬着的心算是落地了。这老家伙压根儿就没打算住酒店。人老了，睡哪儿都不舒坦，死在家里便是圆满。

小唐还是不放心，摸到床边看着熟睡的父亲，越看越心酸。

老唐大病一场，仍随时徘徊在地狱门口，整个人都瘦了一大圈。被窝里的人快没人样了，宛如被残酷的岁月榨干了。凹陷的两颊、稀疏的头发、瘦削的鼻梁，将额头衬得异常宽大，早已看不出曾经的俊朗和饱满。

儿子不忍心看下去，转身又一次蹑手蹑脚地滑向门口。

"给你们机会不去，跑回来干啥？"

父亲突然冒出这么句话，吓了儿子一跳。

小唐回头看着不知何时坐起来的老唐。父子俩在暗中注视着彼此，有那么一小会，然后同时笑了。这臭德行真是有遗传。

"我还以为你去开房了，"小唐明知故问，"你老怎么回来了？"

"我儿子和儿媳妇忍心让我住酒店吗？再者，年轻人在酒店扑腾几下多有情调，在家里施展不开手脚。"

"老色鬼！"

"对你老子说话客气点。"

小唐从旁拿起外套搭在父亲身上，又端过水杯奉上。父亲喝了口水润了润嗓子，出神地望着窗外的那轮明月。

"你们早点把事办了，我怕撑不了多久。"老唐抹了抹泪水，可泪水这玩意不通人性，越想抹掉，越抹不掉。

小唐很少看到泪流满面的父亲，也很少在父亲面前说重话。

"少说不吉利的话，从明天开始，你必须听我的。我他妈的啥也不做，就带你到处治病。妈留下来的那笔钱是时候动用了。"

"一分也不能动，"老唐歇斯底里地吼起来，"否则，老子立马跳下去。"

由于太过激动，老唐浑身发抖，有些喘不上气来。犟老头怕儿子不听他的话，毫不含糊地朝床头的窗口爬去。

"钱不动，你也不能乱动。"小唐大喊。

老唐顺势背靠着窗边的墙壁，冲儿子露出坏坏的笑意。要么搞恶作剧要么狂暴走极端，这是小唐小时候的常态，如今轮到老唐发挥得游刃有余。

小唐不想刺激父亲，也不懂得安慰，傻傻地待着实在难受。等父亲稍微平静下来，他缩回自己的卧室倒床便睡。

不知过了多长时间，向来睡觉踏实的小唐猛地惊醒，倾听着隔壁的动静。他生怕父亲真干出什么傻事，之前都是父母怕他干出什么傻事。

小唐再也不敢合眼，幽幽地盯着窗外的那轮明月……

第三十九章　最后的早餐

这一夜，老唐睡得很踏实，很知足。

被人惦记，被人操心，是一种莫大的幸福。他这辈子为儿子做得太少，再不弥补就没机会了。可他又能弥补什么？

最好的弥补就是找个地方安安静静地死去，不给儿子增添一点负担。

丧葬一条龙服务，从头到尾就没有省钱的地方。老唐接连送走几人，心里还是有谱的。平时再节俭的人到了此关头，基本上是任人宰割。有时候，命不值钱；有时候，又忒值钱。

那笔钱绝不能动。老唐嘟哝着轻手轻脚地起床，踱步到儿子的卧室门口。

呼噜声响亮而有规律，时而像火车鸣笛盘旋半空，时而像猪仔啃食着圈门。这小子毕竟年轻，熬不过瞌睡虫。

老唐走到床边，慈爱地看着睡得张牙舞爪的小唐。确实长得不像老子，从里到外都不像。没有一副好皮囊，却有颗好心肠。还好不像，否则，儿子的一生也跟着毁了。

　　一想到自己将不久于人世，把儿子孤零零地撇在世间，老唐就长吁短叹起来。如果报应只落到他一人身上，那该多好。如果妻子江兰还在，那该多好。如果……哪有那么多如果？生活的最大意义不在于富贵，而在于家人安康。

　　他不忍心再看满脸沧桑的儿子，转身来到厨房。

　　昨晚已经发好面、剁好馅，今早定要为儿子蒸几笼香喷喷的包子。儿子从小就馋他蒸的包子，老是嫌弃妈妈做的东西不好吃。

　　自从在外面有女人后，老唐就当起甩手掌柜，很少进厨房。江兰做饭洗碗全包干，而且毫无怨言。老唐心安理得，更无怨言。江兰出车祸当天的早餐，也是她亲手做的。

　　那是江兰做的最后一顿早餐，从此她就一直躺在病床上，直到吐尽最后一口热气。那口热气哈到儿子的脸上，引得儿子哭了个通宵。等料理完丧事处理好赔偿事宜，儿子一下子老了几岁。

　　如今，轮到老唐为儿子做最后的早餐。这就是命运的定数。

　　他深知儿子的秉性，就算花光所有钱也会为父亲治病。这反而是老唐最不愿意看到的。既然是绝症，再怎么治疗，最终也是个"死"字。还不如少花冤枉钱，不给儿子增加负担和负债。死去元知万事空，但悲不见儿子结婚。

　　老唐边思虑边包包子，不知不觉已蒸好了两笼。

　　皮酥肉嫩，晶莹玲珑，香气扑鼻，人间至味也不过如此。他尝了一个包子，味道真不赖。估计儿子能吃上一整笼，豆浆和泡菜也备好了，只等那臭小子起床大饱口福。

　　老唐躲进卫生间悄无声息地修整仪容，这才意识到自己很久没有照过镜子了。

曾经的老唐总是将小镜子带在身上，每次与小女友见面前都会捯饬一下发型。他随时保持精致俊逸的谦谦君子形象，对各个年龄阶层的女性都有强大的杀伤力。

可惜，镜中的那个大帅哥已一去不复返。现在的他目光呆滞、干瘦苍老，头发枯黄稀疏，全然是两人。

他靠着镜子哭了，但不敢哭出声。报应啊！

以最快的速度平静下来，又以最快的速度换了身衣服，他亲了亲儿子粗粝的额头，回到客厅向妻子的遗像鞠三躬，便依依不舍地出了门。

这架势，显然是没打算回来！

老唐没有立即去寻死，而是寻到了小巷尽头的汉方针灸养生馆。

他放不下秦羽，尽管这个俏女子在他危难之际玩起了失踪。这是人之常情，一个本想指望男人过好日子的小女人，怎会舍得往无底洞塞钱？何况，她真的没钱。

秦羽在圈里是有点小名气，技术和颜值都拿得出手。比起三无的足疗师或搓澡工，她有职称、有操守、有骨气，就是不能换成钱。她看中的男人不仅要帅，还得有才，至于金钱，倒在其次。尽管她一直在为生计奔波，被折腾得一地鸡毛，可明媚的眼睛里很少有堕落的阴影。

也许正是冲着这一点，老唐临死前必须来道个别。

就算远远地看上一眼也行。他不怪秦羽，怪自己过于贪婪。宋代诗人张九成曾写道：从来一向贪婪辈，读此其如愧耻何。有道之人对于贪婪鼠辈从来都是不屑的。老唐对此心知肚明，可就是做不到。他自认是读书人，可把读书当成哗众取宠的伎俩。最终，反误了卿卿性命，只等阎王来收尸。

活该千刀万剐！死了也得下地狱！老唐虽然这么咒骂自己，仍不由自主地朝养生馆望去。为避免被熟人认出，他戴了帽子和口罩，将自己遮得严严实实。以前走到哪里，都被赞叹风度翩翩，如今，只待烧成骨灰被风吹散，被时间遗忘。

瞅了老半天，没见到秦羽的倩影。

按常理，每次为客人做完理疗，她都会到门外抽支烟。可足足等了两个小时，也不见她出来透气。难道她知道我要来，怕我纠缠她？不至于吧，小秦不是那种小家子气的女人。再说我老唐看中的女人无论人品还是样貌都不会差。我去，都这个时候了，还谈什么人品？！

不见也罢，反正我也算是来过了。心愿已了，此生了了。

老唐正要抽身离去，被一只白胖的手摁住了瘦削的肩膀。若在往日，他能轻松挣开。可此刻，病弱的老唐竟一时半会脱不开身。

"老唐，就知道是你。化成灰，我都认识。"

养生馆的老板刘姐主动松手，打量着瘦成一道闪电的老唐。她没有按常理挖苦老唐一番，而是挤出两颗泪珠表示怜悯。

反倒是老唐心里过意不去，有点不知所措。他开始后悔来这里。

"你的事，小秦已经告诉我啦。你说你怎么一下子就变成这样？之前还好端端的。这人啊，这命啊，谁说得准！所以，我信奉你说过的那句话：及时行乐，稍有克制。"

刘姐呼出一口热气，夹杂着甜丝丝的红酒味。一日三餐，她都少不了酒。早上用红酒配泡菜和抄手，真是别有一番滋味。做人就是不能守旧，得对得住自己的胃和心。

老唐记不清楚自己何时说过这句话，但能被别人当作至理名言，也算是幸事。行乐和克制，要做到平衡谈何容易，尤其是对于有钱有颜有闲的人。在这个物欲横飞、私欲翻腾的社会，不矫情不纵情就算是一方高人了。

丰满圆润的刘姐与枯瘦病弱的老唐站在一起，形成非常辣眼的强烈对比。不同的生活境遇陡然显现出来，冲击着路人的眼球。人们仅多看上一眼轻叹一声，该干什么还得干什么去。除了在亲友眼里有点分量，小人物都轻如鸿毛。

"不过，此番看到你，我觉得那句话应该改改。"刘姐像是在征询老唐的意见，更像是在征询自己的本心。人到中年，还谈本心，是不是有点矫情了？可尚能想到本心的人，至少说明没有完全被生活腐蚀。

老唐仍然不知说什么，像是第一次与刘姐相见。曾经的健谈和风趣早已被病魔吞噬，只剩下绝症半老头的哀怨与孤独。

"稍有行乐，及时克制。"刘姐一个字一个字地吐出，就怕老唐听不清楚。

老唐的嘴角一颤，浮出冷笑。由于戴着口罩，刘姐看不到。

"进来吧，我免费找人给你做个理疗。治不了那个病，就当表达我的一个心意。"刘姐重新将白胖的手轻轻放在老唐的肩上，这次是生怕他倒下。

"谢谢妹子的美意，我就来看看她，"老唐总算开口了，"看完就走，不添麻烦。"

"啥时候学会跟我客气啦？以前你没和小秦好之前，老用色眯眯的眼睛盯着我的胸脯。"

刘姐不是揭短，是想缓和气氛。她刻意挺了挺尖耸的胸，吓得老唐退后一大步。她扑哧笑了，生病的老唐比以前可爱多了。

曾经那个儒雅风流的老唐在花红柳绿中游刃有余，如今只能用游丝般的口吻表示自己还是个活物。

"小秦她，已经没干了。"刘姐本不打算说出来。

"没干了?"老唐惊得嘴巴歪斜，连口罩也跟着歪斜了。

刘姐很认真地点了点头。她用闪烁不定的眼神盯着自己鲜艳的高跟鞋，显然怕说多了伤了老唐的玻璃心。言外之意是留个美好记忆吧，别追问了。

"因为我?"老唐的情商和智商都下降了。

"怎么可能因为你?"刘姐抬头叹了口气，她不是个有定力的女人，"她的理疗师资格证还有其他乱七八糟的证，都是假的，包括她的个人经历也有不少水分。这些都不是事。最过分的是她捡到客户的手机没有及时归还，大概是看上了微信账户上的几万块钱。好在她最终没有动歪脑筋，要不然，现在还在局子里。"

"都是因为我。"老唐带着哭腔自责，他现在变得比儿子更加一根筋。

"想多了你! 她绝不是要偷钱为你治病。你们的爱情也没有那么伟大、那么纯净。各取所需，就这么简单。看俗一点，看淡一点。"

"你不懂!"

"到底是谁不懂?"

　　刘姐刚想发火，很快控制住了。对一个濒临死亡的老人发火是要遭报应的，何况这个老人曾在她和商铺房东闹纠纷时仗义执言。那时候的老唐引经据典，舌战群儒，就连居委会的几位大妈都成了他的迷姐。他这辈子就毁在好色上，不过在大是大非面前，老唐还算是有良心的台柱子。

　　"请你告诉我，"老唐的语气含混不清，并不全是口罩的缘故，"她现在何处。"

　　刘姐将身子扭到一旁，老唐也跟着挪动身子。刘姐将身子转回来，他也随之回到正位。四目相对，看到的都是生命底色。

　　"她真不值得你这样对她！"刘姐非常不解甚至不满地吼道。她从未遇到过一个对她如此赤诚痴心的男人，心里多少有点妒忌。

　　"我更不值得她曾经那样对我。求求你啦，告诉我吧！"一个曾经将尊严挂在嘴边的大男人，如今办点小事都愿意屈膝下跪。当生命到了临界点，大多数人什么都不在乎了。

　　刘姐凝视着狭长巷子外面喧腾的街市，沉默良久。一束光打在她脸上，首先感到温暖的人也希望将温暖传递出去。

　　"她在蹬河菜市场帮老乡杀鸡。"刘姐实在抵挡不住那凄苦的眼神。这眼神当初如何对女人勾魂，此刻也一样。

　　"谢谢，祝你生意兴隆，关键是要多保重身体，以我为戒！"

　　老唐向刘姐深深地鞠了一躬，转身离去。为了不让自己的背影显得过于孱弱，他用力挺直腰杆，每一步都走得稳稳的。

　　"老唐，你吃早饭了吗？没吃的话，我请你。"刘姐也许是舍不得老唐离开，也许是怕再也见不到。她就想找机会挽留，可心里清楚肯定是留不住的。

"吃过啦，谢谢你。"

老唐再次向刘姐鞠了一躬，似乎还不够，干脆摘下口罩露出感激的微笑。

刘姐终于看到老唐干瘦的脸，俊逸不再，唯有被病魔折磨后的憔悴与衰老。她不忍心再细看，挥手示意老唐戴上口罩。

老唐很听话地重新罩住脸，迈着坚毅的步伐走出巷子。当老唐消失后，那束光也从刘姐身上被抽走。

刘姐不知如何表达此时此刻复杂的心情，低声骂道：

"该死的爱情！但除了爱情，我们还能相信什么。"

她点了一支烟，赌气似的狠狠抽了几口，被呛得异常难受，心里更难受。

以我为戒！刘姐反复念叨着老唐的这句话，她就喜欢将老唐的话当金科玉律。老唐如此注重保养，依然得了绝症，我们又怎么能幸免？本来打算戒烟戒酒，算了吧，该干吗继续干吗！

这人啊，这命啊，谁说得准?！

第四十章　杀鸡取卵

抢先一步找到秦羽的，是老唐的准儿媳妇李多。

在老唐心里，李多和唐福都是好人，不该被他这个半死不活的老头拖累。这对年轻人应该获得幸福，应该有他们自己的未来。成全他们，就是成全自己。老唐着急忙慌赶赴蹬河菜市场，完全没想到李多也在寻找秦羽的下落。

李多之前瞧不上算是半个同行的秦羽，秦羽也尽量避免与她接触。可如今在李多看来，或许只有秦羽能让老唐安心治病。江兰阿姨留下的那笔钱曾被秦羽惦记多时，但父子俩都不敢乱动。

但此一时彼一时，倘若用在老唐身上，江兰在天之灵也不会有意见。老唐需要那么点盼头，秦羽也需要那么点盼头。钱这玩意，别看很俗，关键时候却能让人回心转意。

李多在微信里软磨硬泡，终于收到了秦羽的定位。她提着礼品赶到菜市场的活禽点杀现场，差点吐了。聪慧干练的李医生，也有怕血的时候！

倒是那个叼着劣质香烟、手起刀落的秦大美女，毫无惧色与愧色。她犀利狠绝的眼神与手上的菜刀相得益彰，用娴熟透骨的刀法剖解着家禽，肢解着人性。

她性感挺拔的身影自带流量，刀光剑影中点亮了整个灰暗的菜市场。隔壁的同行被她碾压，远处的同行前来取经。聘用她的老乡王姐笑得合不拢嘴，直接躺平在椅子上当起了甩手掌柜。

秦羽处理完老牌川菜馆急需的十只鸡，刚要坐下来喘口气，就看到李多的倩影。李多不太注重打扮，穿着朴素，一年到头都扎着马尾辫，依然干练出彩。别的女孩尽力放大自己的颜值，她则尽力收敛自己的颜值。

秦羽朝李多身后瞅去，没看到老唐憔悴的身影。她松了口气，又吸了口气，欣慰和失落并重。

李多踮起脚从血淋淋的案板上空，小心翼翼地将礼品递过去。

秦羽也不客气，接过来向老乡显摆了一下，侧身走进卷帘门里屋。李多顺着秦羽的身影朝里屋望去，还没看个分明，就被壮实的王姐挡住了视线。

"秦羽到这里有些日子了，你是第一个正儿八经来看她的人。"王姐使出洪荒之力，从牙缝里拔出一根肉丝，"还有个男人也来过，不过这王八蛋不算是人。"

"那个男人是谁?"

李多戴上口罩。血腥味太重了，她随时可能呕吐。血污裹挟着菜渣沉积在下水道口，发酵后弥漫在原本就糟糕的空气中。

"是她前夫老胡。老胡现在混得不错，想接母女俩去过好日子，可秦羽宁愿待在这鸡窝。妹子，说来不怕你不信，我和羽羽打小一块儿长大，从没看透过她。包括她去世的母亲，没人看得透她。"

"那是大姐你道行还不够！不是看不起你，千万别多想。"

王姐愣了愣，随即笑了。

"我就喜欢说话直来直去的人。先加个微信。"

李多也是爽快之人，掏出手机亮出二维码。

"以后找你买鸡肉，给我打骨折。"

"必须的，"王姐打量着李多，"我这儿有土鸡，绝对正宗的生态土鸡。满山跑的那种，纯天然喂养、零添加。"

李多忍不住笑了："太好了，下次一定找你买。"

"你说话比秦羽接地气多了，"王姐朝卷帘门后瞅了瞅，将嗓音压得很低，"别看她成天待在底层，脑子里想的却是高不可攀的东西。她和你一样长得漂亮，可是没你看得亮堂。"

"我收回刚才的话，你道行比我高，只是有点装糊涂。"

王姐再次笑了，潇洒地抽出一支烟递给李多。

李多摆了摆手："不是瞧不上你的烟，真不好这一口。"

王姐自个儿点燃，冲头顶挂着的几副鹅肠吐了两个烟圈。忙完活抽支烟或说个荤笑话，便能解乏解忧，生活在底层的小人物，能迅速满血复活，再投入新的忙碌中。别太在乎别人的眼光，那样会活得很累。

"我喊了她很多次，她都没来帮我，这次总算来杀鸡了。"

王姐将残留在案板上的鸡骨头扔给一条癞皮狗。

等癞皮狗叼上碎骨头失去警觉，她瞅准时机朝狗屁股上踹了一脚。癞皮狗低声哀鸣着逃走，却没有走太远。

"流浪狗，每天都到我摊位附近转悠。知道我心好，其实我哪是心好，碰巧有剩余的碎骨头。"

"背后说别人坏话，小心以后死得很惨。"秦羽回到血肉模糊的案板前，将一盒酸奶递给李多。

这次轮到李多愣了愣，但还是接住了。

王姐将C位让给秦羽，走进里屋补觉去了。

李多顺着秦羽的手势，一屁股坐到长椅上。为了表示不介意，她快活地用吸管喝酸奶。秦羽坐到李多身旁，目光老是盯着菜市场的门口。

李多注意到秦羽补过妆并洒了香水，勉强恢复了昔日的靓丽，但眼角多了些皱纹，连眼袋也有了。岁月如歌更如刀，一刀又一刀宰割着容颜。再美的女人也经不起生活的折磨，可内心的那汪清潭仍保持着最初的明净。

秦羽已意识到老唐会随时驾临，没有选择逃避而是留下来面对。她其实也知道这可能是与老唐的最后一面，人生的最后一次多少都很伤感。女人，不管沦落到何种地步，但凡得知曾经的相好要来，皆会尽其所能收拾一下。何况这个相好被她辜负、被她抛弃，她做好了挨骂甚至挨打的准备。

"你还是那么漂亮，"李多言语真切，"走到哪里，都是最亮丽的风景。"

"说的是你吧？"秦羽夺过李多喝完的酸奶盒，要扔进垃圾桶。

"等一下，"李多夺回来，"给我把剪刀。"

秦羽不明所以，也懒得追问。她从墙角的竹筐里搜出一把带着血丝的大剪刀，冲李多咔嚓剪了一下。

"有没有稍微干净点的?"李多眨巴了几下眼睛。

秦羽回到里屋,取出一把精致的手工小剪刀。小剪刀是橘红色的,李多小时候也喜欢这种颜色。

"这是我女儿用的。"

"她也住这里?"

李多用小剪刀剪开酸奶盒,拿吸管将残留在盒底的酸奶一扫而光。

秦羽起先瞪大了眼睛,很快就用微笑表达敬意。她知晓李多不是个作妖作怪的女孩,从穿着上就可看出。

秦羽点了点头,也不想再作妖作怪了:"今年房租涨了不少,原来的房子我退租了。私立学校的住宿费太贵,再说这里离学校很近。能省则省,孩子大了,逐渐懂事了,也没那么矫情了。"

"有没有想过转学去读公立学校?我碰巧有个同学有点门路,不会花一分钱。"

"谢了,我还是想让女儿继续读私立。中途转学对孩子影响不好。"秦羽认死理,这是遗传了她妈的性格。

"也倒是。孩子就是母亲的一切,是你的精神支柱。有什么需要帮忙的,尽管开口,别客气。"

秦羽拿出纸巾擦了擦湿润的眼眶,犹豫了那么一小会儿。

"倒真有事请你帮忙,但不是向你借钱。"

"借钱也可以,万把块钱还是挤得出来的。"

"你是好人,一定有美好的未来。如果连你也不能幸福,那命运就太不公平了。"秦羽情不自禁地将手放在李多的膝头,又赶快挪开,生怕自己的脏手玷污了这个美丽善良的女孩。

　　李多紧握住秦羽刚缩回去的手，并未意识到自己的眼睛也湿润了。她不知道该说什么，完全忘记此行的目的。

　　"尽快和小唐结婚，让老唐安心上路。这就是我请你帮的忙。"秦羽冰凉的手在李多的温暖下有了暖意，渐渐暖到心头。

　　李多动情地笑了，生活中被打动是一件挺开心的事。她还是不知道该说什么，只是将秦羽的手握得更紧了。两人同时朝菜市场门口望去，她们等待的那个老头怎么还没出现？

　　一个油腻腻的中年大叔奔过来，肥厚的大嘴唇一张开就要买十只鸡。秦羽将中年汉子从头到脚打量一番，难以判断对方意欲何为。

　　收钱宝提醒到账，声音脆响，好似金灿灿的金币哗啦啦掉进自己的腰包。

　　秦羽仍然没回过神来，王姐已从里屋兴高采烈地冲出来。原本蓬松的头发睡得更加乱七八糟、直插云霄，再配上通红的大长脸，比大红鸡冠更有个性。

　　"还愣着干吗，快动手杀鸡！"

　　王姐将秦羽推到鸡笼旁，然后朝大叔递去一支好烟。

　　大叔摆了摆手，用浑厚的声音说道："加个微信，我发地址给你，杀完清理干净后，送过来。"

　　王姐求之不得，激动地摸出手机扫码。

　　自从秦羽来了后，财源滚滚，挡都挡不住。看来干什么行业，都必须有个颜值担当的台柱子。

　　王姐还想多聊几句，可大买家已飘然而去。王姐在菜市场也算是阅人无数，可就是看不懂大叔粗俗又超脱的背影。别看菜市场这地方俗不可耐，总能冒出旷世高人。

　　她蓦然回过神来，向坐在旁边的李多乐呵起来。李多也摆了摆手，表明不是自己所为。

　　王姐彻底蒙了，只能吐烟圈解闷。要是多几个这样的大买家那该多好。这对她来说已是非常奢侈的梦想。

　　其实，从李多走进菜市场的那刻起，穿戴严实的老唐就已尾随其后。他躲在一家粮油干杂店的招牌下，深情地望着那个手起刀落的女人。

　　干杂店的女老板正躺在嘎吱响的躺椅上，手机里播放着曾经风靡的怀旧歌曲。此时的老唐多么希望自己是个健健康康的盖世英雄，踩着七彩祥云去迎娶秦羽，可惜世人猜中了前头，却猜不着结局……

第四十一章　当街一跪

李多是何等聪慧的女孩，稍加思索，便料定自己妨碍了老唐华丽现身。她笃信老唐就藏在菜市场的某个角落，藏在人性的背后。

她起身走到忙碌的秦羽身后，不敢靠太近，生怕那锋利的血刃伤到自己。

地上已经躺平了几只死鸡，有一只半死的还在扑腾，血珠飞溅，却唤不来行凶者怜悯的目光。生存还是毁灭，在这里根本不是个问题。

"要走了吗？我还说请你吃个便饭，前提是你不嫌弃。"秦羽一手拧住活鸡的脖子，另一手操起菜刀。

淋漓的鲜血顺着刀刃滴答落地。这嗜血的玩意无论解决多少条小命，依旧那么锋利、那么无情、那么饥渴。

"不饿，"李多的舌尖一直在颤抖，"能不能等我走了后，再动手？"

李多吓得不敢看，真不像个医生。

秦羽转身微笑地看着李多，将叫个不停的活鸡藏到身后。

"不好意思，污了你的眼。咱们中学时学过一篇课文叫《卖油翁》，无他，但手熟尔。今天，姐给你展示这项绝活。"

"什么意思？"

秦羽脸上浮现出一丝神秘的笑容，娴熟而决绝地在背后抹断了鸡脖子。

鲜血噌地迸了出来。

鸡惨叫了两声，很快就呜咽断气。死鸡被扔到地下，这次没挣扎，死得那叫一个爽快。

李多瞪大了眼，又很快闭上了眼珠。

"你下手太狠啦！"

"不狠，我能活到现在？"秦羽用湿漉漉的廉价长筒靴踢了两下那刚死的鸡，靴尖又沾了些血滴。

"如有可能，换个工作。这里不适合你。"

"我觉得挺好，比按摩店挣得多，不用看老板和客户的脸色，还有免费的地方住。"

"是理疗馆，不是按摩店。"李多大声纠正，她比秦羽更在乎这个词。

"就是按摩店，只是我没有下水而已。都穷成那样，还守着底线干吗？我是不是很装？"秦羽凝视着那只还在垂死挣扎的鸡。它就那么坚强，那么不想死，血都快流干了，还在鬼门关前徘徊。

不行，必须补一刀。刚才是杀生，此刻是积德。她抓起命悬一线的鸡，狠狠摔了一下，险些弄断了鸡脖子。

扑通一扔，这下鸡再也不动了。世界安静了，没有痛苦了。

解脱了！

"你多保重，我走了。"

李多实在不忍看下去，转头疾走。

奔到菜市场门口，李多终于憋不住吐了。她向清洁工说了声抱歉，就消失在大门外。清洁工毫不介意，以为这个女孩怀孕了。在菜市场这个有血有肉的地方，包容是生存之本。

秦羽三下五除二又灭掉了四只鸡，数了数，正好十只。她哐当扔掉菜刀，疲倦地坐到椅子上。连她自己都不信自己居然快准狠地结束了十条小命。

秦羽朝地上那一摊红与黑交织的死鸡望去，这才感到触目惊心。她不由得哆嗦起来，换作以前的她早就被吓晕了。

王姐烧好了一大锅滚烫的水，没有急着催促秦羽。传统杀鸡，传统拔毛，回归传统反而大获买家好评。美人刀下无冤魂，只只看来都是血。

且说拔毛这活，很细致，很考究，很耗时间，拔着拔着，自己的青春就没了。人类残忍地对待弱小的生命，殊不知也被同类残忍地对待。王姐虽然从小到大没看透秦羽，但深知再坚强的女人都有颗脆弱的心。谁不愿享受岁月静好？谁不愿每天起床就能喝到牛奶？谁不愿做个精致快活的小女人？可生活就喜欢将人打回原形后踩上几脚！

王姐点了一支烟，贴心地放进秦羽性感的嘴唇里。

秦羽点头致谢，舒服地吸了几口。她满手是血，顾不上清洗，也不觉得恶心或血腥。习惯了就好，别那么矫情！

秦羽朝闹哄哄的菜市场扫了一圈，深信老唐就藏在其中。他越是不出来，秦羽越是过意不去。本来是她不敢面对，现在怎么变成老唐不敢面对？只能说明老唐太在乎她了。想到这一点，秦羽又自责起来。

"王姐，我是不是忒不地道？"秦羽边抽烟边说话，有些吐词不清，"活该沦落成这样！"

"我觉得你现在挺好，这才是最本色的秦大美女。"王姐轻轻用手帮秦羽弹掉长长的烟灰。

"那他为什么不露面？"

"想听真话还是假话？"

"少来这套！"秦羽忍不住用带血的手捏住小半截香烟，暂时挪离了红唇。

血腥味就在鼻前，她压根儿没有闻到。

"他也算是个好人，或是临到生命的尽头想做个好人。怕你看到后控制不了情绪，更不想给你添麻烦。"这句话从一个鸡贩子嘴里说出，竟毫无违和感。

秦羽被瞬间戳中了心窝，而且戳得很深，再一次落泪了。她刀法再快，也没有王姐的嘴快。

"就一个半老头，不值得你这样。"王姐说完就后悔了。

"你不懂，我和他都是用过心的。"

秦羽将烟屁股扔进下水道，随手抓起一块不知是干什么用的毛巾擦眼泪。

刚补过妆的脸被擦花了，显出最真实的自我。她将毛巾丢到旁边，起身朝菜市场深处走去。王姐不打算阻止她，自个儿拔鸡毛。这工作既粗糙又细致，充满了血腥味。

秦羽从肉类区走到蔬菜区，再从水果区走到干杂区，转了两圈也不见老唐的身影。

老唐，你死哪儿去了？该躲藏的那个人是我，不是你。秦羽在心底骂了自己好几遍，但不好意思吼出声。她还要在这里干活和暂住，不想太招人耳目。

秦羽垂着两臂回到淤黑的案板后面，瞅着满地的鸡毛。她忽然意识到那个大买主正是老唐安排的。都啥时候了，还在替她考虑。

秦羽再次扭头朝菜市场四周望去。求你了，出来见一下吧。

女儿秦小月拿着一份卷子冲过来，顾不上踩到地面的脏物。秦羽这才想起昨晚忘记在女儿的试卷上签字留言，可也犯不着专程从学校跑回来吧。现在的老师太认真太较真了。

"妈，快跟我来。"

女儿不由分说地拽着母亲朝门口奔去。

秦羽跟着女儿跑出菜市场，一眼看到老唐走在天桥上的佝偻的背影。曾经的挺拔帅气荡然无存，那个孱弱迟钝的老头好像随时可能摔倒。

秦羽冲上天桥，大喊："老唐！"

老唐浑身一抖，用手抹了抹凹陷湿润的眼眶，不仅没有停下脚步，反而加快了步伐。无奈他体弱无力，根本快不起来。

秦羽飞奔到老唐身前，扑通跪在地上。

这一跪惊呆了路人，也让老唐无地自容。

"你这是干什么？"老唐沙哑地说道，"快起来。"

"你不原谅我，我就不起来，"秦羽冲老唐身后大嚷，"小月，你也过来跪下。"

秦小月将试卷塞进裤袋，很听话地走到母亲身旁。她正要下跪，被一双有力而温暖的大手钳住了。

　　老唐哪有这等威力，来人正是他儿子小唐。

　　"早餐做得不错，但你不吭一声就出门，便是你的错。而且还让母女俩当街下跪，简直是大错特错。"小唐的嘴皮子真是越来越好使。

　　"我……"老唐的嘴皮子却越来越不利索。

　　"你既然来了，就得见个面，说句话。躲躲藏藏有意思吗？"小唐扶住父亲孱弱的肩膀。

　　"小唐，这是我和你爸的事。你别管啦！"秦羽哀求道。

　　"看看人家这觉悟，再看看你这个糟老头，你还有脸埋怨她吗？"小唐冲父亲挤弄着小眼睛。

　　"我本来就没有埋怨。她做任何事情，我都能理解。"

　　"既然这样，她就没必要跪地，起来吧。"

　　小唐试图将秦羽搀扶起来，可秦羽奋力甩开了他的手臂。

　　才几日不见，秦羽已不是当初的柔弱女子。这是一手拎鸡一手提刀练出来的。

　　"这样，我心里会好受些！"秦羽不敢直面老唐的眼睛，深深地低垂着脑袋。

　　小唐吃惊地发现秦羽的头上有好几缕白发，很显眼也很扎心。

　　"就让她跪一会儿吧。"说这话的竟然是秦小月。

　　唐家父子不知说什么好，更不知过了多长时间。也许只有一两分钟，但感觉像是过了很久。这一跪既是告别过去，更是迎接未来。老唐深知自己没有未来，可真心希望他爱过的人都有美好的未来。

　　路人们都很惊奇，但不过问。每家都有难念的经，万不得已摊开在街面上，只能说明更是有苦难言。

　　小唐看到秦羽还没有起身的迹象，强行拽着父亲朝桥下走去。老唐懂了儿子的意思，用尽生命最后的力量加速逃离。

　　"妈，老唐爷爷和小唐叔叔不想让你再跪下去，起来吧。"秦小月成熟了很多，每句话都能说到大人心坎上。

　　秦羽一手撑着地，吃力地站起来，由于下跪时间太长，双腿打战差点站不稳。她注视着父子俩的背影被吞没在人潮中，眼睛一花又晕倒在地。

　　"妈，你怎么啦？"女儿的哭声也被车水马龙声吞没了……

第四十二章　秦羽的妥协

秦羽被查出患有严重缺铁性贫血，伴有颅内出血和哮喘。她没有接受医生的建议住院治疗，而是开了一大堆药物进行调理。

连老唐都不怕死，她又怕个啥？何况这些小灾小病还不至于压垮她。人有时候越怕什么越来什么，还不如乐乐呵呵混吃等死。

秦小月不想再读私立学校，主动向班主任申请转校，还擅作主张联系菜市场附近的公办学校。秦羽得知后扇了女儿一耳光，又忙向女儿赔礼道歉。

女儿没有半点责怪母亲的意思，系上围裙开始做饭。

秦羽靠在卷帘门边看着女儿熟练地炒菜，既欣慰又心酸。女儿将饭菜端上桌，微笑着等母亲品尝。

秦羽吃着吃着忍不住哭了，觉得亏欠女儿太多。她这两年貌似坚强了，内心却更加脆弱了。

公办学校的领导主动找到秦羽母女俩，将小月安排到一个顶好的班级。秦羽很快猜到这是李多在暗中帮忙，她的那个同学确实有点门路。

这是典型的中国式关系，人人都需要，人人又都说不清楚。秦羽曾一度以为李多当时只是随口一说，没想到人家帮起忙来毫不手软。她想请李多吃顿饭表达谢意，又怕见到彼此后再次伤感。干脆，她亲手宰杀了两只土鸡托人送去。

收到李多通过微信发来的感谢表情后，秦羽满足地靠在残留着血污的墙头抽烟。还没抽到一半，就被前夫胡松粗鲁地打掉了。

自从胡松联合吴公子搞大生意，不说日进斗金，也算是财源滚滚。做哪门子生意不清楚，反正神神秘秘的。曾以为老胡在牢里脱离社会太久，没想到人家从未中断过学习，就为了出来后再次出人头地。

做财务的人对数字很敏感，可对穿着打扮不敏感。他虽财大气粗，却更像电影中的反面人物，越看越有戏剧性，越看越不是东西。

轻佻的眉宇、贼亮的眼睛、扁平的鼻子，那浅薄而红润的嘴唇，怎么看都像潜逃的杀人犯。好在他的表情控制到位，不再那么神经质，两肩为尽量保持水平线而显得滑稽可爱。最显眼的莫过于那宽大的额头，透着精明和实力，绝不是菜市场这小池子能装得下的主。

秦羽没有生气，几乎面无表情，懒得搭理。

她佛系多了，小隐于菜市场就得练就该有的气质。看淡一切，敢于赎罪，以后才不至于下地狱。一个文化程度不高的女人，外表再漂亮，骨子里还是易受因果论的影响。她听说小唐的师父也曾在菜市场隐居多年，若非老唐，现在还像一尊佛守着大门。

老胡来过多次，最大的不同就是气派了，出息了。

他手里潇洒地玩弄着宝马车钥匙，身后还跟着一个性感美女和一个保镖兼司机。美女二十出头，与秦羽十多年前的形象气质很像。尤其是那双大长腿和勾魂眼，哪个男人看了不心动？但区别是秦羽当年守住了初心，而身旁这位女孩估计早没了底线。

"介绍一下，这是你们的前任大嫂。"老胡向身后挥了挥手。

美女和司机非常机械地向秦羽打招呼，随后非常默契地同时戴上口罩。这里血腥味太重，夹杂着腐臭和俗气。反正，此地不宜久留。

"来了也是白跑，我不会跟你走的。"

秦羽盯着前夫锃亮的尖头皮鞋，又瞅了一眼美女的超短裙。这身材是火爆，这颜值是逆天，但换作往日，秦大美女能轻松将她比下去。不过也足以看出，老胡仍对秦羽念念不忘，只是不长毛的嘴上不承认。

"你走不走没关系，我是来接我闺女的。"老胡朝卷帘门内瞅去，随手看了看刚买的新表。这也算是顺带显摆一下。

没到放学的时间，女儿尚未回来。

秦羽一下子蹿起来，不屈地瞪着前夫难看的鼻子。

"是我闺女！老娘养得起。跟着我，她才能幸福。"

"睁眼说瞎话，看看这四下，这是人住的地方吗？成天和鸡鸭鹅鱼住一起，难道你想带着女儿挨刀子？我就想给女儿最好的生活和教育条件，有错吗？我就想弥补对女儿的亏欠，有错吗？放手吧，羽，别再让小月跟着你受苦受累。尽管放心，小月还是跟你姓，我不会改名。另外，给你一定补偿，但凡不过分，都能满足，胡哥我做人做事对得起天地良心。"

"这些话，我听腻了，"秦羽冷笑着将口水吐到老胡的鞋尖上，"滚，否则，我对你不客气！不会再让你逮住机会就欺负咱娘俩。"

秦羽看三人没动静，抓起血迹未干的菜刀舞了几下。

保镖兼司机慌忙挡在老胡跟前，性感美女掏出手机准备报警，倒是老胡阵脚不乱，一把推开司机。

"这是我前妻，她怎么可能对我下手？"老胡温和地说道，"还是那么暴脾气，难怪连老唐也不要你。就算要，估计他的小身板也承受不起。唐家父子命苦啊，遇到你之后更苦。别人说你是灾星，我不信，但你自己就不能反思一下，为什么和你接近的人都没有好下场。"

"那就离我远点。"秦羽大吼，这次想让整个菜市场都能听到。

"如果你真当自己是个好母亲，就该把女儿还给我。"老胡依然细声细气，对付女人他太有耐心了，"女儿要富养，这可是你以前经常跟我说的。我作为一个负责任的父亲，绝不能让女儿以后像你一样……"

老胡突然趁前妻不留神，闪电般地夺下菜刀扔到地上。

哐当一声脆响，震耳欲聋。老胡比谁都清楚只有确保自己绝对安全，才有话语权。

秦羽勾身欲捡，被保镖钳住手臂。她再怎么练习杀鸡，也不是职业保镖的对手。

"放开她。"老胡拉长嗓门吼道。

保镖用力一推，秦羽倒在墙角。

王姐吞云吐雾地从菜市场旁的麻将馆出门，立马看到不对劲，吆喝几个人冲过来。老胡等人见势不妙，手忙脚乱地从后门开溜。走之前，他厉声斥责秦羽太自私。

王姐扶起秦羽，问她哪里伤着了。秦羽指了指心窝子，便不再说话了。

"你这个前夫不是东西，但说句实话，他对女儿是上了心的。"王姐这句话直接戳中了秦羽的软肋。

秦羽松开王姐，孤独地朝里屋走去。她从里锁上卷帘门，对着女儿小时候的照片发呆，联想到自己颠簸迷茫的人生苦旅，她被迫做了个艰难的决定。

晚上九点晚自习结束，秦小月拿着成绩单兴冲冲地走出校门，没看到母亲熟悉的身影。本想第一时间与母亲分享喜悦，还准备了一堆感恩的话，小月有些失望，但很快就释然了。平时母亲即便再忙，也会换上干净的衣服前来接她。今晚确实有点不同寻常，难道母亲也准备了惊喜？

母亲的电话打不通，王阿姨的机动三轮车也未停在老地方。前来接送孩子的家长开的都是小车，满满当当地停在街两旁。秦羽来得最晚，通常将三轮车停到最偏远的桥下。

多少给女儿留点尊严！

小月决定独自走回家，反正又不远。刚走几步就发现一辆霸气十足的宝马车尾随其后，她紧张地加快了脚步，冲进菜市场，却发现卷帘门紧闭。

今天到底怎么啦？

一个黑影突然从菜市场最黑暗的角落起身，朝小月走来。

小月吓得拼命敲门。

"妈妈，快开门，快开门！"

敲打声和喊叫声回旋在菜市场空旷而冷寂的空间里。

"别敲了，你妈让我来接你回家。"

这个绵柔悠长的男声并不陌生。

小月一转头，就看见那个电影里的人物站在混浊的灯光下。她退到墙角，抓起一个不知该怎么称呼的坚硬玩意儿。

"有防备心是对的，但你爸我怎么可能伤害你？傻闺女。"

"你把我妈怎么啦？"

"我把她接到一个新房子住下了，这哪是人待的地方？咱们也走吧。"

"我凭什么相信你？"小月一点也不敢放松警惕。

"就凭我是你爸！"胡松打开刚录的手机视频，"你自己看！"

小月狐疑地凑上去，看到视频中母亲坐在一个温馨宽敞的房间里。母亲穿了一件华美的衣服，妆容精致、笑颜迷人，又恢复了昔日风采。

"马上带我去找她！"小月扔下那玩意儿，朝菜市场后门走去。

"等等你爸，"老胡笑着追上去，"跟你妈一个德行。"

父女俩前脚刚走，小唐后脚赶到。老唐前些日子悄悄来时发现有人盯上了秦羽，一百个不放心，又不好向儿子明言。小唐磕磕碰碰中已学会察言观色，也不明言。

他瞒着父亲潜伏在菜市场周围观察了一阵，看出老胡对前妻并无恶意，只是态度有些恶劣。这种剪不断理还乱的事还是少掺和，更不要告诉老唐。老唐身心脆弱，稍一激动，就会再次住进重症监护室，还能不能出来就难说了。这人不可能每次都那么幸运。

小唐今天陪李多又是逛商场又是下馆子，好不容易温存了一下美滋滋地回到家。刚进门，他就发现父亲异样的目光。

父子连心，小唐预感到了什么，鞋都来不及换，转身出门。他一冲进菜市场，便发现大事不妙。

秦羽母女俩都不见了。

好在并无打斗或拖曳的痕迹，但是母女俩的电话都打不通。

小唐上个月某天凌晨开网约车，在机场接送了一个兜售手机定位软件的客人。听他神侃一通后，购买了远控大师软件，只为随时知道父亲的位置。所以，那天他能如此神速地找到天桥上的父亲。秦羽听从了小唐的建议，也在女儿手机上安装了相应软件。她把数据分享给小唐，并把小唐设定为第二紧急联系人。小唐很高兴能得到秦羽母女的信赖，其实他更多的是想帮父亲完成心愿。

小唐开着破车，一路狂追着小月的手机定位……

第四十三章　女儿打了母亲一耳光

这事真不好管，又不能不管，谁叫小唐那么古道热肠？谁叫他父亲那么多花花肠子？完事后拍屁股走人，留给儿子收拾烂摊子。

宝马车载着胡松父女俩，迎着夜风一路向东，穿过闹市区，驶下二环高架桥，停在了东郊记忆旁的一处豪华公寓楼下。

小月抬头望了望夜空中孤独的残月，冲进了电梯。她跟随父亲的脚步走进所谓的新家，母亲已在家门口笑脸迎接。

秦羽全然是一个贵妇的模样，高大上的生活真的与秦羽很匹配。

小月出乎意料地扇了母亲一记耳光，在装修考究的走廊里特别响亮，几乎快震破人的耳膜。

"你怎么说妥协就妥协了？还有没有做女人的尊严？"

这句话居然出自一个女中学生的口中。

秦羽顾不上疼，惭愧地低下脑袋。她曾经不是个轻易低头的女人，可随着年纪增长已多次向最亲的人低头。这无关尊严，只关乎亲情。

胡松打破了不向女儿发火的惯例，他既心疼女儿，又心疼前妻。

"你在学校里都学的啥？怎么这样对待你妈？这是你亲妈，不是后妈。"

"这是我和我妈的事，你没资格管。滚一边去。"

小月撕破了嗓子和脸。曾经，她比母亲更在乎脸面，如今更在乎尊严。

胡松瞬间蒙了，这比挨一巴掌还让他难受。

"跟我回家！"小月拽住秦羽的胳膊，朝电梯口走去。

小月火气不小，力气也不小。秦羽力气更大，但任凭女儿摆布。

秦羽这辈子凡事都自己做主，不屈从于男人，不屈从于金钱，可她甘愿屈从于自己的女儿。女儿长大了，有自己的主意。这是好事。挨一记耳光算什么，就算被女儿捅一刀也心甘情愿。

保镖兼司机和性感美女不知从哪里冒出来，挡住母女俩的去路。

"想来就来，想走就走，你当这里是菜市场啊？"性感美女一发话，就直接发飙。

"这里没你说话的份儿！"老胡伸手示意两个手下闪开。

他展颜一笑，从后面走上去慈爱地看着小月："刚才是老爸不对，不该对你发火，可你也不能动手打你妈，我都舍不得打呢。"

这句话像一把利刃戳开了秦羽愈合良久的伤疤。她不满地瞪着前夫，然后主动拽紧女儿的手。

"狗改不了吃屎，"小月指着父亲难看的鼻子，"不管你多有钱，穿上多高档的衣服，骨子里依然不是个东西。"

"小贱货，别太过分！"性感美女不顾保镖的阻拦，恼羞成怒地扑上来。从那结实匀称的双腿来看，应该是练过几下的。

这下终于轮到秦羽发火了："到底谁才是小贱货，你跟我说清楚。"

"这不明摆着吗？"性感美女见老胡默许，更加张狂，"早听老胡说过，你勾搭男人很有一手，要不要比试比试？"

"确实比不上你这个小贱货。我不要的东西，你顺手就捡来用。"秦羽骂起人来，很少遇到对手。在菜市场那片鱼龙混杂之地，除了会做生意、会做人，还得练就一张刀子嘴。

老胡自尊心大受伤害，索性啥也不管。驾驭不了，只有坐等发酵。

性感美女非但毫无半点失落，反而得意地笑了。她就这么轻松地重新将老胡拽在手里，这是吴公子交代的任务。获取老胡信任再套出他的秘密。老胡出来后平安无事还能飞黄腾达，无非是因为捏住了某些大佬的把柄。吴公子的幕后大佬就是其中之一。

"不是你不要，是你被抛弃了，而且不断被抛弃！"性感美女放肆大笑，面部表情显得很别扭。

难怪她一直不敢笑，原来是怕被人看出是整过容的。为了获得老胡的好感，她真舍得对自己下狠手。老胡见这个年轻女孩第一面时，宛如当年与秦羽在烟雨朦胧的河畔初识。那种浪漫和美好久久萦绕在脑海中，支撑着他走出监狱来弥补过去的亏欠。

小月见不得母亲受半点委屈，冲上去就要抓扯性感美女。保镖兼司机眼疾手快，一掌将小月推开。

这一掌来势汹汹，眼看小月就要惨叫倒地。

一个侠影倏忽现身，护住了小月。来人正是小唐！

率先惊讶的不是母女俩，而是老胡。

"怎么又是你？"

"我就是专门来对付你这种人渣的。"小唐将小月送到母亲身旁，摆好了应对被三面夹击的架势。

保镖兼司机和性感美女跃跃欲试，老胡却懒洋洋地点燃了香烟。这种局面，他还是能掌控的。他靠前一步，将烟圈喷向小唐。这不是挑衅，更像蔑视。

"多陪陪家人，少在外面逞能。"老胡见小唐被镇住了，又将目光转向母女："是去是留，自个儿拿主意。这新房是你们的，随时欢迎入住。"

"小月，咱们回家。"秦羽毅然决然地拉着女儿的手朝电梯门走去。

身后的世界再奢华再诱人，如果没有女儿的理解，一切都没有意义。

老胡掐住香烟的手指微微一抖，差点烫伤自己。原来他什么也掌控不了。

小唐面朝保镖兼司机和性感美女，伸手在背后摁按钮。在母女平安离开前，他不敢有丝毫大意。由于长期开网约车，他长了不少膘，灵活度不够，但警惕心不减。

"都散了吧，老子累了。"胡松扔掉烟屁股，绝望地返回新房。

母女俩走进电梯，小唐立马跟入。当电梯落地，他悬着的心也跟着落地。

小唐开着破车将母女俩送回黢黑脏乱的菜市场。老胡说得没错，这里真不是人住的地方。卖菜卖肉卖啥都可以，但要在这里睡觉，那真是遭罪。

秦羽的手机短信响了，提醒到账20万元。转款人是胡松。

她不敢告诉女儿，只是默默地掉眼泪。胡松再怎么不是东西，也真心希望母女俩过上好日子。

别那么好强，务实点。秦羽反复在心里告诫自己。通过这一天发生的事，她真切感到女儿成熟了。以后做任何事，都必须征询女儿的意见。这是好事。她擦掉泪痕，开始思量明天为女儿准备什么丰富的早餐。

秦羽等女儿上床睡觉后，陪着小唐在外面喝了几瓶啤酒。她想用这笔钱为小唐的父亲治病，但被小唐拒绝了。这不仅是打老唐的脸，更打了老胡的脸。

小唐太了解父亲了。父亲也自认不是好东西，可希望自己惦记的人都能过上好日子。

秦羽承诺明天就搬出卷帘门后的小屋子，在学校附近租个大房子。她万一太忙不能到校门口，下晚自习的女儿也能独自平安回家。老胡说得对：女儿真的要富养。即便做不到，也不能让女儿早早地被生活伤害。

小唐看到母女俩总算有了身心的双重归属，也安心回家向父亲复命。他没法开车回家，舍不得找代驾，只好骑单车回去。

路途有点远，午夜的凉风吹得人格外清醒。黎明前的城市仿若沉入无尽的荒原，恢复到最初始的混沌状态。任你遐想，任你评判，任你取舍。此时的你哪有心情索取，只想和它一起静静地期待那轮红日。生活有多面性，要学会向好的一面看。

老唐一直没睡，得到儿子确切的汇报后才满意地上床。他睡得很沉，真希望再也醒不过来。

离天亮只剩下不到四个小时，小唐干脆不睡了。他又打开一瓶啤酒，守着熟睡的父亲，守着这份平淡的亲情！

第四十四章　找个地方等死

老唐照例早早地起床，脚一落地，差点踩到儿子。

小唐四仰八叉地睡在地板上，身下垫着薄毯，嘴角还挂着啤酒泡。平常睡觉，这小子的呼噜声惊天动地，可这半宿竟悄无声息。

老唐看着就心疼，忙为儿子盖上被子。他蹑手蹑脚地来到厨房准备早餐。

这次应该真的是最后的早餐，无论如何，必须做得更好。

细碎的阳光透过小小的窗户，落在老唐的身上。一阵暖流涌遍全身，要是每天都能为儿子做饭，那该多好。以前不懂得珍惜，现在不舍得放下。这人啊，总是在矛盾中成长和衰老，直到步入永恒才知道白活一场。

早餐备好，丰富而有营养。老唐满意地喝了一小碗粥，感觉肚子难受。他管不了那么多，吃了好几颗止痛片，再次蹑手蹑脚地返回卧室，儿子仍在酣睡。

对不起啦，儿子，爸爸不能再陪你了。我这辈子明明可以享受家庭的温暖，却活生生被自己摒弃。所幸在生命的尽头，我回到了父亲的位置。老唐又换了一身衣服，这是妻子出车祸前一周给他买的。

那天是两人的结婚纪念日。老唐早忘得一干二净，因为他根本就不看重这个日子。倒是江兰欣欣然地盼望着这一天的到来。每次都憧憬丈夫给她制造惊喜，可每次都落空。她既不埋怨，也不落泪，更不会找好友诉苦。她天生拥有控制情绪的强大潜力，在生理欲望上也快接近修女无欲无求的境界。她心甘情愿地被丈夫漠视，只要每天能看到他出入家门就行了。江兰对教学要求苛刻，对儿子也要求严苛，唯独对丈夫放任自流。

夫妻多年来已没有鱼水之欢，更像是合租的室友，只不过多了一个孩子而已。孩子长得不随亲爹，所以老唐回到家后看啥都不顺眼。他心里只有自己，保持风度翩翩也是为了吸引外面筑巢的莺莺燕燕。到后来，江兰主动想方设法地讨丈夫开心。她总认为自己做得不够好，便容许丈夫的一切大小毛病，包括出轨。做妻子做到这个份上，真是服了和醉了！

老唐不知足，更不知耻。他曾经特别嫌弃，将妻子买的衣服塞进衣柜的最底部。如今，他恭恭敬敬地取出来穿上。站在镜子前，他才意识到这可能是毕生最适合他的衣服！

老唐一步三回头地出了门，坚信不会再回来了。

但他没有走远，而是走进了小区斜对面一家很不显眼的民营医院。说是医院，更像是临终关怀中心。

他要在这里等死！

在现代社会，死去比活着更花钱。老唐既然没能为儿子创造财富，就尽量不添负担。他向亲朋好友发送完告别短信，将手机摔碎扔进了下水道。这样，儿子就找不到他了。他只想独自承受痛苦，这也算是维系一个人最起码的尊严。

透过病房的窗户，能看到儿子急匆匆地走出小区又急匆匆地回来。儿子心烦意乱，他更加心烦意乱。

绝不能心软，老唐告诫自己！然后他抹了一把眼眶，泪水都快干涸了。看来，生命真的进入了倒计时。

主治医生更像是天堂派来的使者，总是笑呵呵地看着老唐。亲手送病人上路，是一桩苦差事。他更愿减轻病人的痛苦，前提是劝导病人购买进口药。

倾家荡产，也未必能挽救一条小命。老唐之前就听说几个病友砸锅卖铁，最终也没能从死神的铁链中挣脱出来。他们倒是两脚一蹬解脱了，可活着的亲人背负了一屁股的债。债务没有尽头，人生却有尽头。

妻子留下的那笔钱绝不能扔进医院这个无底洞。老唐抚摸着儿子的照片，从眉宇间看到与自己相似的神采。

谁说父子俩不像？除了长相稍次，我儿子哪一样都比我强！老唐很少说话，也几乎不治疗，就咬着牙关等死！这才发现自己何等坚强。他随时提醒自己是父亲，必须为儿子的未来考虑。

老唐主动联系丧葬一条龙，准备提前操办自己的后事。能省则省，不能省的就硬扛过去。再功成名就的大人物，死后也要化成灰。

他甚至还打听自己身上有什么器官可以卖，并叮嘱医生和护士找个好买家。他半夜三更溜进阴森森的停尸房，竟毫无半点惧意，真羡慕那些躺在这里的遗体，人生落幕，一了百了。

除了买止痛泵，老唐的嘴巴就没被撬开过。

痛苦一阵一阵地摧残着这个瘦得脱形的老头，他多想这一切快结束。可明早挣扎着醒来，他还是忍不住向窗外的小区门口望去。

等啊等啊等啊，直到看见儿子熟悉的身影，他又马上缩回头，生怕被儿子发现，生怕夺目的阳光照在他这根朽木上。

主治医生不强求也不追问，还是笑呵呵地顺着老唐的目光朝窗外看去。他似乎懂了，偷偷在输液瓶里加了些营养液，大不了从工资里扣。

等死，不是那么容易的事，更不是一个人的事……

第四十五章　为什么受伤的总是我

小唐自从父亲离家出走，就开始发疯地四下寻找。

他跑遍了父亲曾经爱去的地方，包括麻将馆、图书馆和理疗馆。老唐虽然在女人当中人缘好，但大多数男性朋友看他不顺眼。

即便关系要好的薛神医，也对他的死活不太在乎。薛神医早就猜到了老唐的今天，当医学已不起作用，那就只能求助于神学。

小唐看透了，又没看透。他还年轻，还有很长的路要走。但今后如何与人相处，他更加迷茫。守住本心就行了，他只能这么安慰自己。

他之前便不爱梳洗打扮，如今更加不注重仪表，蓬头垢面，萎靡不振，衣服和额头都皱巴巴，从腿部到脸部也都浮肿了，唯有小眼睛越来越明亮，越来越凹陷。

他常常坐在父亲的卧室里发呆，手里捧着一家三口的老照片。照片早已发黄，三口之家多年没拍过合影了。母亲几年前出车祸离世，身患绝症的父亲也不知死活，剩下他孤零零地守着惨淡无聊的时光。

为什么受伤的总是我？小唐独自苦笑抑或傻笑，狠狠抹了把眼泪和鼻涕。酸甜苦辣咸都有，这才是生活的真实滋味。

一有轻微的响动，他就慌忙跑出门。可惜哪有父亲的影子，只有他孤独的身影荡来荡去。曾经嫌弃房子又旧又小又脏，陡然间觉得空间太大了，大到他无法承受的地步。

本想到公安局报案，可李多劝他暂时别报。一旦报案，反而增加老唐的心理负担。当然，前提是老唐还活着，或者以另外一种形式活着。生命垂危的人都很敏感和极端，不抱希望任自己坠落。

除了默默地寻找、静静地祈祷，别无良策。李多和小唐都清楚老唐出走的原因，如此决绝，只为了儿子儿媳过得更好。

这就是当父亲的，一旦元神归位便只恨自己做得不够多！老头子真想躲起来，除了鬼没人找得到。

李多的父母每天早两个小时收摊，加入到了寻找老唐的行列。他们广泛发动群众，深入监控覆盖不了的区域，可就是没想过搜寻小区斜对面的小医院。老李瞒着其他人悄悄报了案，活要见人死要见尸。他比女儿更着急想要个结果。

老唐走出小区那天，请求守门的保安老牛让监控出了故障。老牛的保安工作就是老唐介绍的，一直想找机会报恩。

所以，当小唐试图从监控中找寻老唐离去的蛛丝马迹时，老牛悠然地坐在旁边抽烟。烟也是老唐给的。他羡慕老唐有个孝顺的儿子，只怪老天爷对唐家太刻薄。

老唐这招不可谓不高，屈身藏在众人的眼皮下静待死去。

可他越是想死，越被病痛折磨。医院虽小但五脏俱全，还有多种措施防止病人自寻短见。

于是乎，一个在小区外头，一个在小区里头，居然成为世界上最遥远的距离。

都怪我那天睡得太沉！这是第二次了。小唐连续多日都在埋怨自己没看好父亲。他舍不得吃父亲做的早餐，枯坐在桌旁等父亲回来一起吃。

李多见早餐已发霉变质，狠心地倒掉。再不处理，估计连小唐也会发霉变质。

小唐不责怪也不发火，继续呆呆地坐着。他望着墙头母亲的遗照，母亲也在望着他。他恍惚中看到母亲眼里有责怪之意，急忙冲出门毫无目的地寻找。连他自己都不敢回家了。

李多跟在后面，心里压力更大。既怕老唐走丢，更怕小唐走丢。

这个未过门的媳妇操碎了心，可在闺密乐乐看来完全不值得。乐乐已从被吴公子抛弃的阴影中走出来，一如既往地活跃在带货直播平台上。听说她又缠上了一个经常打赏的大款，也是富二代。这个富二代喜欢躺平，说白了就是败家子。

乐乐驾驭不了多金能干的吴公子，却笃信能驾驭多金的废材。即便分手，也能拿到一笔不菲的分手费。其实，她隐瞒了李多一件事，那就是吴公子给了不少的分手费。难怪乐乐很快就振作起来，仍旧大胆地物色金主。

各取所需而已，至于爱情，那就看造化。造化弄人就结婚，造化不弄人就一拍两散。乐乐直言不讳地说李多太傻白甜，李多也直言不讳地说乐乐太现实。

俩闺密从进入社会后，就没有太多共同语言，但不影响这艘友谊的小船继续航行。李多无法融入乐乐艳丽浮躁的生活圈，满足于生活在纯净水般的小圈子。她并不知道，自己的一举一动都被吴公子看在眼里、急在心里。

乱花渐欲迷人眼。看花眼的吴公子唯独钟情于这个平淡美丽的女孩，可不知怎样才能追到手。对付那些庸脂俗粉，他有很多套路，但面对不懂套路的李多，吴公子两次都失手了。这个讲究利益输出的社会，并非所有人都甘愿被金钱俘虏。如果真有爱情这玩意，那不是在童话世界就是在平凡人的世界。

吴公子碰巧得知青春烧烤摊的马崔是小唐的死党，立马逮住了这个出气的好机会。他不知动用了什么邪术，快准狠地封杀了烧烤摊。

马崔也算是有背景、有实力的主，竟无任何还手之力。但他不愧是大隐于市的扫地僧，不作任何抱怨，也不作任何反击，甚至懒得向父母诉苦。没几日，就跟着大他许多的女朋友春分回到老家。春分的老家，妥妥的乡下。

他从厚厚的眼镜片后看破城市的尔虞我诈，返归山林落得个逍遥快活。咱们的崔哥也不是躺平，而是跟着岳父母自制和售卖九大碗等乡土菜。

闲不住寂寞的马崔尝试网络直播，以老辣的口吻讲解九大碗的传统烹制流程，没想到火得一塌糊涂，比烧烤更赚钱。原来上帝关闭一扇小窗户，真的是为了帮你打开另一扇大门。

也真是崔哥倒霉，冥冥中就有人故意盯着他，就要让他不痛快，让他身边的人也不痛快！

一个大客户下单买了好几千块钱的乡土菜，说是家宴使用。

哪知，第二天大客户邱老板就将律师函快递到马崔手里，言之凿凿地控诉他售卖三无产品。这个挨千刀的邱老板绝非为了伸张正义，就为了敲诈乡下法律意识淡薄的小商家。这黑心钱赚得有理有据，你还没法据理力争，否则损失更大。

真是辛辛苦苦几十年，一夜回到解放前。马崔的岳父岳母都是老实人，除了会做菜，做不了亏心事，更是啥也不懂。什么三无产品，什么法律意识，他们脑子里就没有这根弦。

这一急，二老先后病倒了。

春分从未对小男友马崔发过火，这次也气急败坏地责怪他搞个屁的网络直播。人怕出名猪怕壮，现在可好，惹得一身骚。

马崔里外不是人，勉为其难同意与邱老板私下协商解决。这就中了邱老板的圈套，说白了是在按事先写好的脚本起承转合。

双方进行所谓的讨价还价。一算赔偿金额，几乎赔得连底裤都不剩。

马崔实在憋屈得难受，在乡下找不到人说心里话，便到城里找小唐诉苦。两个心里都有苦水的大男人坐到一起，更加苦大仇深。

小唐见不得好人受欺负，何况还是最好的兄弟。他见马崔醉得不省人事，提起一把菜刀冲进了那家黑心公司……

第四十六章　夫唱妇随

换作平时，小唐也不会如此冲动，主要是近来为父亲失踪的事心烦意乱。这人啊，一旦失去理智，便啥也不理会了。

戴着假发的邱老板边玩手游，边等马崔支付尾款。突然闯进来一个急红眼的屠户，比游戏中的反面角色凶戾多了。

小唐多日不修边幅，面色忧郁甚至带点神经质，犀利的眼神充满杀气，皱巴巴的风衣显出霸气，青筋暴露的手上握着雪亮的菜刀，宛如从《魔兽争霸》中走出来的人物。

邱老板不停地揉搓着通红的眼睛，误以为还在虚拟的游戏世界。

"谁是邱总？"小唐低沉的声音好像没什么底气。

"干什么的？"邱老板扯着嗓门为自己壮胆，"把刀放下，对面就是派出所。"

小唐不仅没有放下，还吆喝着舞弄了几下。怎么着也是学过功夫的，混乱的刀法吓得邱老板心惊肉跳。

邱老板慌乱地退到墙角，抓起一个仿真花瓶。其他员工都傻眼了，你看着我，我看着你。知道对面是派出所，但没人敢报警。公司老板到底是什么货色，大家心里有数。

"把钱退给我哥们，否则……"

小唐的话还没说完，就被人从后面夺走了菜刀。谁这么大胆？太不把他放在眼里了！他转身一瞧，也慌乱地退到墙角。

李多死死拽住菜刀，眼睛死死盯着小唐。小唐紧挨着邱老板露出讨好的微笑，屁都不敢放一个。

邱老板有点蒙。这个女的是何方神圣，居然能轻松制服住屠户。最关键的是她到底站哪一头？是为名还是为利？

"还嫌烦心的事不够多，跑这里来胡闹？"李多咄咄逼人的目光直接迫使小唐低下头去，"看看你现在的德行，人不像人鬼不像鬼。我告诉你唐福，再这么闹下去，你爸，我不帮你找了。咱们的婚，也别想结了。"

邱老板这下知道美女是哪一头的，但太不可思议了。这姿色、这气质，站在哪里都能出圈，反观身边这小子长得实在不咋样。不是三无人员，也是板上钉钉的穷鬼。他凭什么？邱老板着实想不明白。

"多多，我错了，我改！"小唐抬一下头，又连忙垂下。

"说说你错哪儿啦！"李多用菜刀轻轻剁着光溜溜的桌面。

这张大桌子是公司的台面，老精贵了。其材质、其色泽、其形态，即便是摆放的方位都是经过大师的指点。可此刻邱老板没有丝毫心疼，他已被身前的女孩闪瞎眼了。

他打量着顾长清秀又个性十足的李多，心里又开始盘算，要是身边有这么个女下属，那该多好。白天在办公室眉目传情，晚上在温泉酒店鸳鸯戏水。遇到什么大事，她还能独当一面。

"我不该以极端方式帮马崔讨还公道，可这王八蛋太欺负老实人了，我没忍住。但你放心，我保证以后啥也不管。"小唐举手发誓。

"啥也不管，那还是我心中的那个小唐吗?"李多话里有话。

邱老板刚缓过气来，又立马倒抽一口凉气。他感觉气氛不对，大声要求员工们快报警。可不知什么时候，员工们早已没了踪影。

"老板，你这里有没有监控?"李多和声细语地问道。

"我有那么傻吗?"邱总也和声细语地答道。

李多向小唐挥了挥拳，就闭上眼睛转过身去。

小唐回过神来，朝邱总腹部来了一拳，又踹了一脚。

邱总哀叫着倒在地上，假发也掉了。他不顾疼痛，抓起假发戴回光秃秃的脑瓜。这有钱人就是很好面子，注重形象。

"马上把钱还给马崔，否则……"小唐又提起一脚。

"别否则了，他吃进肚子里的东西不会吐出来的。"李多故意添油加醋。

小唐正要将那一脚狠狠踹下去。

邱总做了个求饶的手势，然后靠墙呕吐起来。

"还，我还!"邱总将中午吃的山珍海味全部吐出来了。

十分钟后，李多、小唐和邱总都被带到对面的派出所问话。一通批评教育后，民警悄声告诉小唐找到他父亲的下落了。提供信息的正是老唐所在小医院的主治医生。

李多和小唐打死也没想到父亲就藏在小区斜对面的小医院。两人好说歹说将老唐接回了家，准确说是抬回了家。

老唐本想为儿子节约医疗费和丧葬费，可在民营医院杂七杂八也花了不少钱。还没见到阎王爷的面，自己先被扒了层皮。好在主治医生厚道，不想眼睁睁看到一个老头枯死在医院角落。

　　算了，还是死在家里，死在儿子的身边。老唐总算活明白了。

　　一个进入生命倒计时的人，更应该每时每刻都能看到亲人……

第四十七章　这下般配了

李多和小唐重拳出击，稀里糊涂地帮助警方查处了黑心公司。

但由于邱老板吃透了法律漏洞，又厚颜无耻地挥舞着道义大棒，很快就平稳落地，连根头发丝都没少，当然他头上也没几根毛。李多看出邱老板的律师不一般，却没看出背后还有高人指点。

吴公子就是那个高人。

吴公子轻松游弋在黑白之间。他喜欢美食、美景、美女，喜欢所有美好的事物，唯独疏忽了自己的心是丑陋的。

但凡喜欢上了，没有什么不能到手的，可在李多身上是个例外。他不急，慢慢来，文火慢炖。有的是时间，有的是金钱。轻易到手，就没意思了。

吴公子背后还有高人，牢牢盯着胡松藏匿多年的小账本。胡松没有什么本事，就擅长制衡术。他喜欢戏剧和哲学，喜欢在人性的夹缝中穿梭。他接触过太多高人，不是进去了，就是在进去的路上。暂时没有进去的，也活得胆战心惊。

一个人拥有太多不属于自己的东西，貌似淡定自若，内心却被火热的岩浆裹挟着，这些东西迟早有一天会冲出地表，把自己熔化掉。儒家经典《大学》中有云："货悖而入者，亦悖而出。"这可是经过历史检验的真理。

目前没人敢动胡松，他也不想动任何人。

他算是活明白了。高开低走，拿钱过日子，不要拿命下赌注。该玩的玩，该吃的吃，但绝不张扬。想要在微信朋友圈里找到他的行踪，完全不可能。除了那个性感美女和保镖兼司机，没人知道他漂浮不定的身影。

可是有个地方，他会偷偷去打望。那就是秦羽母女新租住的房子。看着母女俩出入平安，就是他最大的幸福。老胡也自认是电影中走出来的角色，生杀大权都被捏在导演的手里。

吴公子曾幻想把胡松争取到自己门下，以便趁机扳倒自己幕后的人。可惜，他过于自负且火候不够。胡松清楚地看到了这一点。

这些尔虞我诈的事对于小唐和李多这样的小人物而言，并无半毛钱的关系。他们只想过好小日子，生儿育女，养老送终，平淡了却一生。他们越平淡无奇，越让吴公子心生妒忌。

吴公子曾想花大价钱唆使小唐离开李多。管不管用未可知，可如此狗血的套路，连他也觉得恶心。对付高智商、高情商的同类，吴公子有的是招。可对付小人物，他除了观望和等待，啥也做不了。真实的生活宛如没有堆砌和雕饰过的艺术珍品，看似矛盾的组合体，却直抵灵魂深处。

邱老板走出派出所的第三天就重操旧业，又在法院斜对面的旧写字楼注册了一家公司。他仍以正义斗士的视角，准确说是触角，伸向那些所谓的三无产品。吴公子暗中嘱咐他低调点，否则下次就没那么幸运了。

邱老板倒也很听话，安分了几天，可有一天撞见李多和小唐手挽手逛街，就再也绷不住了。他当街挖苦小唐癞蛤蟆吃天鹅肉，明显是公报私仇。当面嘲讽还不够，他竟把偷拍的视频发到抖音上。为了增加围猎的轰动效应，他还出钱卖了推流。

小唐遭遇人肉搜索，没两天就出名了。

各种巨丑的数码合成图涌出，充斥着自媒体平台，害得他不敢出门，生怕被扔鸡蛋。即便出门，他也捂得严严实实。

吴公子鬼使神差地捡了个便宜，指望着识趣的小唐赶快离开李多。老李也逮住这个难得的机会，要求女儿离小唐远点。

菜市场的蔬菜摊位前偶尔会聚拢一帮长舌妇，表面上为李多鸣不平，实则暗讽老李夫妇有眼无珠。像李多如此优秀的女孩，找个乘龙快婿易如反掌，之所以瞧上小唐，不是口味太重就是心理扭曲。

老李气得浑身哆嗦，反复打电话叫女儿与小唐一拍两散。于萍却不急不躁地照旧洗菜卖菜，脸上始终挂着浅笑。这帮娘们儿究竟啥心态，她一清二楚。单从相貌上，小唐是配不上她家多多，但这小子面善心更善。

你说这女人的美貌能维持多久啊？过了三十五岁，大多经不起岁月摧残，逐渐变成残花败柳。找个安分踏实的男人，比找个花花心肠的男人靠谱多了。况且小唐还豁出命救过李多，当恩情和感情融为一体，那些表面的东西就更不值一提。

老李夫妇为女儿的事再起内讧，从菜市场争论到家里。

李多深知一回家就不得安宁，干脆住在医院的宿舍里。小唐已好几天没来接她下班了，打电话不接，微信也只是回个表情图。看来，这小子承受了很大的压力，但压力最大的是老唐。

老唐本以为儿子和李多结婚是板上钉钉的事，没想到闹出这一茬。

他拖着病弱的躯体找邱老板求情，可邱老板一口否认是自己上传了视频。这姓邱的还厚颜无耻地装作要帮唐家少爷讨回公道，气得老唐差点两腿一蹬就过去了。

老唐找不到邱老板发布视频和推流的证据，又不想花钱找律师打官司。就算找了律师，估计到时候也会和邱老板串通好了敲诈老唐一大笔钱。不要脸的人根本没有道德底线，对付这种小人就得以牙还牙。

做父亲的老唐深感为儿子做得太少，这次豁出去了。

他将私下购买的针孔摄像头藏在衣领里，再次前来找邱老板协商。没想到邱老板狮子大开口，不仅要求小唐赔他钱，还要李多陪他睡觉。真是彻头彻尾的人渣！

老唐将邱老板原形毕露的视频也发到网上，瞬间引发众怒。

那些曾因各种疏漏被敲诈的受害者，纷纷站出来炮轰。邱老板背后的吴公子见势不妙，赶快弃车保帅。

黑心老板终于受到法律制裁，可小唐依然不敢轻易出门。他的自信心已经跌至地平线，一度打算和李多断绝往来。

老唐就怕死不瞑目，更怕下去后没脸见妻子。要是儿子的长相能继承他的一半优点，哪有今朝的烦恼？可此刻说这些有啥用，还是想想解决的办法。

小唐对着镜子长吁短叹，越照镜子，越觉得自己配不上李

多。可真要断绝往来，他又舍不得。像李多这么好的女孩，打
再大再贵的灯笼都找不到。

那笔钱，必须派上用场了！老唐缩进儿子的卧室，从床下
搜出银行卡。

小唐敷着面膜，扶着墙壁，也正好从卫生间缩出来，躺到
沙发上，均匀地吸气和吐气。他多么希望摘下面膜的那一刻，
自己且不说变成白马王子，至少变成玉面小生。

老唐啪地撕掉儿子脸上的面膜，又啪地将银行卡扔到桌上。

小唐吓了一跳，从沙发上坐起来，眨巴着眼睛适应光线，
却不敢对父亲发火。

"去做个整容。"老唐以不容抗拒的语气说道。自从身患重
症，他很久没这么对儿子说过话了："你妈曾说过不到万不得
已，这钱不能动。现在就到了万不得已的时候，去吧！"

"去哪？"小唐用双手捂住脸。

"当然去整形医院，我帮你联系。儿子，振作起来，为了你
妈和我。"

"那我更不能用这钱。爸，我有信心，我了解多多，她不会
嫌弃我的。"

"有信心，还用这破玩意？"老唐将撕下来的面膜扔进垃圾
桶，"你是我儿子，我太了解你啦！不能老考虑别人，也得有点
私心。就算爸求你了，李多是个非常好的姑娘，咱们唐家不能
没有她。"

小唐还是无动于衷，心里反复纠结。一想到母亲出车祸的
惨况，他就不忍心动这笔钱。

"爸给你跪下了。"老唐真要跪下。

　　小唐急忙扶住父亲，无奈地点了点头。

　　他从头到脚将自己罩住，仍担心被认出，从鞋架上拿起一把大黑伞，这才忐忑地走出家门。许久没出门了，外面的世界应该还是那个模样。

　　顶着大黑伞走在街上，确实很怪异。暖暖的阳光洒在大黑伞上，却无法照进凉飕飕的心田。

　　他根据父亲的指示，走进了一家看着就上档次的整形美容医院。想到兜里的银行卡会大幅缩水，他又身负罪恶感。

　　儒雅风趣的整形医生一眼看出小唐是个大客户，给他制定了最科学、最快速的蝶变方案。电脑人像修图师利用眼花缭乱的 PS 和 AI 修复综合术，将整形后的小唐变成了堪比明星的大帅哥。

　　小唐乐呵呵地盯着屏幕上未来的自己，暂时忘记了母亲出车祸的惨况。护士小姐对比着小唐现在和未来的模样，用甜甜的嗓音来了一通天花乱坠的赞叹。

　　在软妹子的软磨硬泡下，小唐签了合同付了定金。他满怀期待地躺到了手术台上，等着超声刀磨皮和纳米美颜。这是一种复合型的非手术、非侵入性的美容技术，除了价格贵，没其他坏处。

　　就在医生启动高科技玩意时，一朵红云飘了进来，准确说，是闯进来。

　　李多强行关停了高科技玩意，将小唐拖下手术台，拖出医院。整形医生大叫着快报警，随后发现自己僵硬的面部太难受，就像脸皮快掉下来。平素，他是轻言细语的，从不发火。

　　也不知李多刚才是不是太粗鲁，那个高科技玩意咻咻燃了起来。火势一发不可收拾，专门吞噬屋子里最硬核、最昂贵的东西。

医生和护士慌乱地灭火，尖叫声不断。这大概就是传说中的凤凰涅槃，要想浴火重生，就得经历痛苦。

李多又拖着小唐返回医院，参与灭火。火是灭了，可李多的脸被烧伤了。

这下，轮到李多躺到整形医院的手术台上。

手术很成功，但李多的颜值还是减却三分。脸颊上有一道永远无法彻底修补的烧伤，将伴随着她的一生。江兰老师留下的赔偿款还是被用光了，一是赔偿损失，二是为李多治疗。

唐家父子曾为这笔钱纠结了很久，如今再不用纠结。老唐多少有点心疼，对着妻子的遗像不住地致歉。但一想到唐家的媳妇终于有着落了，又欣慰起来。这也叫因祸得福吧，平凡人看问题的角度总是那么平淡，斗不过命运，也就学会了随遇而安。

李多对着镜子一笑而过，小唐却抱着镜子哭号起来。

"尽快娶我过门，否则我可能再也嫁不出去了。"李多半开玩笑地说完，也抱着镜子哭号起来……

第四十八章　尿毒症

　　一说起结婚的事，李多比小唐更上心、更主动，就没见过如此着急忙慌把自己嫁出去的女孩。她向医院请了一天假，硬拽着小唐去拍婚纱照。

　　老唐从阳台窗户看着两个年轻人奔跑的欢快身影，喜极而泣。他回到客厅，又对着妻子的遗照不断地深鞠躬，腰杆几乎弯到90度。

　　江兰，咱们儿子唐福终于要结婚了。一晃三十多岁的人，再不结婚，不单是你，我也看不到啦。我对不住你们母子俩，就没为你们正儿八经地操心过。等下去后，你骂我也好，打我也罢，我都毫无怨言。如果来世咱俩还有机会做夫妻，我一定本本分分做你的好丈夫，做儿子的好父亲。离开你的日子，咱爷俩太难熬了，总算要熬出头了。等着我，我很快就去陪你。

　　直到腰酸背痛，头晕眼花，老唐才轻手轻脚地取下遗照，小心翼翼地放进卧室的衣柜里，永远装进自己的心里。

　　喜事将至，遗照已不适合挂在客厅，看着就伤感，看着就恨不得抽自己一耳光。唐家父子近年来都笼罩在阴霾中,是时候拨云见日了。

他打开沾满灰尘的音响,在轻盈的音乐中开始大扫除。累得腰酸背痛,头晕眼花时,便坐在阳台的旧躺椅上等着儿子儿媳回家。

没想到还能在有生之年亲眼见证儿子结婚,这对一个癌症病人来说是莫大的喜事。希望孙子能隔代遗传爷爷的优良基因,阳光帅气,但内心要像父亲一样通达透亮。

想到这里,老唐忍不住笑了。为了确保唐家后代健康延续,也为了响应国家优生优育政策,他说服儿子儿媳都去医院做了个全面体检。大部分结果出来了,各项指标正常,但小唐有项指标需做进一步检验。主任医师笑呵呵地说了,通常不会有太大毛病。

小唐是个乐天派,根本就没往心里多想。李多毕竟只是个理疗师,也知之甚少。命运再不公平,总不会接二连三地降临灾难到他们头上。

从金榜题名时到洞房花烛夜,再到星际隔空求婚,婚纱照拍摄的主题浪漫而梦幻。小唐和李多在时代与时空中放肆地穿越,所有的烦恼全部抛诸脑后。拍完最后一个镜头,小唐并无意识到已大半天没小便。他费力地挤出少许的尿液,发现是血红色的。

很刺眼,很扎心。

小唐居然没有太吃惊,只是靠着墙头哽咽起来,然后打开医院的公众号,最全面的电子检测报告出来了。

尿毒症。

更刺眼，更扎心。

那天去医院体检时，主任医师根据初步报告就已得出结论。但为了最终确认，又安排他做了进一步检测。小唐恳求主任医师先不要上传数据，一旦李多察觉出异常，那婚纱照就没法拍了。他当时解释说自己真有点私心，想陪喜欢的女孩度过最后一段浪漫时光。主任医师冒着被投诉的风险，满足了小唐的心愿。但他认为这不是最后的遗愿，要对医学和自己有信心！

老唐上次瞒过了儿子，没想到这次被儿子瞒过去了。

体检完后，小唐照样该吃的吃该喝的喝，唯一的不同是临睡前都要陪父亲说说话。老唐以为儿子是怕父亲再也醒不过来，可哪里知道儿子是怕自己挺不过这关。

命运就是这么不公，这么毒辣，这么偏心。专挑好人下手，专挑小人物下赌注，似乎就为了赌一把凡人能否一次次地扛住厄运。再坚强再富贵的人都会倒下，何况是一个连续遭遇打击的普通家庭。

活着就那么难吗？活着就那么奢侈吗？活着就那么容易遭受白眼吗？他们做错了什么？他们不仅没做错，还一直想做个好人！

李多坐在大厅里挑选了几张照片，发朋友圈正式官宣结婚。

首先道贺的不是最好的闺密乐乐，竟然是秦羽。秦羽是真的为李多高兴，也为老唐高兴。唐家终于要摆脱霉运了，可谁也没料到小唐得了尿毒症。

李多接完几个祝福的电话，整个身心都浸润在喜悦中，扭头却发现小唐还没从男厕所出来。她意识到不对劲，一脚踹开了男厕所的门。

一位男士吓得将尿液洒在裤子上，慌乱地转过身去。

"你干什么？"男士很生气。

"撒你的尿！"李多大吼。

男士不吭声了，尿也断了。

李多逐一推开蹲位的门，哪还有小唐的身影？

主任医师打来电话透露了小唐的真实病情，并从朋友和领导的立场劝她不要和小唐结婚。李多回到大厅瘫坐在沙发上，完全不知道该怎么办。这一切太突然了！她不是个怕挫折的人，可这次不一样，仿佛整个世界都坍塌了。

她打开微信，打算删除朋友圈里的官宣……

第四十九章　李多的抉择

只要手指轻微一点，便能删除。若再要恢复，就难了。李多的手上和额上全是汗，清澈的内心世界被外面的世俗世界不停地冲击着。

犹豫了许久，李多还是决定保留，否则，那将成为压垮小唐的最后一根稻草。

李多为自己的这个艰难而善良的决定感到心满意足，那就让暴风雨来得更猛烈些吧。去你妈的厄运！

她稍作平静，赶紧拨打老唐的电话。可话尚未说出口，她就主动挂断了。老唐回电话，她不敢接。

越慌乱越容易出错，千万要保持淡定。她了解小唐的性格，不到迫不得已绝不会将病情告诉父亲。老唐本来时日不多，一旦得知儿子也患上重病，分分钟就过去了。

老天爷到底怎么想的，老是欺负好人？李多偷偷擦干眼泪，强颜欢笑地离开了婚纱摄影基地。

她跑遍了小唐可能去的地方，都没有找到。小唐的手机虽然开着，却打死不接。发了多条微信留言，又是威逼利诱，又是声泪俱下。可惜小唐一概不回，沉默是最可怕的。

李多并不生气。只是一想到小唐此刻正藏在某处孤独地承受痛苦，就感到特别难受。之前，她不是个轻易掉眼泪的女孩，可自从认识小唐后泪点一再下调。

难道他就想如此决绝地离开我？倘若如此，为什么还要拍婚纱照？李多坐在街边的椅子上，发现对面就是吴兴的高档餐厅。吴公子照旧将心爱的猫咪交给服务员，亲自为高贵的客人们斟茶。

他穿着考究，双目有神，一看就很有教养。这气度和气场碾压大多数的男人，但在李多看来这个美男子的内心阴影面积不小。

李多不知自己为何鬼使神差地坐到这里，起身离去。眼力好使的吴公子认出了李多，立马撇下高贵的客人追出了门。

"李多，怎么来了又走？"

俊朗高雅的吴公子让路人甲乙竞相失色。

李多转身看着好闺密的前男友，她脸上的那道烧伤彻底暴露在阳光下。她从不遮掩，也不回避，像是刻意展示自己的丑态。

但是，吴公子并不觉得这个女孩变丑了，反而觉得她多了些许沧桑后更加迷人。李多本不是养在温室里的花朵，会时时展现出招人怜爱的娇柔病态。她自由洒脱地生长在大自然的怀抱中，经历风雨的洗礼后更加楚楚动人。

"来，也不是为了你。走，更不是为了你。"李多就是不给吴公子好脸色，只想快速离开。

她心中只有小唐，哪怕小唐的一只脚陷进了泥土。

吴公子是个颇有定力的人，一笑而过。他温文尔雅地站在李多身旁，在外人看来这才是真正的郎才女貌。任何一次街拍，都没有这次惊艳。

"你上司是我爸的朋友，我会让他关照你的。"

"不用，我受不了大医院的那种氛围，过两年会出来自己开个中医理疗馆。"

"我给你投资。"

"你是不是有病？我都这样了，你还……到底图个啥？"

"你人好，什么都好，我一时没找到合适的措辞。反正，你跟别的女孩不一样！"吴公子依然面带微笑，这涵养真是没的说。从语气可知，他是很认真的。

"偶像剧看多了！你们这些有钱人是不是都生活在真空里？不知道真实生活是什么样？我一个小人物，只想过点小日子。马上要和唐福结婚了，你别再来打扰我！"

李多急于抽身，心中仍然只有小唐。那个浑蛋不知死哪里去了，将她孤零零地留在繁华之中。

"唐师傅，不，唐先生能熬过今年吗？"这话说得稀松平常，可充满杀伤力。

李多勃然大怒，毫不犹豫地扇了吴公子一耳光，又毫不犹豫地跑开了，跑向属于她的平凡世界。

吴公子深情地注视着李多远去的背影，并未感受到脸上火辣辣的疼痛。两个路过的女孩怜惜地看着这个大帅哥，真想上前安慰他。吴公子不紧不慢地给老胡打了个电话，轻声交代了几句，转身回到餐厅，回到了自己的世界。

老唐猜到儿子出事了，可不知道是患上了尿毒症。他再怎么经受不住打击，也得扛住。等不到儿子回家，只能出去找。就算一寸一寸地找，也要找到儿子。

刚出小区大门，他就看到心急如焚的李多从出租车走下来。

"爸，总算把你截住了，"李多颇有先见之明，"我就知道你会出门。"

一股暖流瞬间暖化了寒蝉般的老唐。

他感动更感伤地看着多多，看着唐家的未来，但还是尽力让自己保持理性。人，不能太自私了，得替别人考虑。之前那个自负自我的老唐已不复存在，现在的老唐才是真正的读书人。

"你刚才……叫我……什么？"老唐依然不敢相信自己的耳朵，怯弱地问。

"爸！"李多喊得很自然，很真切，就像做唐家儿媳妇好多年。

老唐转过头去，尽量不让自己流一滴眼泪。当他再次面对李多时，似乎尝尽了人世间的所有美好。

"多多，我刚才给医院打了电话。"老唐平静地说道，"小唐的病情，我已经知道了。苍天无眼啊，凭啥这么对我家小唐？你说像我这样的没有责任心的小人、坏人，死不足惜。可我儿子是多好的一个人啊，命运为何对他如此刻薄？"

老唐没说完，李多就忍不住先落泪了。

她毕竟是女孩，再坚强也管不住自己的泪水。只有最亲近的人才知道小唐是好人，而这样的小人物通常会被社会漠视。他们没有流量，没有光环，没有地位，甚至都不会被路人注意，但正是这样的小人物支撑着整个社会运转。

"都是我害的，我才是家里的灾星。害死了小唐的外婆，害死小唐的母亲，害死了小唐的师父，如今又来害他。我死一百次，也不足以抵消我的罪孽，可我现在不能死啊。我得找到我儿子，只要有一线希望，就必须让他活下去。"

"爸，咱们一起扛，小唐不会有事，您老也不会有事。"李多握住老唐冰凉的手。

"多多，你是好女孩。咱家小唐能认识你，是他的造化，可惜没有福分和你共度一生。我这个老东西没资格做小唐的父亲，更没资格做你的公公。咱们唐家快灭门了，你也不用再跟着我们一起受苦受罪。没人会责怪你，你已经做得够好了，也该对自己好一点。让我们父子俩自生自灭吧。"

老唐决绝地甩开李多的手，踏上茫茫然的寻子之路。抽身之际，他已是老泪纵横。人生的每一次转身，都令人唏嘘感叹。

"我不同意，"李多追上去拽住老唐的背包，"更不会让你们自生自灭。要不是小唐，我哪有今天？别看我的人生好像也不咋样，但只要待在小唐身边，我就感到踏实，感到满足。我就一个小人物，没有太大的梦想，只想找个好男人过一辈子。小唐就是我的真命天子，是我的贵人，我想我也是你们的贵人。彼此成全，何乐而不为？我既然答应嫁给小唐，就不会再反悔，哪怕只是陪他走一段，我也心甘情愿。"

老唐欣慰地笑了，这笑容带着泪花带着血丝："有你这番话，足够了！我替小唐谢谢你。换成别的女孩，躲还来不及。你又是何必？放手吧。我如果是你的父母，肯定很心疼。谁不想自己的儿女过上好日子？作为父亲，我当然希望儿子幸福，无奈天意弄人。你还年轻，还有未来，别给自己背上太多的包袄。"

　　李多不想再做解释，直接夺下老唐的包背在自己身上。

　　"挺合适。爸，咱们走吧!"

　　李多牵着老唐的手，朝暮色渐浓的街上走去……

第五十章　人性的大师

老胡接到吴公子的电话后，整个下午都坐立不安。

他也做过一些没良心、没屁眼的事，可接下来要做的事让他要骂娘。但无奈自己的未来捏在吴公子手上，他硬着头皮也得去做。他看似掌握了吴公子幕后大佬的秘密，可那是把双刃剑。一旦拔出鞘，他自己也会魂飞魄散。就目前来看，还是维系平衡最妙。该听使唤的还得听使唤，别把自己太当回事。

第二天，老胡就怂恿惠菜市场门口的毛大师免费为李多父母算了一卦。

毛大师在方圆三公里内有些名气，甚至被传得很邪乎。许多朋友有了红白喜事必须先找他请教，否则心里不踏实。你还别说，但凡找他算卦的人在置办人生大事时都顺风顺水，毛大师的名号从此响彻云霄。

能免费得到毛大师算卦，而且如此主动、如此迫切，在老李夫妇看来那是相当有面子。老李夫妇熟知毛大师有通天本领，没想到如此神通，直接算到他们的准女婿小唐遭大难了。

此劫难唯一的化解方法就是避，通俗讲李家的闺女勿要嫁给唐家。能躲多远就躲多远，断得越早越不易被祸及。此举并非不义，只是双方八字本不合。男方八字日干虚弱，行运悖逆不利，谁嫁谁倒霉。一拍两散反而有利于彼此，各行其道才是天道。

大师玄乎神乎地从神煞、用神、干支等方面，说得老李夫妇云里雾里，面色大变。大师说务必马上一刀两断，否则天冲地克。

老李曾坚决反对这门亲事，一心想把女儿嫁给成功人士。他最满意的就是那个吴公子，无论哪方面都甩出小唐几条街。可与唐家父子相处日久，加上被女儿经常洗脑，他逐渐改变了俗套的看法。只要女儿幸福，一切都不是问题。

这种不义不仁的事，咱李家做不出来。唐家接连遭难，咱们突然从背后捅一刀，就算天理也不容啊。小人物的心态大多朴实简单，既干不出轰轰烈烈的大事，也干不出落井下石的坏事。只求一个心安理得，只求一个问心无愧。老李对毛大师的神算持保留态度，没想到妻子于萍深信不疑。

她一向赞同女儿与小唐结婚，从未考虑过对方家庭背景什么的，可惜文化程度不高，骨子里有点迷信。毛大师从未看走眼，街坊邻里没有不信服的。人家这次主动前来占卜，诚意满满且分文不取。他绝非盲目的爱心泛滥，完全是为拯救李家于水火。此为大道也！

夫妻俩你看着我，我看着你，虽然很焦急，却不知如何迈出第一步。

老李心里很矛盾，神情很沮丧。他就这么个女儿，那可是他的宝贝疙瘩。为了女儿的幸福，他可以豁出命，但现在的关键是小唐的小命快不保了。他实在是难以启齿，便坐在一隅狠命抽烟。

毛大师既有通天本领，察言观色更不在话下。

他看出老李家的话语权已移交到于萍手上，忙鼓动她早做决断。而要完美化解，必须马上物色一个更合适的女婿。毛大师帮人帮到底，又打开天眼算出了李家女婿的最佳人选。从生辰八字、相貌身高、家庭背景、街道门牌，都算得精准无疑。

于萍瞥了瞥毛大师用红笔写在手心的两个字，顿时目瞪口呆。

吴兴！

那真是天选之人。

于萍异常激动，准确说是异常兴奋地从菜摊后将丈夫拽过来。她以为老李看到这两个字会比她更兴奋，没想到老李出其不意地踹了毛大师一脚。

毛大师摔倒在湿漉漉的地上，哎哟哎哟狂叫起来。老李爱发脾气，更爱憎分明。他不懂什么大道理，只知再高深的道理首先要合乎本心。

"去你妈的，老子就知道你不安好心。"老李骂道，"滚，回去告诉吴兴，我女儿瞧不上他。不管他再有钱，也配不上咱家多多。"

老李一开骂，心情就顿时舒畅了。妻子起初不明所以，逐渐明白过来。

"你一个卖菜的，太不知好歹，不要给脸不要脸，一旦错过上天恩赐的姻缘，后悔就来不及了。"毛大师拍打着屁股上的烂菜叶，哼哼唧唧地站起来。

"这句话，应该是老子警告你。"

老李斗嘴和斗法都不行，得来点镇得住对手的非对称实力。他从摊子下摸出水果刀，叫嚷着乱舞一通。

毛大师吓得屁滚尿流，一手撑着腰板，一手摸着屁股。他从未如此狼狈过，而且还在一帮粗人跟前。就这么轻易被摔下神坛，他以后还怎么面对各大星君？

老李盯着毛大师滑稽又猥琐的背影，用水果刀削了半根胡萝卜，放进嘴里，嘎嘣脆，甜丝丝又凉丝丝，回头发现老婆不见了，花格子围裙被扔在菜筐里。

他赶忙打电话，可于萍就是不接，只好给女儿打。

李多误以为父亲要她和小唐断绝关系。尚未等老李开口，她就发誓生生世世要与小唐在一起。

老李了解女儿的脾性，更深知女儿的为人。他得意地笑了，笑得眼泪吧嗒，笑得前仰后合。其他卖菜的同行都看不懂更悟不透，大多猜测老李接了个大单。

对于一个卖菜的，人生最美的事就是多卖菜、多挣钱、少生病。老李欣喜有这么好一个女儿，既然这辈子嫁不进豪门，成不了有钱人，那就等下辈子或者下下辈子。只要女儿愿意，他做父亲的就默默支持。

想通了，便啥也不在乎，安安心心守着摊子，守着多年攒下来的一亩三分地。

李多和老唐漫无目的地找来找去，就是没看到小唐的身影。除了报警，没别的招了。但老唐好面子的德行又犯了，刚进派出所大门又连忙退出来。对于唐家父子而言，每次进派出所都预示着人生的一次转折。那地方，还是不去为好。

他们怎么也没想到，小唐就藏在小区斜对面的那家小医院。谁说父子俩不像，谁就是不懂生活。

愚笨的小唐这回高明了一把，认定没人能猜到他会在这里等死。那天他透过病房的窗户，看到父亲和李多在小区门口相互哭诉。他心里真不是滋味，但为了最爱他的两个人，绝不能暴露自己。

从查出尿毒症到走进小医院等死，他做出这个痛苦的决定只用了半个小时。谁再说小唐没有魄力，那就是天道不容。

小唐只想安安静静地死去，不想再见任何一个熟人和亲人。生命不在于长短，只在于曾经拥有过幸福。婚纱照拍了，该浪漫的浪漫了，也算是没有遗憾。只是自己的那么点私心，会被多多责怪一辈子。

小唐像父亲当初那样，只想以最低成本速死。他不知道自己死后父亲怎么活下去，没准父亲会在儿子死之前先走一步。

都不想看到彼此痛苦地死去，但又奢望亲人在跟前。这才是最矛盾的。生活中的小人物会在关键时刻变成人性的大师，不再有惯常的杂念。

小唐扔掉第九个烟头，扶着墙壁站起来。

以前不抽烟，如今啥也不管了，大不了就一个"死"字。他从昏暗的楼梯间走出来，确切说像个鬼影飘出来。

他忽然瞪大了眼睛，因为看到一个最不该出现在此地的人。他眩晕而惶恐，再次扶住重新粉刷过的墙壁。

于萍心疼地看着小唐，反复提醒自己必须心狠！为了女儿的幸福，她要做一回恶人。

"于阿姨，没想到第一个找到我的人是你。"小唐将手臂移开墙壁，不想表现得太虚弱。

"小唐，你太善良了，宁愿让自己孤独离去，"于萍一开口就哽咽了，"我是个笨人、粗人，还是一下子就猜到你在这里。他们只是暂时没想到，等他们回过神来，可能已经来不及了。"

"那正是我希望的。"小唐极为平静地说道。

"老天爷为什么就爱欺负好人？他凭什么这么做？太不公平了！"

"我倒不在乎，只是觉得对不住我爸，对不住多多。"

"现在又轮到我来对不住你，我都不知道怎么开这个口。你很清楚，我之前特别希望你和多多在一起，可是你得的这个病，咱们治不起也耗不起。多多还年轻，我不想让她……"于萍并非找不到更好的措辞，而是心里实在太难受、太纠结了。她猛地扇了自己一耳光，将脑袋顶住墙头，又不敢大声哭出来。她到底做错了什么？为什么命运如此刻薄？她只想女儿幸福，这他妈的有错吗？

"阿姨，你别这样。我知道你心里也很苦，"小唐走上前轻拍着于萍的肩，"但你放心，我不会纠缠她。我比谁都希望她幸福，希望她每天都开开心心。多多是个好女孩，应该去寻找真正属于她的另一半，而不是被我这半条命拖累。"

于萍抬起眼泪汪汪的脸，感激地看着这个虚弱而伟大的小伙子。

"阿姨对不住你。你可以恨我，但不要恨多多。"

于萍还是嫌感激得不够，扑通跪在地上。

"你这使不得，快起来！"

小唐试图将于萍搀扶起来，可于萍就是不起身。换成往日，他轻松就能办到，可如今身子骨太虚弱了。

两个医生闻讯而至，好不容易将执拗的于萍扶起来。

于萍抬头望去，小唐已经不见了。

"这就是命啊！"于萍嗫嚅着离去，不住地回头看着医院冰冷的长廊……

第五十一章　以死相逼

李多搀扶着老唐回到空荡荡的家。

老唐找不到儿子，病情愈发严重。他当下唯一的愿望就是临死前见儿子一面。人在年轻时都有很多不切实际的愿望，可临到头还是得回归亲情。

也不知儿子是死是活，也不知这个世界上还有无儿子的容身之处？巨大的悲凉笼罩着这个多灾多难的家庭。

李多见老唐实在疼痛难耐，不得已加大药量。老唐总算睡下了，可李多怎么也睡不着。

这是李多第一次主动留下。医院可以不需要她，但唐家不能没有她。她没有责任留下，随时可以离去。

老唐临睡前特意嘱咐她快回家，别让父母担心。刚才老李再次打来电话，不是催促女儿回家，反倒是要求她留下来照顾老唐。父亲的态度转变毫无预兆，让李多忍不住哽咽。她怎么现在变得越来越容易落泪了？想起老李当初千方百计阻挠她和小唐相处，又哑然失笑。

多好的父亲啊！

于萍没想到丈夫的画风说变就变，小半天没适应过来。她暴跳如雷地抢夺电话，叫女儿马上回家。

老李直接挂断，一并将妻子的手机藏起来。于萍没有招，趴在床上抽噎起来。老李不知如何安慰，干脆为妻子做肩颈按摩。

不知过了多长时间，传来了均匀的呼噜声，老李长长松了口气，这才意识到双手酸疼发胀。他来到小阳台上抽烟，凝视着窗外的夜色。

真希望漫漫长夜早点过去，真希望唐家父子都能好起来。一想到女儿这辈子要照顾两个，至少一个重病的人，没有未来，没有希望，他就心疼不已，这平凡人的生活何止一地鸡毛啊？

李多似乎隔空感受到了父亲的关爱，在心底期待父母都能健康平安。

她重新拿出江兰老师的遗照，挂在客厅原来的位置。小唐的眼睛与他母亲的眼睛太像了，不大又不出彩，却给人温暖。

秦羽打来电话问李多是否需要帮忙，李多说自己一个人扛得住。其实，她心里清楚自己扛不了多久。如果唐家父子相继离世，她不崩溃才怪。好人最大的软肋就是太在乎真情，在乎血管里的温度，在乎生命的底色。

窗外月如钩，浅淡娴静，宛如宣纸上随意勾勒出来的两笔，让人越看越不真实，越看越意识到自己何其孤独。但她并不想乘风归去，天上宫阙再好也没有人间美好。

她忽然瞪大了眼睛，直勾勾地盯着斜对面的那家小医院。

由于小区住宅遮挡了大半，医院只露出一抹清幽的魅影。

李多转身冲出门，奔出小区大门，然后放慢脚步，走进了医院昏暗的大厅。她温和地向值班护士打听一个叫唐福的尿毒症患者。

值班护士对这种情况见多了，懒散地在键盘上敲打几下，谎称没有。

先礼后兵，还是得来粗暴的。李多强行推开护士，很快找到小唐的病床号。她再次推开护士，朝楼上奔去。

护士大声叫保安快追上去。

李多冲进病房，没看到小唐。一摸被子，还热乎乎的，带有刺鼻的臭味。显然，小唐从窗户看到她，先行藏起来了。床柜上乱七八糟的东西，一看就是小唐的，就像他同样乱七八糟的人生，俗得掉渣，乱得无敌。

枕头边有张照片，是李多和小唐半年前在合江亭的合影。多么好的寓意，怎么现在变成这样了？

李多刚拿起照片，泪水就开始在眼眶里打转。

小保安猜到了李多的身份，也不追问也不阻止。这家破医院，大部分入住的病人都是来等死的。少花钱，少给家里人增加经济和精神负担。这种死法，病人觉得很值得，却也很无助。再卑微的小人物生前再怎么不受尊重，也希望死得有点尊严，并顾及到家人的脸面。

李多将照片塞进衣兜，一间病房一间病房地挨着寻找。楼上楼下的卫生间都找了个遍，还是没找到那个熟悉的身影。

各种绝症患者都麻木地看着她，她也麻木地回望一眼。旁边清创室的惨叫声吓得李多再也挪不动脚步。她疲倦地回到楼梯间，一屁股坐在冰凉的地上。

真是凉透了，一直凉到心里。

墙角有不少烟屁股和不明液体，还有更多肮脏的东西。李多并不在乎，只在乎小唐为什么要躲着她。

放弃吧，让这个浑球自生自灭。可一想到小唐之前对她的千般好，她又无法放弃。放弃一条生命，那是多么可悲的事。她做不到，但又好像拯救不了。这太矛盾了。

此刻除了哭泣，毫无办法。哭，解决不了问题，也不符合李多的性格。

李多擦干眼泪，起身冲进医院的行政办公区。早过了下班时间，广播室的门紧闭着。李多正愁怎么打开，那个一直尾随着的小保安走上来用门卡打开了。

"要是我把动静闹得太大，你会不会被开除？"李多盯着小个子保安，这个保安和小唐一样都是老实人。

"只要不死人，就算不上什么大动静，"小保安话锋一转，"这里死个人也算不上什么大事。要我说，与其那么痛苦，真不如一了百了。"

保安走到一旁放哨去了，压根儿不去想这个女孩走进广播室的目的。

那就别怪我不客气了。李多心里默念着，打开了广播。

很多大医院都采用智能化的广播系统，可这家医院好像还停留在本世纪初。广播室老得掉牙，墙上的宣传画还在宣传一胎政策。所有东西都很过时，却让人感到很亲切。这里不像是治疗疾病的，更像是治疗灵魂的。

来对地方了。李多清了清嗓子，直接冲话筒大喊："唐福，十分钟内滚出来，否则我将从楼顶天台跳下去。要死一起死，要活一起活，没有第三条路。"

李多倔强起来，那才真是十头牛也拉不回来的杠精。老李的优良基因都被她继承了，不闹个天翻地覆绝不善罢甘休。说完，她便扔下话筒朝楼顶奔去。小保安刚反应过来，李多已关闭了楼道的铁门。

原本以为医院会立马沸腾，没想到还是那么安静。

死，在这里是惯用词，是常态，是生命的另一种表达。直到有人发现女孩打开手机的小灯站在天台上，才引起小小的躁动。

小保安知道闯祸了，死个健健康康的人在这里那可就是大事了。

他慌忙叫来了值班副院长。副院长从未遇到过这种事，还在犹豫该不该报警。眼看女孩规定的时间快到了，大伙才意识到问题的严重性，但除了大声规劝也没什么招可使。

李多向着夜空中的月牙儿露出迷人的笑容。平生第一次离月亮如此之近，踮起脚便能触摸到。

既然不出来相见，那就天上见吧。她闭上眼睛，深吸了一口凉透了的夜气。

一个身影忽然气喘吁吁地冲上楼道，使出毕生力气撞开了生锈的铁门。

李多听到那熟悉的脚步声和喘气声，回过身来扇了小唐一耳光，然后扑在那虚弱的身上号啕大哭！

有人将这段视频发到了抖音上，赢得了潮水般的点赞和转发。小唐之前被黑心公司老板发到网上，遭遇了一边倒的恶评，如今是一边倒的好评。他以自己朴实无邪的"自暴自弃"打动了女友，更打动了无数普普通通的网友，就连吴公子的鼻子也微微一酸。

这才是天造地设的一对。吴公子穿着睡衣站在豪华别墅的阳台上，忧愁地凝视着夜空中的残月。身后的浴室里晃动着一个女性曼妙火辣的剪影，激情之后的感悟才是最真实的。他从来不缺女人，可还是那么孤独。也许，还将孤独下去，直到走出心灵的囚笼。

老李无意中刷到这段视频，狂喜地叫醒了鼾声如雷的妻子。

"一对傻孩子，一对傻孩子。"于萍也倒在丈夫怀里哭了。

第五十二章　老唐先走一步

就在小唐和多多迅速攀上热搜之际，家里的老唐扶着栏杆下了楼。

他其实瞒了妻儿一件事，这么多年他攒了些私房钱。说来惭愧，大部分钱都是别的女人给的。

他靠着颜值和才华吃了一辈子的软饭，如今只想躺在妻子的墓旁忏悔和赎罪。他甘愿做妻子灵魂的守护者，共眠于地下。最好的归属就是清风明月下的山野，就是回归生命最初的模样。

有了这些私房钱，再卖掉老房子，就足够儿子换肾了。他不能死在房里，怕卖不出好价钱，更怕买主嫌弃。

秦羽已经在楼下等着了，这是她和老唐事先的约定。李多哪里知晓这个悲壮而痛苦的约定，更不可能猜到秦羽就在楼下。

秦羽坐在车内跟李多打完电话，便悄悄在黑暗中等待。漫长而煎熬，她的心情很矛盾也很压抑。

起初她不赞同，后来发现除了成全老唐并无他法。她真的帮不了什么忙，只能满足老唐最后的愿望。老唐生命的尽头，妻子江兰终于在他心里占领了最重要的位置。

秦羽看见李多急匆匆离去，却不好意思上楼。她怕看到墙头江兰老师的遗照，怕看到老唐床边大堆的药瓶。

那个熟悉而憔悴的身影走出了楼道。

秦羽急忙下车奔上前，用力扶住老唐。老唐温和地看了她一眼，她却愧疚地低下头去。

"谢谢你亲自送我上路！"老唐钻进新车的后排，这个简单的过程对他而言格外吃力。生命的烛光即将燃烧殆尽，老唐也想做个好人。

秦羽除了落泪和点头，啥也不说。她启动了车，缓慢驶离小区。

"开慢点，让我再看看我的家。"

老唐回望着那栋在夜色中朴实无华的楼房，似乎看到妻子正在窗边向她招手。很多年前，当夫妻感情还凑合的时候，妻子也是这么招手的。有这么一个英俊儒雅的丈夫，妻子脸上的笑容足以说明一切。可惜老唐不懂得珍惜，他就怕别人知道家里正在等他的女人早衰得太快。

熟悉而亲切的楼房逐渐在暗夜中模糊，只剩下影影绰绰的残梦横亘于眼前。他又向前注视着开车的女人，生命的尽头是凄美的，更是撕裂的！

经过数小时的车程，终于到达了老唐的老家。

小镇已不是原来的模样，一切都在改变，又一切都没变。门前的那棵老槐树愈加苍老遒劲，遮天蔽日地显示着从童年就熟知的影子。

这个巨大的影子多年来一直缠绕着老唐。当他站到影子下，发现自己的灵魂再也走不出树荫的范围。

这不是伤感，反而是欣慰。他终于可以与过去的自己重合了。

老唐重新上了秦羽的车，顺着滑溜的水泥路开到山脚下，然后，他向秦羽鞠了一躬，就义无反顾地朝墓地走去。

秦羽盯着老唐极度衰弱的背影，终于忍不住大哭，风声和哭声杂糅在一起切割着灰蒙蒙的世界。

老唐几乎无法走路，将生命的最后一口热气稳稳地含在嘴里。

兰，我来赎罪了！不求你宽恕，只求你容许我躺在你身边。生前对不住你，死后我好好陪着你。咱们有个好儿子，他必须代替我们活下去。多亏他没有遗传我的坏毛病，否则唐家就真的没有未来了。咱们有个好媳妇，只要唐福能挺过来，李多定会生生世世地陪着他。我太愚蠢了，曾经苦苦找寻所谓的真爱，临死才发现真爱就在你我之间，就在唐福和李多之间。这种爱看似平淡无味，却浓烈纯真，不被污染，也不该被遗忘！保佑咱们的儿子，保佑所有的好人！兰，你丈夫唐德来了，你再也不会孤单了！

他用尽最后的力气爬到妻子的墓旁，深情地吻了吻墓碑上的名字，然后缓缓平躺下来，永远闭上了眼睛……

第五十三章　好人更得活下去

小唐完全遵照父亲生前的安排，用最低的成本将父亲葬在母亲墓旁。

老唐当年曾用两瓶陈酿老酒换到了一块巴掌大的坡地，安葬了小唐的师父孙二爷。那个得到好处的办事员早已进去了，再想用两瓶酒换取巴掌大的土地不现实。乡村越来越清廉，恢复了青山绿水应有的模样。

但老唐就是老唐。他不知用了什么花招，在死前一周搞到了土葬证明。据说是他凄惨的经历感动了另一个办事员，但一切仍在政策许可范围内。有弹性，便有人情。

丧葬一条龙的阎老板说这是他操办过的最低配的白事，却是见过的最有人情味的人生大事。死亡本来就是纯粹的，何必涂抹那么多色彩，更不需要太多的仪式。那是做给活人看的。看多了，也就觉得没意思了。

还是活着好！

没错，活着，是小唐当下最大的命题。他必须活下去，为了父母，为了李多，最后才是为了自己。

在没等到匹配的肾源时，必须长期进行透析治疗，替代肾脏清除体内过多的代谢废物。这是个昂贵而痛苦的过程，大多普通家庭都会被拖垮。

"钱，是身外之物，有我在，总有办法，"李多正亲手测量小唐的血压，"何况你爸还给咱们留了些钱。"

"我想把房子卖了。"小唐躺在卧室的床上，打量着这日渐破旧的房子。

"没到那一步，我爸妈那里还有点积蓄，昨晚，他们把银行卡都给我了。"李多将小唐扶下床，让他站在体重秤上，"体重控制得不错，血压不高，贫血也不严重，可以安排下一步的透析。"

李多准备将小唐扶回床躺下，可小唐轻轻挣开了她的手。

嫩黄的阳光洒在窗边嫩黄的小发财树上，给人一种无比美妙的欢悦和希望。李多顺着小唐的目光看过去，嘴角浮出微笑。

既要上班又要照顾小唐，李多这一年憔悴了很多。原本逆天的颜值，由于烧伤和生活的折磨，已形如路人甲乙。但她毫无怨言，人生也许本该如此，普普通通、平平淡淡比啥都好。

"咱们家的发财树又发芽了，之前还以为它熬不过冬天。发财树怕冷，喜欢恒温，更喜欢有人情味的地方。"李多重新扶住小唐，生怕他倒下。

"多多，如果我真能好起来，我一定拼命赚钱，让你过上好日子。"小唐的目光依然盯着被阳光眷顾的发财树，那一抹嫩绿实在太美了。小人物随时都能发现美好的东西，然后从心底迸发出最真挚的赞美或感叹。

"刚才不是说了吗？钱是身外之物，屁都不是。给老子快躺下。"李多忍不住爆粗口，这个性倒是一点没收敛。

小唐很听李多的话，躺回床上。

他从枕头下面摸出一张银行卡交给李多，卡上写着小唐的名字，密码特意用了小唐和他母亲江兰的生日。这是老唐去世前一周偷偷到银行修改的，算是他自认干过的最出彩的一件事。

有那么些年，闯荡天下的小唐比他爹更不靠谱，虽然管住了下半身，却管不住上半身。他四处求知更四处惹祸，几乎败光了母亲的钱，也丢光了母亲的脸面。好在他迷途知返回到正道，可惜挣不了大钱。母亲对他也不抱太大的期望，只期望他做个好人！

凭良心讲，小唐完成了母亲所愿，真的做了个好人！

当他得知自己患上尿毒症后，只想速死。这样既不会连累父亲，也不会连累李多。可父亲和李多都不想他死！他活着，才是正道！倘若一个老好人都不被命运待见，那这个世界还有什么存在的价值？

小唐当时有自己的打算。只要自己快点死掉，父亲就能全身心治病。那样一来，父亲就不单是为自己而活，而是为了整个唐家。他若再有精力找女人，生个一男半女没问题。

但小唐不知道，老唐也是这么想的。老唐希望自己快点死掉，这样一来，小唐就会全身心治病、努力活下去，再为唐家传宗接代！当卑微的生命被赋予神圣的意义，不顽强活下去怎么对得住那些爱过自己的人？

如今，还有谁敢说父子俩不像？骨子里像就够了！

李多已经在各大医院肾移植中心登记以等待肾源，希望能通过肾移植术帮助小唐结束透析治疗。出门前，她叮嘱小唐要乖点，多看看有光的地方，别老盯着阴暗处。

小唐起床来到阳台上，坐在父母生前最喜欢的躺椅上。椅子已经很破了，发出嘎吱嘎吱的响声。可在小唐心里，世上再也没有如此动听的声音。

陷落的太阳被对面的大楼挡住，屋内的光线也被抽走了许多。他并未感到一丝悲凉，而是想到路上的李多能看到这美妙绝伦的夕阳。头顶有光芒，心底就不会落下阴影。

为迎接两天后最重要的一次血液透析，小唐瞒着李多邀请好哥们马崔到家里喝酒。马崔带上烤串和美酒，风尘仆仆地推开了小唐的家门。

起初，兄弟俩小心地吃喝，小声地说话，聊到兴头上都绷不住了，又吼又唱，吼完唱完，便抱着痛哭。鼻涕、眼泪和酒水沾到对方的脸上，甚是邋遢，更甚是感伤。

李多躲在医院的角落，用手机看着实时监控画面。原来她怕小唐想不开，悄悄在家里安装了摄像头。小唐的一举一动尽在掌控中。

好哥俩高兴，李多也高兴。好哥俩哭号，她也落泪。

她从未想过阻止，心里清楚小唐透析前就想一次性喝个痛快。小唐怕出不来尿液，更怕再也出不来。生命要多坚强有多坚强，要多脆弱有多脆弱。谁也把握不准，谁也解释不清。好好活下去，有时候是小人物最大的奢望。

李多打开肾源信息联络群，仍未找到匹配的肾源。这得等到猴年马月啊？理疗科的同事看出她没有心情工作，主动帮她代班。

　　李多不知道还能为小唐做些什么，从麻将馆拽出输得一塌糊涂的毛大师。毛大师误以为她是来报复的，将自己和吴公子撇得一干二净。李多冷冷笑过，请求他算一下唐福到底能不能挺过这关。

　　毛大师被这个善良赤诚的女孩打动了。他掐指一算，但由于状态不佳，怎么也算不出来。李多忙用手机发了个大红包。毛大师直接扔掉算命书，向医院方向长跪祈祷好人一生平安。

　　毛大师的这一跪果然灵验！

　　透析刚做完，小唐就得到通知，匹配的肾源快到了。

　　院长亲自部署，肾移植专科、手术麻醉医学部、血液/腹膜透析中心等多个科室通力合作，成功完成了肾移植术。术后第4天，小唐的肾功能指数恢复正常，从此再无须透析治疗。唐家背运了多年，迎来了大转运。小唐父母泉下有知，老天爷开眼了。

　　小唐和李多并不知晓，能如此神速地找到肾源并进行手术是吴公子在暗中协助。他就喜欢做个幕后之人，操控别人的命运是他最大的乐趣。小唐出院的当日，再次投案的老胡带着警察闯进了吴公子的别墅。

　　吴公子没有半点慌乱，而是依依不舍地放下怀中的猫咪。他穿上笔挺的西装，环顾了一下冷冷清清的豪宅，毫不犹豫地走出家门。老胡盯着那绮丽而浓烈的大屏风，似乎看到幕后不止一个人。

　　除了老胡和吴公子，没人猜得到这出双簧戏和苦情戏的真相。丢车保帅是吴公子主动提出来的，老胡深藏的那些秘密应该永远尘封下去。吴公子得不到真爱看破了红尘，又不想得罪恩人，索性将自己送进去修炼。老胡不敢单独留在外面，只好一起进入心灵的囚笼。

但在进去前，老胡又为妻女存了一笔钱。

秦羽用这笔钱为李多和小唐买了套婚房，并笑称自己是李多的婆婆。笑着笑着，她竟毫无征兆地放声大哭。她觉得自己既对不住老胡，也对不住老唐。她说自己算不上一个好人，只要不是个罪人就行了。

在三亚度蜜月时，唐福和李多凝视着浩瀚无边的海洋，感叹自己何其渺小。越是渺小，越要做个好人，点亮这个稍显冷漠的世界。

看透了这个世界，还能继续热爱，这不是每个人都能做到的。但至少小唐夫妇做得到，因为他们对这个世界没有任何奢求。

"有人落水啦！"沙滩上突然传来呼救声。

唐福和李多同时跳下去，将渺小的身影融入大海宽广的怀抱……

2024 年 5 月 23 日　成都